Maurizio de

Una lettera per Sara

Rizzoli

Pubblicato per

Rizzoli

da Mondadori Libri S.p.A.
Proprietà letteraria riservata
© 2020 Mondadori Libri S.p.A., Milano
Published by agreement with The Italian Literary Agency

ISBN 978-88-17-14638-8

Prima edizione: maggio 2020

Una lettera per Sara

A Graziella Campagna,
morta nel silenzio

I

La porta si aprì, e l'acchiappasogni emise la solita delicata melodia. La proprietaria l'aveva comprato durante un viaggio in Sudamerica quando era giovane, più o meno nel Cretaceo superiore, e ci teneva moltissimo; la ragazza invece lo trovava snervante.

Non che suonasse troppo spesso, a dire il vero. In una città in cui la lettura non rientrava tra le esigenze primarie degli abitanti, una libreria antiquaria era un pessimo affare. Peraltro non godeva di una posizione strategica. Ubicata ai margini delle vie del passeggio, non intercettava chi era a caccia di un regalo insolito e nemmeno chi, recandosi in ufficio, era disposto a fermarsi per apprezzare un'edizione illustrata dei *Viaggi di Gulliver* o de *La Dame aux Camélias*, che troneggiavano nell'unica, minuscola vetrina, scolorendosi al sole.

La ragazza era iscritta a Economia, e avrebbe potuto comporre un tomo di circa ottocento pagine elencando le ottime ragioni che sconsigliavano di avviare una simile attività, per giunta in un punto così defilato. Eppure, un mese e mezzo prima, mentre cercava una panchina per ammirare il panorama e ripassare Diritto privato, aveva ringraziato la provvidenza notando l'annuncio di un lavoro pomeridiano, scritto su un cartello da una grafia incerta, tipica degli anziani.

Aveva parecchi motivi per benedire quel colpo di fortuna. La mattina libera le consentiva di seguire i corsi e di pranzare nel buco che condivideva con altre tre fuorisede, risparmiandosi il costo e la pesantezza di una pizza fritta raccattata al volo per strada. La paga, benché rigorosamente in nero, non era malvagia. L'eroica titolare, una vecchia dagli occhi acquosi determinata a morire nella libreria, era dolce e gentile seppur immersa in un mondo tutto suo, lontanissimo dalla realtà. E i clienti erano rari quanto le rondini d'inverno, così la ragazza poteva starsene tranquilla a preparare gli esami.

Certo, era convinta che l'esercizio fosse sull'orlo del fallimento, a meno che la proprietaria non disponesse di risorse segrete oltre allo sconfinato amore per i volumi di pregio, tra i quali si aggirava come una strega in mezzo agli alambicchi, intenta a miscelare pozioni magiche e formulare incantesimi. La ragazza nutriva il sospetto che, nelle poche occasioni in cui concludeva una vendita, la donna provasse un sottile dispiacere.

Le aveva raccontato di aver aperto una trentina d'anni prima insieme al marito, col quale condivideva la passione per i libri antichi. Il negozio, un'unica stanza di sei metri per sei invasa di scaffali alti quasi fino al soffitto, era di loro proprietà, e la ragazza supponeva che la vecchia fosse benestante, se non addirittura ricca; forse era per quello che non aveva ancora chiuso. Una volta era passata in libreria per recuperare un quaderno di appunti che aveva dimenticato. La signora stava sorseggiando un tè con quattro amiche; sommate, le età delle cariatidi dovevano superare i tre secoli e mezzo.

Un tè. Di mattina. Per lei era inconcepibile.

Il ristretto gruppo di frequentatori del negozio si divideva in tre categorie: la maggioranza voleva «solo dare un'occhiata»; poi c'era chi cercava un titolo in particolare, di solito non disponibile; e infine venivano quelli che volevano disfarsi di qualche dizionario decrepito, convinti di possedere un tesoro, il biglietto vincente della lotteria. A questi ultimi, secondo le consegne ricevute, la ragazza diceva di tornare l'indomani sul presto per parlare con la padrona. Spesso, il pomeriggio successivo, ritrovava quei cimeli senza valore nel vano sotto il banco, in attesa di essere sistemati su qualche ripiano a prendere polvere prima di un ulteriore passaggio di mano, eventualità assai remota ma non impossibile.

Coi collezionisti era diverso. La ragazza non li capiva. Seguivano strani criteri, indecifrabili rotte mentali per lei che era votata al senso pratico. Sapeva cogliere, però, quella scintilla nei loro occhi che tradiva il piacere per un ritrovamento inatteso insieme a una cupidigia venata di attrazione quasi fisica, come una lussuria insopprimibile; era la leva che sfruttava per condurre la contrattazione, l'arma che le consentiva di avere la meglio, incassando sempre più del minimo indicato dalla proprietaria sul tariffario che teneva in un cassetto.

Si era scoperta abile nella trattativa; era l'aspetto di quel lavoro part-time che le piaceva di più. Carpire il reale interesse dei potenziali acquirenti celato dietro l'apparente noncuranza, stabilire quanto erano davvero disposti a sborsare aveva il sapore della competizione, della gara da vincere. Le dava soddisfazione usare i trucchi del commercio che aveva appreso studiando, e sperimentare nuove tecniche. La vecchia, sorpresa, le aveva detto che in pochi giorni si era rivelata più talentuosa dei tanti commessi che l'avevano preceduta. La felicità per gli incassi inaspettati era appena smorzata dalla malinconia che la titolare provava nel separarsi dai libri. Quando c'era da acquistarli, al contrario, si illuminava di gioia.

La ragazza era autorizzata a prendere il denaro dalla cassa e a trattare coi venditori, ma non doveva mai offrire più del cinquanta per cento di quanto richiesto. Sebbene fosse priva di esperienza, mercanteggiava con scaltrezza e aveva cominciato a valutare lo stato della rilegatura, a distinguere il periodo e il luogo di pubblicazione, a inventariare i titoli in giacenza. Non era mai capitato che la vecchia si fosse lamentata di qualche sua scelta; e lei cominciava ad avvertire il fascino di quell'inesplorato universo di carta e inchiostro compreso tra le pareti del locale.

Quando udì la melodia dell'acchiappasogni, alzò la testa smettendo di armeggiare con una pila di volumi che aveva comprato il giorno precedente. Doveva ordinarli in base all'anno di stampa, e non era facile perché spesso l'informazione andava dedotta dalla legatura, dalle illustrazioni, dalla grammatura della carta. Chissà perché sulle opere più datate alcuni editori non riportavano le indicazioni tipografiche...

Notò subito che l'uomo era sudato. In genere i clienti avevano l'atteggiamento del perditempo, una blanda curiosità dipinta sul volto e le mani in tasca. Questo invece pareva avere fretta. Molta fretta. Era scuro di carnagione, aveva i capelli radi e spettinati, e occhi neri che dardeggiavano attorno come in cerca di qualcosa. La primavera non si era ancora rassegnata a cedere all'estate, e il clima era fresco, tuttavia il sudore gli colava copioso dalla fronte rigandogli le guance. Anche la camicia sotto la giacca grigia era inzuppata. Di sicuro aveva corso.

La ragazza sfoderò il più persuasivo dei sorrisi e chiese se poteva aiutarlo. Lo sconosciuto la ignorò, occupato a studiare l'ambiente; le pupille guizzavano rapaci nel tentativo di individuare un dettaglio che sembrava sfuggirgli. A un tratto si riscosse come da un sogno, accorgendosi solo in quel momento della commessa. Gracchiò qualche parola, tossì e ripeté con più chiarezza:

«Salve, avete guide della città? Quelle d'epoca, intendo».

La ragazza annuì continuando a sorridere: aveva letto che trasmetteva all'interlocutore un'idea di calma e competenza, e serviva a carpirne la fiducia. «Sì, sono proprio lì, alla sua destra. Se le interessa, abbiamo anche dei diari di viaggio illustrati.»

L'uomo, intanto, si era accostato allo scaffale e sfiorava con le dita i dorsi dei volumi. Era senza dubbio un collezionista, ma quei gesti rispettosi, e al tempo stesso frenetici, la inquietarono. Si girò verso di lei. «E in inglese ci sono?» domandò.

«Certo. Ha già un'idea?»

Lui lanciò un'occhiata circospetta, quasi temesse di essere spiato.

La ragazza percepì un improvviso pericolo, e si spostò appena di lato per non avere l'uomo tra sé e la porta.

«Cerco un volumetto del 1928, ha una litografia del golfo sulla copertina azzurra. L'autore è Mackinnon, Albert G. Mackinnon.»

«È fortunato, lo abbiamo acquistato proprio ieri.»

Il viso dell'uomo si contrasse in una smorfia che tratteneva a fatica l'ira. La ragazza si spaventò, e fu sul punto di intimargli di andarsene, altrimenti avrebbe chiamato qualcuno. Poi i lineamenti di lui si distesero e la smorfia si sciolse in un sorriso che sembrò ringiovanirlo. «Lo so. O almeno, lo speravo. È venuto un giovane con un giubbotto nero, più o meno all'ora di chiusura, giusto? Dovrebbe aver portato otto volumi, non tutti di valore.»

«Esatto. C'ero io qui in negozio. Proprio ora stavo mettendo le etichette coi prezzi, perciò non li ho ancora esposti.»

Un'ombra offuscò lo sguardo dell'uomo. Dolore, rabbia, stanchezza. Quindi si calmò e disse in tono neutro:

«C'è stato un... un malinteso con mio figlio. Quella guida non andava ceduta. Lui è fuori da ieri, così ho deciso di controllare nelle librerie in cui poteva essere stato. E questa era l'ultima».

La ragazza ridacchiò. «Sì, in effetti siamo un po'... isolati.»

L'altro sorrise di nuovo, solo con la bocca. Gli occhi erano colmi di inquietudine. «Posso riaverlo?» domandò.

«Purtroppo non ho il permesso di restituire la merce.»

L'uomo impallidì di colpo e appoggiò la mano sul banco, lasciando l'alone dell'impronta. «Come sarebbe, scusi? Le ripeto che c'è stato un malinteso.»

«È un problema di contabilità. Sa, abbiamo già registrato l'importo dell'acquisto. Non posso restituire il libro, solo venderlo.»

«Allora lo ricompro, va bene?»

«Sì, ma al nuovo prezzo» puntualizzò la ragazza. «Sempre per un problema di contabilità.»

L'uomo emise un suono stridulo, quasi un urlo. «Dannazione» ringhiò, «me lo dai o no questo cazzo di libro?»

La ragazza sbatté le palpebre, e replicò decisa: «Si calmi. Nemmeno la conosco, e soprattutto non sono tenuta a tollerare gli insulti di un maleducato. Si comporti in maniera civile o devo pregarla di andarsene subito».

Lui inarcò le sopracciglia e spalancò la bocca. Fece un profondo respiro. «Mi scusi, signorina» si giustificò pacato. «Ho avuto una giornata difficile, mi dispiace. Non volevo spaventarla. È che quella guida, *Things Seen In The Bay of Naples*, è molto importante. È un...

un ricordo di famiglia, mio figlio si è sbagliato. Mi dica quant'è, per favore.»

La ragazza era ancora diffidente, e lo fissava con durezza, le labbra serrate in una linea sottile. Dopo un lungo momento di silenzio, parve prendere una decisione, e tirò fuori da sotto il banco il volumetto azzurro. Lui allungò la mano ma lei rimase immobile. «Sono seimila lire» scandì.

L'uomo estrasse il portafoglio dalla tasca, contò veloce le banconote e le porse alla ragazza, che non ebbe alcuna reazione. Gli ci volle qualche istante per capire, poi appoggiò con delicatezza i soldi sul ripiano. Lei li contò, li ripose nella cassa e finalmente posò il libro sulla superficie.

L'uomo lo prese con quel misto di attenzione e smania con cui aveva esaminato gli scaffali. Scorse le pagine in preda all'ansia crescente. Arrivato alla fine, percorse l'ultimo foglio con la punta dell'indice indugiando su una piccola sottolineatura scolorita. Era probabile che stesse verificando se fosse proprio la copia che gli era appartenuta e che il figlio aveva venduto per errore.

La ragazza ricordò quel tipo col giubbotto nero che era passato il giorno prima. Doveva avere qualche anno meno di lei, aveva l'aria febbrile, le orbite cerchiate, le mani scosse da un lieve tremito, e aveva fretta. La transazione era durata una manciata di minuti, il giovane non era interessato a ricavare molto. Aveva ipotizzato che fosse un drogato, ne circolavano tanti. Ma aveva concluso un buon affare, e le era bastato.

L'uomo richiuse il libro ed ebbe un moto di scoramento. Appoggiò di nuovo una mano sul banco e si passò l'altra sul viso, le spalle di colpo schiacciate da un peso invisibile. Pareva disperato. Dopo un attimo biascicò un ringraziamento seguito da un saluto. Prese la guida, per la quale non mostrava più alcun interesse, e si avviò verso l'uscita.

Oltre alla compravendita, alla datazione e alla prezzatura, il mansionario prevedeva di sincerarsi che all'interno dei volumi non restasse niente. In quelle ultime settimane la ragazza aveva imparato che la gente nasconde di tutto tra le pagine: cartoline, appunti, liste di ogni genere.

La scortesia di quel cliente l'avrebbe spinta a lasciarlo andar via con la sua delusione. Ma le spalle curve, il modo di trascinare il passo, la vecchiaia che a un tratto gli sembrava piombata addosso la impietosirono. Pensò a suo padre, a quando l'aveva accompagnata alla corriera, il giorno in cui era andata via dal paese, e disse d'impulso:

«Il regalo per la signora Maddalena è così importante?».

L'uomo era sulla soglia, e aveva già aperto la porta a metà. Fu in quel preciso momento che la melodia dell'acchiappasogni s'interruppe, strozzando una nota. Le sue spalle si raddrizzarono, ma lui non si voltò, incerto se quelle parole fossero state pronunciate dalla ragazza o fossero l'eco dei suoi pensieri. «Come?» domandò.

Lei abbozzò un sorriso. «La lettera nella guida, quella in cui si parla del regalo da consegnare alla signora Maddalena. Verifichiamo sempre. E ho l'impressione che lei abbia perso qualcosa.»

L'uomo era tornato vicino al banco, più pallido di prima, e una strana luce gli si era accesa nello sguardo.

La ragazza quasi si pentì di averlo richiamato. Si abbassò, frugò nel cestino e gli porse un foglio.

Lui lo afferrò, lo aprì, se lo strinse al petto. E sembrò rinascere. Poi provò due violente emozioni, in contrasto tra loro.

La prima era il sollievo per un pericolo scampato, il conforto di una speranza inattesa.

La seconda era una dolorosa, infinita pena per quella ragazza così ingenua e inconsapevole.

Perché ora doveva morire.

Per forza.

II

L'ispettore Davide Pardo non era un uomo abitudinario, anche se aveva sempre desiderato esserlo.

Rimpiangeva spesso la vita che non aveva mai avuto, un'esistenza allietata dagli affetti della famiglia, scandita da pasti regolari e orari fissi. Sognava rapporti solidi, dialoghi costruttivi, scadenze professionali da pianificare, svaghi rassicuranti con cui occupare il tempo libero: buone letture, un po' di TV, qualche passeggiata e una moderata attività fisica.

Ho l'animo di un ragioniere del catasto, si ripeteva davanti allo specchio, osservando la sua immagine riflessa, quel gemello sconosciuto che si sforzava con fatica di cominciare la giornata. Non ho mai amato gli imprevisti, si diceva, le sorprese, gli eventi inattesi: voglio solo stare tranquillo, io.

Ma il destino, si sa, è perfido e non perde occasione per divertirsi, accanendosi sugli spiriti semplici: e così se l'era presa con Pardo, infliggendogli mille sgambetti che lo avevano reso suo malgrado un uomo per niente abitudinario.

Tuttavia, c'era un piccolo appuntamento al quale l'ispettore non avrebbe mai rinunciato. Per lui rappresentava un punto d'onore, una pietra miliare lungo l'accidentato percorso di mattinate che tendevano a sfuggire al suo controllo.

Dieci minuti. Solo dieci minuti, alle undici, con qualunque clima e qualsiasi incombenza professionale gli toccasse affrontare. Se mai si fosse trovato al centro di un conflitto a fuoco, con dei rapinatori asserragliati in una banca che gli scaricavano addosso le loro pistole, fantasticava di cacciare un urlo e uscire allo scoperto gridando:

«Fermi, dannazione! Un attimo! Torno tra dieci minuti e ricominciamo a spararci. Va bene? Solo dieci minuti, per favore».

Perché ogni giorno, alle undici in punto, l'ispettore Davide Pardo prendeva il caffè.

Ci teneva tanto a quel verbo. Lui *prendeva* il caffè, non lo beveva. La distinzione era fondamentale. Bere il caffè aveva il banale significato di assumere una bevanda, riduceva le proprietà taumaturgiche di quel liquido alla volgare meccanica dell'inghiottire; poteva andar bene al Nord o all'estero, dove ti somministravano bicchieroni pieni di una brodaglia priva di carattere. *Prendere* il caffè era diverso: ci si concedeva una pausa, un momento per sé. Era un rito sacro, irrinunciabile. Da consumare in religiosa solitudine.

Non che al commissariato si contendessero a pugni la sua compagnia: l'indole pessimista, l'aspetto irsuto e la carriera sfortunata gli avevano scavato attorno un invisibile fossato, che teneva lontani gli altri; così i colleghi gli rivolgevano la parola solo se costretti.

La moglie e i figli che tanto desiderava non erano mai arrivati, per un'incredibile serie di disgraziate relazioni che gli avevano impartito una lezione durissima: al contrario di quello che aveva immaginato, non erano molte le donne disposte a metter su famiglia. Ma se anche fosse stato popolare quanto una rockstar, il caffè delle undici lo avrebbe gustato comunque da solo: gli serviva per meditare, per riflettere su se stesso, su quello stronzo del destino e sull'uomo abitudinario che avrebbe voluto essere e non era stato.

Quel lunedì di aprile, come sempre, s'inerpicò su per il vicolo di fronte al commissariato in direzione del solito bar: un locale angusto e lercio, con un bancone squadrato che mal si adattava alla parete curva, dietro il quale un enorme barista di nome Peppe, dotato di un provvidenziale mutismo, quindi poco incline a intavolare invadenti conversazioni di argomento calcistico, preparava un caffè che, secondo Pardo, costituiva una prova a posteriori dell'esistenza di Dio.

Il rituale prevedeva che Davide entrasse e rivolgesse un grugnito a Peppe; che l'altro rispondesse con un grugnito del medesimo valore semantico, dando inizio alla liturgia; che Pardo tirasse fuori una moneta e la appoggiasse su un punto preciso del bancone eletto al ruolo di cassa; che Peppe sistemasse piattino e cucchiaino davanti al cliente abituale, mentre la sbuffante, monumentale macchina stillava oro nero in una tazzina bollente, già zuccherata col misterioso, perfetto quantitativo; che Pardo sgombrasse la mente da ogni pensiero, predisponendo bocca, stomaco e cuore all'assunzione del nettare; che la tazzina fosse adagiata con cura sul piattino e che, dopo un ulteriore attimo di raccoglimento, Pardo la prelevasse.

Era allora che il rito si compiva. Le labbra si accostavano frementi al bordo rovente di ceramica, le narici si dilatavano perché nulla di quell'aroma andasse perduto, papille e palato si preparavano ad accogliere un primo minuscolo sorso, che aveva la cruciale funzione di ustionare la lingua e cambiare segno alla mattinata.

Fu proprio in quel mistico istante che una mano strinse l'avambraccio del poliziotto, negandogli il contatto con la tazzina. L'interruzione dell'inalterabile sequenza dei gesti avrebbe compromesso senza rimedio il rapporto tra temperatura, profumo e sapore del nettare, rendendo quel lunedì, e con buone probabilità l'intera settimana, una merda.

Accortosi della disgrazia, Peppe sospirò e scosse il capo.

Davide, sgomento, fissò la mano. Era ossuta, piena di macchie, con le unghie trascurate. Doveva appartenere a un vecchio in pessime condizioni. Un mendicante, pensò l'ispettore. Un dannato mendicante che per qualche spicciolo mi rovina il caffè. Lo arresto, quant'è vero Iddio. Risalì con lo sguardo la manica di una giacca lisa e di un colore indefinibile. Mentre guadagnava la visione d'insieme, l'incredulità per essere stato interrotto durante l'unica, fugace parentesi di gioia che si consentiva ogni giorno mutò in una sorda, inevitabile rabbia. Indugiò su un colletto rigato di sporco, intorno al quale era stretta una cravatta sottile, stinta all'altezza del nodo per l'uso eccessivo. Si soffermò sullo spazio vuoto lasciato da un collo grinzoso, troppo magro per l'indumento, più grande di almeno una taglia. Inquadrò una bocca sottile, guance scavate e ricoperte da un velo di barba, un paio di baffi grigi, un naso affilato. E si ritrovò a scrutare due occhi, umidi e neri, che avevano un'aria familiare, ma a cui non riuscì a dare un nome.

Tornò a osservare con rimpianto la tiepida melma in cui si era trasformato quello che fino a poco prima era stato il fluido vitale che gli avrebbe trasmesso la forza per affrontare la giornata.

Poi ruggì:

«Ma tu chi cazzo sei, porca miseria?».

Il vecchio sorrise con un'espressione triste, senza allentare la stretta. «Non mi riconosci più, ispettore? È bastato solo qualche anno perché ti dimenticassi di me?»

Davide strizzò gli occhi e mormorò:

«Fusco? Ma che…». Tacque di colpo, prima di pronunciare la domanda che gli veniva spontanea.

L'altro annuì, senza togliersi dalla faccia il sorriso malinconico. «Quello che rimane di Angelo Fusco, sì. Me lo offri un caffè, Pardo? Sai, sono un po' a corto, negli ultimi tempi.»

Peppe, abituato a comprendere al volo le situazioni, mise due tazzine sul piano della macchina.

III

Il ragazzo percorse il corridoio a testa bassa, tenendosi rasente al muro. L'odore di disinfettante era intenso, e dalle porte socchiuse proveniva un fitto vociare.

Ormai aveva una certa esperienza in fatto di ospedali, e sapeva bene quanto cambiasse l'ambiente durante l'orario di visita, quando all'atmosfera ovattata e al sommesso ronzio dei televisori accesi subentrava quella breve parentesi di socialità. I malati si sforzavano di apparire meno afflitti, familiari e amici cercavano di infondere ottimismo e allegria: così tutti parlavano con un tono più alto del normale, infastidendosi a vicenda e ottenendo quasi sempre il risultato opposto a quello desiderato.

Il giovane si fermò davanti a una stanza. Appoggiata allo stipite, una guardia che giocava a scopa sul cellulare alzò il capo di malavoglia e lo fissò inespressivo. «Ah, sei tu. Il permesso ce l'hai?»

L'altro gli rivolse un cenno di assenso e tirò fuori dalla tasca dei jeans un foglio.

Il poliziotto lo lesse con calma, quindi chiese:
«E la carta d'identità?».

Il ragazzo fu sul punto di ribattere che l'aveva già mostrata almeno quattro volte nell'ultimo mese, e che comunque era l'unico che veniva a trovare il degente. Poi valutò che replicare era inutile, sospirò ed estrasse da un'altra tasca il portafoglio.

Il piantone esaminò il documento con flemma studiata, confrontando la foto col volto di chi aveva davanti. «I capelli so' cresciuti, eh?» Era la stessa, identica frase che aveva pronunciato in tutte e quattro le precedenti occasioni; e come in tutte e quattro le precedenti occasioni il diretto interessato annuì con un sorrisetto, fingendo di essere divertito. L'agente restituì il documento e trattenne l'autorizzazione, poi sottopose il visitatore a una perquisizione sommaria per verificare che non fosse armato e alla fine lo lasciò passare.

Il ragazzo entrò.

Nella camera in penombra c'erano due letti, ma solo uno era occupato. Il silenzio era rotto dal ritmo di un respiro pesante.

Dorme, pensò, avvicinandosi all'unica sedia di fòrmica sbeccata e accostandola all'anziano che riposava. I piedi di metallo arrugginito strisciarono sul pavimento e l'uomo si svegliò.

Il giovane aveva gli occhi scuri e penetranti, la pelle olivastra, il naso un po' sporgente sotto i ricci neri. I due si assomigliavano. Sedette e aspettò che il vecchio lo mettesse a fuoco nella luce tenue. Quando si accorse che lo stava fissando, chiese:

«Come ti senti?».

Il malato ridacchiò, emettendo un rantolo che dava i brividi. «Non sono ancora crepato, ma ci manca poco.»

«Mica devi morire per forza. A me tutta 'sta rassegnazione mi dà fastidio. Assai.»

Una tosse violenta, accompagnata da un rumore secco, cavernoso, innaturale, squassò il petto del vecchio.

Il ragazzo sfilò una salvietta da un contenitore sul mobiletto di fianco e gliela porse.

L'uomo la prese con una mano adunca e tremante, e si asciugò la bocca. «La rassegnazione non c'entra, ma non sono fesso. Il medico aveva una faccia, sai? Non si è sforzato troppo di nascondermelo.»

«Non capisco perché non chiami un altro dottore» rispose brusco il ragazzo. «Mi sono informato, si può: è un tuo diritto. Questi sono dei macellai, magari uno più in gamba…»

Il vecchio lo interruppe, in tono piatto:

«Certo che si può, ma te lo devi pagare. E mi pare che siamo d'accordo di non sprecare i soldi. Piuttosto, lei come sta?».

Il giovane guardò la finestra. Dalla tapparella semichiusa filtravano i raggi di un incerto sole di primavera, il pulviscolo vorticava, lento, nell'aria. «E come deve stare? La conosci, la situazione. Se non entra in quel maledetto protocollo, non c'è speranza. È solo questione di tempo.»

«Ma sta reagendo o ha mollato?»

Il ragazzo sorrise. Non capitava spesso, e al vecchio si strinse il cuore.

«È forte, lei. Mi dispiace che non l'hai mai incontrata. Ragiona in un modo tutto suo. Non è una che si abbatte. Solo che...» S'interruppe di colpo.

Il vecchio attese qualche secondo. «Solo che?»

«Ieri mi ha proibito di andare a trovarla. Ti rendi conto?»

«Cioè?»

Il ragazzo si alzò e raggiunse la finestra, dando le spalle al letto. Dopo un po' disse:

«Ha chiesto uno specchio a un'infermiera per pettinarsi. Si è vista la faccia e ora ha paura di essere un mostro. Invece ti giuro che per me è sempre uguale. Certo, le mani... Ma il viso, no. È come prima, almeno per me». Tirò su col naso e il vecchio immaginò che stesse piangendo, ma quando riprese a parlare la voce era ferma:

«Non vuole che io la veda così. Di una persona, secondo lei, devono restare i momenti felici e la gioia negli occhi. Continua a ripetere che i ricordi sono importanti per trovare la forza quando... Insomma, ha minacciato di non lasciarmi più entrare».

«E tu?»

«Le ho risposto che non voglio sentire queste fesserie. Che non è certo l'aspetto... Che io ci vado per me. E lo so che sta benissimo anche da sola, ma sono io a stare male senza di lei.» Il ragazzo si voltò. Aveva un'espressione impassibile, dura, affilata, anche se le lacrime gli rigavano le guance.

Il malato tossì di nuovo, si asciugò la bocca e cambiò discorso:

«Ascoltami bene, devi tornare dalla vedova».

«È inutile, lo sai, ci sono stato due volte e la seconda non ha accettato nemmeno di ricevermi. Quella stronza della domestica mi ha avvisato che chiama la polizia se mi ripresento, e...»

Il vecchio lo zittì con un gesto secco. «Se le spieghi che hai la lettera, e intendi divulgarla, stai certo che accetterà di riceverti.»

Il ragazzo trasalì. «No, è impossibile. Salterebbe fuori tutto, e tu...»

L'altro scoppiò a ridere. Le labbra si ritirarono svelando i denti guasti, i lineamenti si contrassero in un ghigno. In lui ogni cosa contrastava con quell'assurda ilarità. «Io? E che può capitarmi peggio di questo dolore terribile, di questa agonia, di questo inferno? Adesso posso solo rimediare a quello che ho fatto. O meglio, a quello che *non* ho fatto.»

Il giovane era affascinato e sconvolto allo stesso tempo:

«Lo sai che per lei è il contrario? Per lei non c'è niente di più importante dei ricordi, tu invece sei disposto a giocarti anche il nome pur di...».

L'altro non lo lasciò finire:

«Il tempo. È questo che ci lega, capisci? Non ne abbiamo. A me ne rimane poco da vivere, lei ne ha poco per non morire. Non ci siamo mai conosciuti, ma entrambi non abbiamo tempo. E l'unica cosa che ci resta è aiutarti. Devi dire alla vedova della lettera».

Il ragazzo abbassò la testa e mormorò:

. «D'accordo, allora ci provo. Devo provarci per forza. Tu, però, aspetta, per favore. Non te ne andare».

Il vecchio sorrise. «Ci provo. Devo provarci per forza.» E tossì ancora.

IV

Il bar di Peppe era un buco, impossibile trovare un posto per sedersi. Così il titolare, tanto taciturno quanto determinato, aveva pensato di estendere i confini della sua proprietà piazzando un tavolino e due sedie davanti all'entrata. L'improvvisato dehors costringeva i pedoni a funamboliche evoluzioni per non scendere dal minuscolo marciapiede e rischiare la pelle: il locale, infatti, era ubicato appena dopo una curva cieca di un vicolo strettissimo. La spregiudicata occupazione di suolo pubblico presentava un interessante risvolto sonoro, che variava in base al florilegio di improperi pronunciati dai passanti quando due clienti erano seduti fuori a consumare.

Pardo e l'uomo che l'aveva avvicinato si fissavano sorseggiando, l'uno di fronte all'altro, i caffè che Peppe, dopo un eloquente cenno del capo in direzione del tavolino, aveva servito. L'ispettore era in grave imbarazzo, non riuscendo a nascondere lo sconcerto per lo stato dell'ex collega.

Il vicecommissario Angelo Fusco era stato il suo diretto superiore nel periodo in cui si era consumato l'evento che aveva compromesso la carriera di Pardo. In quell'occasione, Angelo era stato l'unico ad aiutarlo, e il suo apporto era stato cruciale per evitare l'avvio di un'azione disciplinare o addirittura di un processo: il tutto per uno schiaffone mollato a uno stronzo di presidente di un circolo nautico, nel cui magazzino era stata nascosta una grossa partita di stupefacenti.

All'epoca Fusco era grande e grosso, tendeva alla pinguedine, e aveva modi un po' bruschi. Non parlava molto, sembrava sempre malinconico e non si poteva certo sostenere che lui e Davide fossero amici: ma almeno parlando ti guardava in faccia, e non mentiva. Era già tanto.

Pardo lo aveva perso di vista subito dopo essere stato trasferito, e qualche anno prima gli era giunta notizia del pensionamento anticipato del vicecommissario. Da allora non aveva più pensato a lui, e in quelle condizioni nemmeno lo avrebbe riconosciuto se l'avesse incrociato per caso: ma adesso che ce l'aveva davanti, ritrovava nei suoi occhi la determinazione e l'intelligenza di una volta. Era proprio lui. Senza dubbio.

Fu Angelo a rompere il ghiaccio:

«Sto messo male, lo so. Inutile che cerchi di nasconderlo, ce l'hai scritto in fronte che lo pensi. Hai la stessa espressione di tutti quelli che non mi incontrano da un po'».

Pardo provò a fingere, ma non gli era mai riuscito bene:

«No, non è vero, è che non ci si vede da tanto, e per me ricordare quel periodo non è molto...».

L'altro lo interruppe:

«Ti hanno messo in mezzo per guadagnare tempo e spostare la droga dal magazzino. Perciò presi le tue parti, per impedire quella merdata. Tu però combinasti un casino, pigliando a schiaffi il tipo».

Pardo lanciò un'occhiataccia a una donna paffuta che stava imprecando. Era in bilico sul bordo del marciapiede, a pochi centimetri da loro, e uno scooter l'aveva quasi investita mentre si destreggiava nel tentativo di aggirarli. «Ormai è acqua passata, però potevi avvertirmi che era una montatura! Sarei andato dal commissario e...»

La bocca di Fusco si piegò in una smorfia:

«Da Palmieri? Ma quello prendeva mazzette, era d'accordo con loro. È proprio da lui che ti difesi».

«Palm... Palmieri era corrotto? E me lo vieni a raccontare adesso? L'avrei denunciato, avrei risolto tutto.»

Angelo accese una sigaretta e sbuffò una nuvola di fumo. «Non avresti risolto niente, Pardo. Credi che la gente come Palmieri non si pari il culo? Paga chi deve pagare e sta tranquilla. È un sistema, mica sono casi isolati. Comunque non sono qui per rivangare questa storia.»

Davide sbirciò l'orologio. Aveva ben presente la tendenza dei pensionati a combattere la noia importunando i colleghi ancora in servizio con interminabili chiacchiere sulle indagini in corso. Per gli ex poliziotti era l'equivalente della mania di certi anziani che ronzano intorno ai cantieri pontificando sull'efficienza degli operai e sull'avanzamento dei lavori. «Ascolta, Fusco, è stato un piacere, ma devo scappare. Perciò, se hai finito, io...»

Il pensionato scoppiò a ridere. «Dài, Pardo! Le voci girano, lo sappiamo che se non torni in ufficio per l'intera giornata nessuno se ne accorge. Tu sei un dinosauro, ti tengono a compilare verbali dalla mattina alla sera.»

L'ispettore fece l'aria offesa. «Oh, io ti rispetto e non voglio offenderti, ma proprio non mi è chiaro perché dovrei lasciarmi insultare da uno che...» Tacque di colpo, imbarazzato.

Fu il vicecommissario a concludere:

«Da uno che pare già morto? Sì, è vero. Sono malato. E secondo qualche medico è incredibile che sia ancora vivo, e persino in grado di camminare. Alcuni dottori non hanno troppo tatto coi pazienti terminali».

Pardo si pentì di averlo pensato. «Ma no, non volevo mica... Mi dispiace, davvero. Scusami. Di che hai bisogno?»

«Quando uno è ridotto come me, dovrebbe starsene a letto e aspettare. E non sarebbe nemmeno un male, se ci fossero dei bei ricordi a riscaldarti il cuore. Invece il problema è che a volte i ricordi ti ossessionano.»

Davide annuì, fingendo di aver colto la profondità di quel pensiero.

Fusco continuò:

«Mi serve un favore. L'amico tuo prete, Rasulo Gerardo, sta ancora a Poggioreale?».

Tra i pochissimi amici di Pardo c'era appunto padre Rasulo, l'anziano cappellano del carcere, un tipo strano, convinto che con l'amore e la gentilezza si potesse riparare ai mali del mondo. Chissà perché gli si era affezionato. Si erano conosciuti quando Davide era di scorta a un giudice, e da allora erano rimasti in contatto. Fusco lo aveva incontrato in commissariato, in occasione delle visite del sacerdote a Pardo, e aveva spesso ironizzato sull'afflato religioso del sottoposto. «Sì, certo, anche se non ci frequentiamo più» confermò l'ispettore sulla difensiva. «Ormai è vecchiotto e ha abbandonato l'idea di convertirmi. Perché mi chiedi di lui?»

Angelo cambiò espressione, diventando all'improvviso serio, ansioso. «Ho bisogno di un colloquio con un detenuto. Non ho motivazioni ufficiali, non sono un parente e nemmeno lo conosco, ma devo parlarci. E anche in fretta.»

Davide lo fissò, inquieto. «E che c'entro io, scusa? Mica sono un magistrato. Inoltra regolare domanda, spiega le tue ragioni e hai risolto.»

Fusco sbuffò. «Pardo, non essere stupido. Sai benissimo che non mi autorizzerebbero, e comunque ci vuole tempo e io non ne ho.»

«Dài, non stai così male» minimizzò l'ispettore. «Se sei riuscito a venire fin qui, allora puoi anche...»

Angelo si sporse in avanti e gli strinse un braccio. «Il problema non sono io, Pardo. È lui. Sta messo peggio di me, e vuole vedermi. Per contattarmi ha mandato uno che era in carcere e adesso è uscito. Perciò mi serve il tuo prete.»

Davide si liberò dalla stretta ancora vigorosa. «E mollami, cacchio, mi fai male! Chi sarebbe, il detenuto? E perché vuole vederti?»

Il vicecommissario tornò ad appoggiarsi allo schienale della sedia. La mano gli tremava. Fece un profondo respiro e disse:

«Si chiama Lombardo, Lombardo Antonino, ma lo chiamano Nino. È allettato, non si alza più, ce l'ha ai polmoni, ma a quanto mi ha raccontato l'ex compagno di cella, le metastasi sono ovunque. Il perché, invece, non ti riguarda e non ti deve riguardare. È meglio badare agli affari propri, non l'hai ancora imparata la lezione?».

Davide si alzò di scatto. «Oh, Fusco, io non ti devo niente, è chiaro? Difendermi all'epoca era tuo dovere, ti ringrazio, ma finisce là. Padre Rasulo non lo sento da una vita, magari è morto. Poi perché dovrei rompergli le scatole? Hai pure ammesso che sapevi della corruzione al commissariato della Riviera, e te ne sei stato zitto. In linea di principio sei complice, perciò dacci un taglio.»

Angelo lo fissava con gli occhi colmi di un dolore che sembrava non avere fine. «Mi dispiace per quello che è successo. Eppure io ti ho protetto. Non mi devi niente, è vero; però ti sto chiedendo aiuto, e i poliziotti aiutano la gente. Te lo ricordi ancora perché hai scelto questo mestiere o l'hai dimenticato?»

Davide fu preso in contropiede. Aprì e richiuse la bocca un paio di volte. Poi rispose, brusco:

«Adesso sono in ritardo. Dammi il cellulare, faccio un tentativo col prete. Se non può, basta così. D'accordo?».

Angelo gli passò un foglietto. Poi si alzò, e mormorò:

«Il mio è allo stomaco. Ne ho ancora per un po', ma non per molto». Si girò e se ne andò, appoggiandosi al muro.

V

Sara Morozzi si era interrogata a lungo sul rapporto che aveva con il cibo ed era arrivata alla conclusione che fosse una buona metafora della sua vita. Anzi, a essere precisi, costituiva una vera e propria mappa emotiva.

Aveva imparato a cucinare da piccola grazie alla grande passione della madre. Forse era un modo per condividere qualche momento di intimità con quella donna introversa, che sembrava sempre smarrita dietro pensieri lontani: se si ha una buona manualità, le diceva mentre era impegnata a impastare o tritare, e si ha la fortuna di essere nati in una città con una tradizione così vasta di ricette e sapori, allora si deve imparare per forza.

All'università, quando ormai abitava da sola, si limitava a nutrirsi cavandosela con pasti semplici e veloci, nelle brevi pause che si concedeva tra i tanti impegni. Aveva ricominciato a cucinare con trasporto appena sposata; le piaceva sorprendere il marito, assecondarne i desideri: almeno fino al momento in cui anche i pranzi e le cene, come tutto il resto, si erano raffreddati nella monotonia della routine.

Quando si era innamorata di Massimiliano e lui aveva cominciato a frequentare il piccolo appartamento in cui viveva da sola dopo la separazione, Sara aveva riscoperto il piacere della tavola. Aveva addirittura acquistato una batteria di pentole e una serie di utensili per creare i manicaretti che il suo amore avrebbe gustato. Ricordava con assoluta precisione le espressioni di lui mentre assaggiava qualche nuova delizia. Per gioco lo costringeva a elencare gli ingredienti delle diverse portate: Massimiliano non li indovinava mai tutti, e lei lo prendeva in giro.

La lunga malattia del compagno e la solitudine in cui Sara era sprofondata dopo la sua morte avevano cancellato in lei la voglia di cimentarsi con pietanze elaborate. Il peso immane della nostalgia sarebbe stato insopportabile, come sfogliare un album di fotografie che ritraevano istanti felici ma con la consapevolezza che non sarebbero mai più tornati.

Così erano passati gli anni, e mentre il cuore ingrigiva, insieme ai capelli e alla pelle, aveva smesso di cucinare. Alimenti precotti e surgelati. Frigorifero e microonde. Affettati di colori diversi ma sempre dello stesso sapore, vasetti da aprire, cucchiaini di plastica. Un universo sintetico l'aveva avvolta nel suo gelido abbraccio, quasi fosse l'inospitale reggia di ghiaccio di una favola triste.

Poi era accaduto l'impensabile: Massimiliano era tornato da lei. Non con le sembianze dell'unico uomo che avesse desiderato davvero, no – quelli erano miracoli che la vita vera non concedeva. Ma il nuovo Massimiliano, che tra poco avrebbe compiuto un anno e che la guardava volteggiare tra tegami e padelle ciangottando dal seggiolone e mordendo con incrollabile dedizione una paperella di gomma gialla, minacciava di occupare nel suo cuore lo stesso spazio di colui dal quale aveva preso il nome.

Così Sara si era rimessa ai fornelli. Davvero il cibo custodiva la storia dei suoi sentimenti. La differenza tra sfamarsi e cucinare, pensò, è l'amore.

Certo, ci sarebbe voluto ancora del tempo prima che il piccolo Massimiliano potesse apprezzarne l'abilità culinaria, per il momento assaporava soltanto qualche mollichina di impasto di pane bagnato, formaggio e carne macinata, che di nascosto lei gli somministrava sulla punta dell'indice; tuttavia era l'amore per il bambino a riunire a cena, ogni settimana, una strana compagnia di commensali. Secondo una recente ma solida consuetudine, si incontravano il lunedì sera a casa di Viola, compagna del defunto figlio di Sara e madre di Massimiliano, per chiacchierare e apprezzare il menu della nonna. All'appuntamento non mancava mai Davide Pardo, in qualità di apprensivo zio acquisito.

L'ispettore rappresentava un intermezzo comico per le due donne, che lo prendevano in giro con arguzie di cui lui nemmeno coglieva il senso. Quella volta, al contrario del solito, era silenzioso, pur non avendo perso la capacità di abbuffarsi masticando con il ritmo e la voracità di una betoniera. I tentativi di coinvolgerlo nella conversazione si infrangevano contro i monosillabi ruminati dell'accigliato poliziotto; Sara e Viola si erano scambiate sguardi interrogativi fin dall'antipasto.

Neanche la seconda fetta di dolce, una sontuosa pastiera che celebrava la Pasqua imminente, sciolse l'inconsueto mutismo di Davide, e a quel punto Viola decise di risolvere la questione con l'abituale sensibilità e il *savoir-faire* che contraddistinguevano il suo modo di rivolgersi all'ispettore:

«Oh, Pardo, se devi venire qua a ingozzarti come un maiale all'ingrasso senza nemmeno fiatare, spendi quei cinque euro e vai in un fast food, chiaro?».

Davide sobbalzò, sbatté le palpebre sorpreso, e soffiando zucchero a velo rispose:

«Ma scusa, che ho fatto?».

Sara lanciò un'occhiataccia alla ragazza e cercò di stemperare i toni:

«Sai, oggi sei così taciturno. Siamo un po' preoccupate».

«Io non sono preoccupata» precisò Viola. «Se si va a mangiare a sbafo da qualcuno, è buona educazione spiccicare almeno quattro parole.»

Pardo depose la forchetta nel piatto. «Avete ragione, scusatemi. È che stamattina mi... mi hanno rovinato il caffè delle undici. Il lunedì, poi...»

«Che è successo?» domandò Sara.

Pardo raccontò dell'incontro con Fusco, del favore che gli aveva chiesto, delle imprecazioni della donna paffuta, del ritardo in ufficio, delle battute acide dei colleghi a proposito della sua negligenza e della pessima giornata che ne era seguita.

Viola sbuffò. «Mamma mia, che lagna. Per un caffè, che poi hai bevuto comunque... Secondo me, averne pagati tre ti ha sconvolto, tirchio come sei.»

«Io non sono tirchio» protestò l'ispettore, «sono parsimonioso, è diverso. Ho un mutuo enorme sul groppone, per un appartamento che è diventato proprietà di un cane gigantesco, in cui ormai sono io l'ospite. Pure ieri mi ha buttato giù dal letto, quella belva. I soldi non c'entrano niente, è che mi porta male non prendere per bene il caffè. Il lunedì, poi.»

Sara sorrise al pensiero di Boris, il Bovaro del Bernese fuori taglia che aveva un rapporto tanto esclusivo quanto conflittuale col suo coinquilino; ma un dettaglio della storia di Davide aveva acceso un campanello in un luogo recondito della sua memoria. «Scusa, Pardo, mi ripeti il nome del detenuto che il tuo amico vuole incontrare?»

«Primo, non è un mio *amico*, anche se devo ammettere che all'epoca fu l'unico a spendersi per me in quel covo di vipere. Secondo, non voglio certo chiamare un prete rompipalle, che peraltro non sento da un pezzo, per...»

«Sì, certo, ma dimmi il nome di quello in carcere.»

Davide tirò fuori il foglietto dalla tasca e controllò:

«Ricordavo bene, Lombardo Antonino. Perché?».

Viola, con il piccolo Massimiliano in braccio, commentò acida:

«Ma che meraviglia: ammetti che quel tizio è l'unico

che ti ha difeso, e già questo mi fa dubitare della sua sanità mentale, eppure non vuoi dargli una mano. Bella gratitudine».

«Non hai idea dell'ambiente in cui lavoro» ribatté Pardo. «Magari Fusco lo vuole vedere per qualche magagna, un affare di bustarelle o ricatti, che ne so. Un domani la faccenda salta fuori, risulta che sono stato io a organizzare l'incontro, e ci vado di mezzo. Non sarebbe la prima volta che mi capita.»

Sara intervenne:

«Forse potresti informarti in via ufficiosa sul detenuto, solo per capire chi è, perché sta in galera, e per quale motivo vuole incontrare il tuo ex collega».

L'ispettore rifletté, cupo, per qualche istante. Poi si strinse nelle spalle e disse:

«Magari sì. Domani potrei dare un'occhiata al database, forse così mi evito di coinvolgere il prete. Invece adesso voglio di sicuro un'altra fetta di casatiello».

Viola lo fissò disgustata. «Dopo il dolce?»

Pardo sorrise, serafico. «Be'? Non lo sai che nello stomaco si mischia tutto?»

VI

La ragazza chiuse la porta, salutata dall'ultimo, melodioso messaggio dell'acchiappasogni. Il pomeriggio era stato tranquillo, e l'unico episodio degno di nota era rimasta la visita dell'agitato collezionista che cercava il volumetto del 1928 in inglese. O meglio, pensò serrando con attenzione il secondo chiavistello, la lettera che c'era tra le pagine. Perché dall'atteggiamento dell'uomo le era parso chiaro che non era certo la guida alle bellezze del golfo, così come si presentava alla fine degli anni Venti, a interessarlo.

Dai libri saltava fuori di tutto. Certe volte era anche divertente; lei stessa aveva trovato una pagella, alcune poesie vergate a mano, una ricetta di vecchi farmaci. Le era anche capitata una Bibbia che, dopo la *Genesi*, si trasformava in un romanzo pornografico. Nella maggior parte dei casi i ritrovamenti si riducevano ad appunti scritti in grafie incomprensibili, liste di impegni da sbrigare o di luoghi da vedere. Lei dava una scorsa veloce, poi cestinava.

Di quella lettera, invece, le era rimasto in mente il

nome della donna, che si chiamava come la sua migliore amica e compagna di banco delle elementari. Quando aveva deciso di restituirla al proprietario, se n'era ricordata subito.

Certo, rifletté mentre si avviava nella sera verso la fermata dell'autobus, quel maleducato non si meritava di riaverla. Era stato davvero scortese, e lei aveva dovuto rimetterlo in riga. Non c'era niente di più falso e sbagliato dell'adagio secondo cui il cliente ha sempre ragione; anche se non era la titolare, ma solo una commessa, nessuno poteva permettersi di mancarle di rispetto. A colpirla di più era stata la reazione dell'uomo quando gli aveva consegnato la missiva. Sul suo volto si erano alternarti sollievo e pena, felicità e un'inspiegabile rassegnazione.

Scrollò le spalle, non era un problema suo. Però era curiosa e avrebbe accolto volentieri le confidenze di quell'individuo, anche solo per capire l'importanza di una lettera che, alla fine, si riferiva alla banale consegna di un regalo. Non l'aveva letta con attenzione, e non rammentava se ci fossero la data e il luogo di un appuntamento. Comunque, il collezionista era più interessante del figlio, che le era parso un tossico come tanti.

Del resto, in fatto di uomini la ragazza aveva gusti particolari. Le colleghe dell'università, le uniche persone che riusciva a frequentare nel poco tempo libero di cui disponeva, erano attratte da bellocci per lei insignificanti: fisici atletici, dentature perfette, vestiti alla moda. Lei era intrigata dai tipi tormentati, capaci di provare sentimenti intensi e difficili da decifrare. Secondo suo fratello aveva la sindrome della crocerossina.

Sorridendo arrivò alla pensilina del trasporto pubblico. Non c'era nessuno, segno che avrebbe dovuto attendere la corsa un bel po'. Sospirò, rassegnata.

Dopo qualche minuto, una motocicletta sopraggiunse rombando. Inchiodò con una frenata spettacolare e si arrestò a qualche centimetro da lei, che era sovrappensiero. La ragazza sobbalzò e imprecò a mezza voce. Il centauro si tolse il casco ridendo, era uno studente che un po' le faceva il filo, uno dei quartieri alti che prendeva lo studio con molta allegria e poco impegno.

«Ciao» la salutò. «Non lo sai che in questa città è pericoloso rimanersene sola a quest'ora?»

«Ma sei cretino?» rispose lei con una mano sul petto e il cuore in gola per lo spavento. «Poteva venirmi un colpo!»

Il centauro continuò a ridere. «Addirittura, per così poco? Come mai da queste parti?»

Ancora spaventata, la ragazza rispose brusca:

«Secondo te dovrei restare confinata in zona universitaria? Non sono abbastanza altolocata per bazzicare questo posto?».

Lui sbuffò. «Figurati, io questo quartiere lo schifo, dal profondo del cuore. Molto meglio dove vivi tu. Insomma, sei in giro per negozi?»

La ragazza scosse il capo e ribatté con orgoglio:

«No, caro. Io qui ci lavoro».

«Davvero?» domandò l'altro, sorpreso. «E dove?»

«Da quella parte.» Agitò la mano in un gesto vago. «Alla libreria antiquaria in fondo alla strada.»

Il giovane sembrò perplesso. «Ma non era morta e sepolta?»

La ragazza replicò piccata:

«Solo perché tu non frequenti le librerie, e chissà perché la cosa non mi sorprende affatto, non devono chiudere per forza. Certo, se fosse per quelli come te, la cultura sarebbe roba da museo».

Il motociclista non trattenne l'irritazione:

«Mi riferivo alla proprietaria. Era già decrepita quando da bambino passavo là davanti per andare a giocare a pallone, è assurdo che sia ancora viva. E comunque, non mi sono certo fermato per sorbirmi i tuoi insulti».

«Ah, no? Allora volevi solo spaventarmi?»

«No, *cara*, volevo darti un passaggio, perché a quest'ora l'autobus, ammesso e non concesso che esista, non arriva più.»

La ragazza diede un'occhiata all'orologio e parve incerta. Aveva da studiare, non mancava molto all'esame, e sarebbe stato meglio non perdere tempo: ma quel presuntuoso che pensava di rimorchiarla con uno schiocco di dita la infastidiva. Dopo un attimo di esitazione, scosse la testa:

«No, grazie. Preferisco aspettare».

Il centauro ignorò la risposta:

«Guarda, oggi mi sento buono e voglio offrirti una seconda possibilità. Salta su, che ti accompagno a casa.

E mentre guido ti permetto anche di abbracciarmi. È il tuo giorno fortunato».

Aveva davvero il potere di esasperarla. «Ho detto di no, ringraziandoti. Adesso ti ripeto che non voglio nessun passaggio, e mi risparmio pure il grazie.»

Lui cambiò espressione, quasi avesse ricevuto uno schiaffo. Il sorriso sparì, le labbra si serrarono e sulla mascella guizzò un muscolo:

«Oh, cafoncella, ma come ti permetti? In campagna non vi insegnano l'educazione? Impara le buone maniere, altrimenti prima o poi trovi chi te le spiega per bene».

A una cinquantina di metri, dall'abitacolo di un'auto qualcuno osservava la scena.

VII

Dopo la cena da Viola, mentre tornava verso casa, Sara pensò a Massimiliano.

Le piaceva camminare, aveva un passo agile e calzava sempre delle scarpe basse. Non erano eleganti e non slanciavano le gambe, ma lei, fedele a un'abitudine consolidata, non concedeva nulla all'estetica. I capelli grigi, l'assenza di trucco, gli abiti comodi e sobri restituivano a un'occhiata distratta l'impressione di una donna ordinaria, avanti negli anni. Quasi invisibile. Proprio come desiderava essere. In principio questo stile era dettato da un'esigenza quasi ideologica. Sara nutriva una profonda avversione per ogni forma di menzogna, e non aveva mai tollerato la falsità. Smascherare chi non era sincero equivaleva, per lei, a una specie di missione, e in fondo tingersi i capelli, truccarsi, mettere i tacchi per sembrare più alte non erano forse una finzione?

Massimiliano Tamburi, però, aveva scoperto la vera Sara al primo sguardo. Certo, all'epoca era giovane e l'aspetto dimesso non riusciva a nascondere del tutto la naturale eleganza e la femminilità che ora celava alla perfezione; ma l'affascinante capo di un'unità speciale dei Servizi, di oltre vent'anni più grande, era addestrato a non fermarsi alle apparenze. E si era innamorato di lei, che l'aveva già scelto come suo uomo. Così erano stati insieme finché lui non era morto.

Adesso ti spiego, amore mio: di fronte all'autentica bellezza, l'apparenza svanisce. L'attenzione delle donne per se stesse, in realtà, ha un unico scopo: incantare gli uomini. E noi ci lasciamo incantare, perché quegli sforzi ci gratificano. Abiti firmati, creme e cosmetici, diete e palestra, tacchi e tinte: tutto per catturare il desiderio dei maschi. Accade di rado di incontrare una come te, che non vuole sembrare diversa, soltanto perché non vuole sembrare affatto. Tu, amore mio, hai dentro una luce che splende lo stesso, anche se cerchi di trattenerla. Uno stupido può non accorgersene, certo: ma se uno sa appena appena guardare, lo lasci abbagliato. E resta così, per una vita intera.

Sarebbe rimasta ore ad ascoltare Massimiliano parlarle d'amore. Le sembrava di sentirlo anche adesso, mentre la strada accoglieva il suo passo nella notte senza luna.

Sara si chiese per l'ennesima volta perché, sentendo il nome del detenuto che voleva un colloquio con il collega di Pardo, le era venuto in mente Massi. Non riuscire a isolare il motivo le procurava un insolito disagio. Appena sotto la superficie della coscienza, si insinuava una sensazione spiacevole connessa a Lombardo Antonino. Lombardo, Lombardo... Neanche così particolare come cognome. E se aveva pensato a Massi, allora perché aveva percepito quel disagio?

Continuò a camminare spedita, superando un barbone che dormiva avvolto nelle coperte per proteggersi dall'aria ancora frizzante. Magari si stava confondendo. Magari rammentava altro. Magari tra questo Lombardo e Massimiliano non c'era alcun rapporto.

Poi ricordò. E fu un lampo così vivido e improvviso che si bloccò di colpo mentre attraversava la strada. Per fortuna non passava nessuno.

Dalla memoria affiorò lo scorcio di una via anonima e grigia, l'esterno della sede dell'unità, un pomeriggio di pioggia. Lei e Teresa, la collega bionda di cui era diventata amica, rientravano dal pranzo chiacchierando e ridendo. Appena svoltato l'angolo, a una ventina di metri, Massimiliano, ancora giovane e in salute, dialogava accalorandosi con un tipo di spalle dai radi capelli neri, vestito di scuro. I due stavano sotto lo stesso ombrello.

Sara e Teresa avevano rallentato l'andatura, per rispetto e anche per la sorpresa. Non avevano mai visto il capo intrattenersi con qualcuno che non appartenesse all'unità, tantomeno in strada, alla luce del sole, di fronte ai passanti e perdipiù sotto lo stesso ombrello. Si erano date di gomito e si erano fermate.

Da lontano Sara non poteva udire le parole, ma la discussione era piuttosto concitata. La sua eccezionale abilità di leggere i volti e il linguaggio del corpo le permise di distinguere nell'atteggiamento di Massimiliano tensione, preoccupazione, persino una punta di ansia.

Con le percezioni affinate dall'addestramento, l'agente Morozzi Sara inquadrò la bocca dell'uomo che amava, e col quale avrebbe condiviso la vita di lì a poco. Le labbra pronunciarono per ben tre volte la parola "Lombardo", rivolta all'uomo di spalle. La donna comprese che quello doveva essere il nome dello sconosciuto.

Appena incrociò lo sguardo di Sara, Tamburi troncò la conversazione. L'altro uomo andò via di fretta, e le due donne non riuscirono a scorgere il volto dietro l'ombrello. In ufficio, Massimiliano non accennò all'incontro e la storia finì lì. Sara calcolò che doveva essere all'incirca l'inverno del 1991, pochi mesi dopo il suo ingresso nell'unità.

Senza una ragione precisa, quell'episodio l'aveva disturbata, ma non aveva il diritto di chiedere spiegazioni a Massimiliano. E anche in seguito non era tornata sull'argomento, ma la maniacale riservatezza di lui aveva reso quella circostanza una singolare eccezione.

Certo, poteva essere una coincidenza. Certo, poteva essere un altro Lombardo. Certo, poteva sbagliarsi. Ma adesso, di notte e a quasi trent'anni di distanza, quel ricordo era ricomparso con un'intensità e una nitidezza sconcertanti. Si chiese se doveva fidarsi di quell'istinto che non l'aveva mai tradita. Mai.

Non è solo lavoro, amore mio, e del resto un mestiere come il nostro non si può insegnare più di tanto. Quindi ascoltami, che io di strada ne ho percorsa più di te. Tu hai un dono speciale, che è solo tuo. Non ho mai conosciuto nessuno come te, e ho avuto la fortuna di incontrare i migliori del mondo, quando giocavi ancora con le bambole e noi eravamo in guerra, tutti contro tutti. Hai un dono, Sara. Ti viene spontaneo, perciò credi che sia normale e non ne percepisci l'unicità. Invece è unico. Lo chiami "istinto", ma è velocità. Ancora prima che elabori i dati, la tua mente li ha già collegati. È velocità, sì, insieme a un ingrediente speciale che io non sono in grado di indovinare, come nel nostro gioco con i piatti che cucini per me. Fidati sempre, amore. Quello che chiami "istinto" non ti può ingannare.

Lombardo. Lombardo Antonino.
Fidati delle tue sensazioni, ripeteva Massimiliano.
Entrata nell'androne del palazzo, Sara non si diresse all'ascensore che l'avrebbe portata al sesto piano dove abitava. Scese per la rampa di scale che conduceva al locale delle cantine. Raggiunse la sesta porta, introdusse nella serratura una chiave con una targhetta azzurra. Aprì, premette un interruttore e il chiarore di un neon illuminò un ambiente quadrato, pieno dei soliti oggetti che ingombrano ogni scantinato: scatoloni, libri, vecchie giacche impolverate. Dopo aver chiuso la porta alle sue spalle tirando un chiavistello, si avvicinò a un armadio di legno all'interno del quale, tra diversi soprabiti ormai fuori moda, c'era un loden verde.

Spostato il cappotto, la mano della donna trovò a tentoni la manopola di un'apertura a combinazione. Sara cominciò a ruotarla in senso orario e antiorario, componendo una sequenza di cifre: minuto, ora, giorno, mese e anno del suo ingresso nell'unità, la prima volta che aveva visto Massimiliano Tamburi.

Il fondo dell'armadio si schiuse con uno scatto, Sara sgusciò dentro e accese una luce. Si ritrovò in un vano occupato da scaffali alti fino al soffitto che ospitavano migliaia di dossier, conservati in cartelline di vario spessore.

Raccolto in decenni di attività, l'archivio di Massimiliano era rigorosamente cartaceo e non era mai stato riversato su alcun supporto digitale, di cui l'uomo aveva sempre diffidato. Quegli incartamenti custodivano la storia segreta del Paese. Delitti, stragi e corruzione, rapporti tra politici e mafiosi, industriali ricattati e funzionari ricattatori; sette religiose e apparati deviati, terroristi e criminali in giacca e cravatta; vizi segreti di donne e uomini dello spettacolo, di cardinali e monsignori, di ministri e senatori; guerre occulte, vinte o perse all'insaputa dei più; attentati mascherati da incidenti e incidenti mascherati da attentati: il tutto classificato in ordine alfabetico, con collegamenti e rimandi precisi, una parte persino criptata, in un codice che solo Sara era in grado di interpretare.

Massimiliano le aveva chiesto di distruggere l'archivio dopo la sua morte. Le aveva detto che era stato la sua personale assicurazione sulla vita, che senza quei fascicoli sarebbe finito di sicuro in qualche pilastro della tangenziale o in fondo al bel mare del golfo molto prima che la malattia invadesse il suo corpo. Le aveva spiegato che una volta deceduto, il reperimento e la distruzione di quella pesante eredità sarebbe diventato l'obiettivo di tanti.

Sara aveva rimandato in più occasioni l'esecuzione di quelle ultime volontà, fino a rassegnarsi all'evidenza che non avrebbe mai avuto il coraggio. L'archivio era troppo intriso della memoria del compagno. Le sarebbe sembrata una seconda cremazione, e non avrebbe potuto sopportarlo.

L'aeratore ronzava sommesso, mantenendo l'ambiente secco e a temperatura costante.

La donna iniziò a cercare: Lombardo Antonino.

Lo cercò, e non lo trovò. Scorse la lettera L, quindi passò alla A con trepidazione crescente, pian piano la curiosità lasciò il posto alla sorpresa e infine all'angoscia. Massimiliano aveva censito, anche solo con brevi note, tutti quelli con cui era entrato in contatto quando era in servizio e anche coloro di cui aveva avuto una conoscenza indiretta. Era impossibile che quel nome non ci fosse.

Uscì dalla cantina che era quasi l'alba, senza aver trovato nulla. L'inquietudine le pesava sul cuore come un macigno.

Il mio istinto, pensò. In qualche modo ne ero certa.

Si coricò, ma non chiuse occhio.

VIII

Pardo arrivò ai giardinetti con relativa tranquillità. Camminava persino impettito, guardandosi attorno con una certa fierezza, come se avesse il pieno controllo della situazione. Ma appena vide Sara da lontano, Boris partì ventre a terra a circa sessanta chilometri all'ora.

Lo scatto da centometrista non colse di sorpresa l'ispettore, che aveva una solida esperienza di strappi improvvisi, maturata attraverso una mezza dozzina di dolorose sublussazioni della spalla. Incassò la testa e assecondò la trazione del Bovaro del Bernese, eseguendo un curioso balletto sulle punte per evitare gli ostacoli che il quadrupede scansava all'ultimo secondo. Il momento più coreografico fu la leggiadra acrobazia con cui saltò, a piedi uniti, un passeggino, un'evoluzione che in *slow motion* sarebbe stata degna dello spot di un alimento a basso contenuto calorico. La madre (o zia, o baby-sitter) della creatura nel passeggino tradì la sua bassa estrazione sociale apostrofando Boris e il suo proprietario con una colorita espressione le cui sfumature più comprensibili alludevano alle strane attività sessuali praticate dalle ultime due generazioni di donne della famiglia Pardo.

Giunto in prossimità della panchina su cui era seduta Sara, Boris inchiodò con una frenata tanto brusca che quasi si udì uno stridio di pneumatici. Con un semplice sguardo, senza nemmeno togliere le mani dal grembo, la donna ottenne che l'animale si accucciasse docile sul posteriore e la fissasse con gli occhi intelligenti in attesa di ulteriori ordini, i tre etti di lingua penzoloni.

Pardo planò con un secondo e mezzo di ritardo, aggrappato al guinzaglio su misura che andava sostituito come minimo ogni tre mesi. «Tra i difetti che odio di questa bestia» disse ansimando, «e credimi, non sono pochi, il servilismo nei tuoi confronti è il peggiore. Maledetto bastardo ingrato.»

Sara rispose, con voce sommessa:

«Con i cani, come con le persone, bisogna comportarsi bene. Tu, che sei il padrone, dovresti amarlo e rispettarlo più di tutti, invece di insultarlo. Lui lo percepisce, e si regola di conseguenza».

Pardo cercava di recuperare fiato continuando a parlare. Il risultato era un rap indecifrabile. «Io non ho mai detto di amare gli animali. La conosci la storia; questo era, cioè, avrebbe dovuto essere, una sorpresa per… Vabbè, lasciamo perdere. E quello stronzo del negozio ha omesso di avvisarmi che il dolce cucciolo di Bovaro si sarebbe trasformato in un cavallo.»

«Be', potresti regalarlo, se non vuoi tenerlo. Qualcuno che ha una bella masseria sarebbe felice di adottarlo.»

Davide lanciò uno sguardo di sfida che Boris ignorò. «E dargliela vinta? Mai. Anche lui deve essere condannato come me a trascorrere la vita con qualcuno che detesta. E nessuno dovrà mai affermare che non sono in grado di avere rapporti sociali neppure con un cane.»

Sara e Boris si scambiarono un cenno di intesa con lo stesso disgusto dipinto sul viso e sul muso. Poi lei venne al punto:

«Hai novità?».

Pardo si sedette. Continuava a tenere d'occhio i dintorni, consapevole che Boris avrebbe tentato di abbassare il suo record di sprint da zero a cento all'ora senza alcun preavviso. «Intanto mi spieghi che te ne frega di questo Lombardo? Cioè, ti ringrazio per la premura, ma francamente telefonare alle sette di mattina per chiedermi di muovere il culo...»

Sara tagliò corto:

«Sono solo curiosa. Allora, che hai trovato?».

Pardo riuscì nella complicata impresa di estrarre dalla tasca un foglio senza togliere entrambi i polsi dall'asola del guinzaglio *king size*. «Non è stato semplice: non ho più accesso al database della Penitenziaria e ho dovuto usare il computer del commissario, ma per fortuna lui non c'è mai perché tiene una *cummarella* e sparisce di continuo; da dove prende tutta questa salute lo ignoro. Dunque, Lombardo Antonino, di anni sessantasette, se n'è beccati otto confermati in appello e sta dentro da due. Era un cancelliere del tribunale, l'hanno condannato per falso in atto pubblico e abuso d'ufficio. Imbrogliava con gli assegni, cancellava protesti, bustarelle, roba piccola ma reiterata.»

Sara era sorpresa. «Tutto qui? Niente di più grosso?»

Davide scosse la testa. «No, è un miserabile, nemmeno ammanicato, in galera per reati così non ci finisce nessuno. Deve averlo difeso uno raccattato per strada.»

La donna osservava pensosa un gruppo di bambini che inseguivano una palla in un'aiuola spelacchiata. «Non hai una foto, vero?»

«Certo, ho stampato la segnaletica.» Pardo allungò il foglio a Sara.

Lei lo prese e fissò due occhi neri spaventati, un naso affilato, pochi capelli scuri. Bastò un attimo, e non ebbe più dubbi. Aveva visto di sfuggita una porzione del profilo da sotto l'ombrello mentre l'uomo si allontanava di spalle, ma era sicura che fosse lui: era lo stesso Lombardo che discuteva con Massimiliano, una trentina di anni prima. L'istinto, pensò.

Davide riprese:

«Poi ho incrociato le informazioni. Il prete non l'ho chiamato, mi attacca un bottone infinito e devo pure sorbirmi il cazziatone perché non ci sentiamo da tanto, preferisco evitare; peraltro non è detto che sappia qualcosa. Io, però, qualche altro amico da scocciare ce l'ho».

Sara era attentissima. «E che hai scoperto?»

«Che in effetti Lombardo è malato, e anche parecchio. Insomma, pare sia agli sgoccioli. Sta lì lì, mi hanno raccontato. Cancro. Forse è per questo che Fusco vuole parlargli, sarà una confraternita.»

«Non sei spiritoso, Pardo. Ti assicuro che non è facile, nemmeno per chi gli sta vicino.»

L'ispettore diventò paonazzo. Era al corrente della lunga, terribile malattia del compagno di Sara per via delle rare confidenze di lei, ma non ci aveva badato. «Madonna, scusami, Morozzi, non intendevo... Una battuta di merda, me ne rendo conto. Lombardo comunque è vedovo e senza parenti. Aveva un figlio che è morto sette anni fa. Ho verificato per scrupolo, ed ecco qui: Lombardo Nicola, precedenti a strafottere, riformatorio, carcere. Il solito profilo, insomma: detenzione e spaccio, rapina, furto con scasso. Un tossico.»

«E come è morto?»

«Non c'è scritto. Ma quelli così se ne vanno sempre per lo stesso motivo.»

Sara restò in silenzio per qualche istante, poi domandò: «Quanti anni aveva Nicola?».

Davide consultò il foglio. «Trentotto, al momento del decesso. Insomma, Lombardo si sta spegnendo in solitudine, non è stato un delinquente di quelli che ammazzano la gente, è probabile che avesse bisogno di soldi per il figlio. Un drogato in famiglia è un pozzo senza fondo. Si sarà trovato invischiato.»

La donna annuì. Si stava chiedendo perché quel povero cristo fosse l'unico che in circa trent'anni aveva costretto Massimiliano a derogare alle sue rigorosissime regole di riservatezza. E soprattutto, per quale motivo non ci fosse traccia di lui nell'archivio dietro l'armadio della cantina.

«Ma il prete alla fine lo chiamerai?»

«Per carità, no! Non ci tengo proprio. Poi domani ho un corso di aggiornamento online, non posso prendere impegni. Vediamo se Fusco mi cerca di nuovo. Serve altro?»

«Non lo so, voglio riflettere, e devo andare a trovare un amico. Ti telefono io.»

Pardo sbuffò. «E già, tu dài ordini, il pensionato dà ordini, la tua quasi nuora critica sempre: ma com'è che vi arrogate tutti il diritto di disporre di me? Guarda, io mi sono davvero rotto le palle di…»

Sara rivolse un gesto a Boris, che adocchiò una cagnetta a sudovest e sfrecciò come una Maserati durante un collaudo. Pardo schizzò trascinato dal Bovaro, e Sara udì il suo lamento spegnersi in lontananza.

IX

Ogni tanto aprile regala giornate come questa, pensò l'uomo annusando l'aria. Era un altro modo di percepire la città, non meno sfaccettato o profondo: solo diverso.

Sedeva fuori, al tavolino più distante dall'ingresso del caffè, teneva il busto eretto, le spalle appena discoste dallo schienale, la testa inclinata di lato come se cercasse di cogliere un suono remoto. Stava in ascolto, coi sensi vigili che si disponevano a decifrare l'ambiente. Ogni odore, ogni rumore, ogni refolo veniva riconosciuto con esattezza e classificato con precisione.

Avvertiva i gas di scarico e il lezzo della spazzatura che traboccava dal cassonetto a poca distanza, mentre il vento portava il profumo lontano del mare, e quello più vicino delle foglie primaverili che spuntavano sui rami degli alberi.

Nella via echeggiavano le trombe dei clacson insieme al rombo dei motori, al borbottio delle marmitte senza diaframma e agli insulti rivolti a chi commetteva infrazioni nel traffico; le risate argentine dei bambini intenti a giocare nel cortile di un asilo rincorrevano il canto melodioso di una casalinga che proveniva dalla finestra aperta di una cucina.

Il calore innaturale prodotto dagli scooter che sorpassavano a destra, in prossimità del marciapiede, si alternava al dolce soffio della brezza pomeridiana, ancora fresca d'inverno ma carica di una promessa d'estate.

I sensi dell'uomo seduto al tavolino erano abituati a descrivere quello che lo circondava, componendo un quadro vivido e autentico. Tutti i sensi, tranne uno.

Perché Andrea Catapano era cieco.

Non dalla nascita, però. Era stata una patologia degenerativa a privarlo un po' alla volta della vista. Lui si riteneva fortunato, per due ragioni: la prima erano i ricordi che, combinati a un'immensa forza di immaginazione, gli consentivano di ricostruire la realtà; e lui non escludeva (anzi, era convinto) che le sue rappresentazioni mentali la migliorassero rispetto a com'era davvero. La seconda ragione era la consapevolezza dell'irreversibilità della malattia. Quando aveva compreso che non esistevano rimedi per arrestare il dissolversi del mondo nell'ombra, si era concentrato sugli altri sensi, affinandone l'acume e incrementandone la potenza. Queste capacità al limite del soprannaturale gli avevano consentito di svolgere la sua professione ai massimi livelli, tanto da rendersi insostituibile e diventare, per i pochissimi che erano al corrente della sua esistenza, una specie di leggenda.

Ora, però, Andrea Catapano era in pensione. Da sette anni, per l'esattezza.

Non che il lavoro gli mancasse, per la verità: almeno, non il lavoro in sé. Credeva nella famiglia, nell'amore, nell'amicizia, persino nella patria: e ascoltare per una vita le voci degli altri impegnate in lunghe conversazioni in cui quegli ideali venivano sovvertiti, calpestati, demoliti, giorno dopo giorno, nel segno del più becero egoismo era stata una sottile, perenne sofferenza che ancora gli pesava. Peraltro alcuni di quei sentimenti non aveva neppure potuto viverli appieno.

Così, da quando la sorella era morta, non gli erano rimasti più parenti. Si era negato la possibilità di amare libero da vincoli, perché manifestare certi orientamenti sessuali era impossibile per chi, come lui, apparteneva a una generazione incapace di sopportare il pubblico disgusto. Le amicizie, per uno che aveva dedicato all'unità tutto il suo tempo, erano nate e si erano esaurite in un contesto che imponeva di non frequentarsi fuori dall'orario d'ufficio. E la patria, be', quella dimenticava in fretta – e non era troppo incline alla riconoscenza.

Perciò Andrea Catapano attraversava l'inverno della sua esistenza in una sostanziale solitudine. Quella situazione, però, non gli era sgradita: aveva i ricordi, che erano anche troppi. E una memoria di ferro per tirarli fuori da una polverosa soffitta e giocarci ancora.

Il caffè pomeridiano era un appuntamento fisso. Usciva di casa col suo bastone bianco, percorreva il tragitto di cui conosceva ogni singola buca, si accomodava a un tavolino e tendeva l'orecchio. Se una coppia, tre amici o qualsiasi altro tipo di gruppo conversavano attorno a lui, si divertiva a intercettare il dialogo segreto che si svolgeva sotto quello espresso dalle parole. Era una questione di toni, di spostamento del peso sulle sedie, di movimenti delle mani, che facevano tintinnare tazze e piattini. Meglio che andare al cinema, o a teatro.

A un tratto Andrea raddrizzò la testa, come se qualcuno l'avesse chiamato. Trattenne il respiro, dilatò le narici una sola volta, poi sussurrò sorridendo:

«Mora? Sei tu?».

Sara rispose, piano:

«Ciao, Andrea. Posso farti compagnia?».

Continuando a sorridere, l'uomo annuì, e con un gesto della mano indicò con precisione l'altra sedia, quasi la vedesse.

«Gli odori, i rumori. Ti stai divertendo, eh?» domandò la donna.

Il volto di Catapano si illuminò. «Alla tua destra, vicino alla porta del bar. Un tipo piuttosto robusto, di mezza età, credo. Ha finito di fumare una decina di minuti fa. Indossa una giacca scura. Giocherella col pacchetto di sigarette, ha fretta ma non aspetta nessuno. Secondo me è innamorato della cameriera, la bella bionda dell'Est. Vorrebbe attaccare discorso, ma non sa decidersi.»

Sara sorrise a sua volta. «La giacca è blu, lo hai intuito perché continua a togliersi la polvere dalla manica. Quando la bionda, che in effetti è abbastanza carina, serve qualche cliente, lui si raddrizza e mostra il suo profilo migliore, evitando apposta di guardarla. Posizione delle gambe e delle mani inequivocabile, e anche la respirazione. Hai ragione, non c'è dubbio. Gli piace.»

Andrea annuì, poi riprese sviluppando il concetto:

«Da qui in avanti siamo nel campo delle congetture, per quanto fondate. Trattiene il fiato per sembrare più magro e si raddrizza per mostrarsi più alto. Muove le mani in maniera allusiva, per attirare l'attenzione ma senza un richiamo esplicito. Secondo te si conoscono già?».

Sara tacque per riflettere, poi rispose in un fiato:

«Sì. Lei lo ignora in maniera troppo esplicita per non averlo notato, e solleva il mento quando gli passa davanti. Poco fa si è morsa il labbro superiore: rabbia, disgusto. Secondo me hanno avuto una relazione, o almeno un flirt, poi lui ha commesso un errore».

Catapano sorrise di nuovo. «È sposato. Ho sentito il suono metallico della fede sul tavolino, almeno due volte. La mollo, la mollo, poi niente.»

Sara si sporse verso di lui. «Hai ragione. Sei un mago, Andrea. Non mi ero accorta dell'anello. Incredibile.»

Il cieco si strinse nelle spalle. «No, Mora. Niente di nuovo sotto il sole. Scommettiamo che tra poco arriverà la moglie, o lui se ne andrà? Lei non l'ha nemmeno lasciato ordinare. Ma tu, come mai da queste parti? Non fingere che sia solo per godere della mia compagnia.»

Era difficile per Sara confrontarsi con chi era stato parte del suo vecchio mondo. Aveva l'impressione di essere in uno di quei fumetti in cui Superman, per qualche motivo, si trovava a incontrare qualche abitante di Krypton: in mezzo a gente con gli stessi superpoteri, lui ridiventava normale. Sara sapeva di non poter contare sul vantaggio di decifrare i segni del corpo: Andrea era in grado di diventare impenetrabile. E non poteva neppure dissimulare le passioni che provava: con lui mentire era inutile.

Poteva giocare sulla sorpresa, però. C'era una frazione di secondo, che nel caso del cieco si riduceva a una porzione di tempo infinitesimale, da sfruttare. Era l'istante che precedeva l'insorgere dell'autocontrollo.

Magari non serviva, magari Andrea sarebbe stato sincero e le avrebbe rivelato quello che le serviva sapere. Ma non era il caso di correre rischi con un preambolo che l'avrebbe privata di un vantaggio. Perciò scandì in tono piatto:

«Lombardo Antonino».

Il mento. L'unico segnale che ravvisò fu un lievissimo, impercettibile movimento della parte inferiore del viso di Andrea verso l'alto. Sarebbe sfuggito a chiunque, forse anche a lei, se non fosse stata determinata con tutta se stessa a cogliere i cambiamenti nell'espressione di Catapano. Ma il mento si era mosso. Lo conosci, pensò. Sì, lo conosci.

«E chi è?» domandò Andrea, curioso.

«Dovrebbe essere uno con cui, ai tempi, abbiamo avuto a che fare.»

L'uomo scosse la testa. «Sei sicura? Perché a me non dice niente.»

Nulla tradiva incoerenza tra quelle affermazioni e il linguaggio del corpo. Le mani ferme sulle ginocchia, le spalle dritte, il volto atteggiato a una blanda curiosità. Quanto sei bravo, pensò Sara. Quasi perfetto.

«Avevo un dubbio, ma mi sarò sbagliata. Se non ti dice niente, significa che è inutile approfondire.»

Catapano allargò le braccia. «Mah, Mora, sono solo un vecchio pensionato. Magari l'ho dimenticato. Posso capire com'è saltato fuori questo nome, e perché hai creduto che fosse uno che c'entrava con noi?»

«L'ha menzionato a cena un amico poliziotto. E chissà perché, ho avuto una strana sensazione. Non ricordo se me ne ha parlato qualcuno, o se mi sono occupata di lui. Ma forse comincio a girare a vuoto. Ormai anche io sono solo una vecchia pensionata.»

Una macchina si accostò strombazzando. Una donna starnazzò dal finestrino, all'indirizzo dell'uomo robusto con la giacca blu:

«Amoreee! Amoreee! Sono qui! Sali, che non posso fermarmi!».

L'uomo si mise in piedi con un sospiro e, lanciato un ultimo sguardo alla cameriera, trotterellò verso l'auto.

La bionda sbuffò e disse, piano:

«Corri, corri, amore. E non tornare più».

Andrea ridacchiò, mentre Sara si alzava per andar via.

X

Un altro corridoio, altre voci di degenti e visitatori che provenivano dalle stanze durante l'orario di visita. Un altro ospedale, più pulito e tranquillo di quello del vecchio. Ma il ragazzo percepiva comunque la sofferenza attraversare le pareti, insieme allo spettro della futura solitudine. Non la temeva più di tanto, la solitudine. Nonostante fosse giovane, la vita gli aveva impartito un insegnamento pesante: aveva imparato che di solito gli altri sono un pericolo, o un problema. Certo, da soli si può contare soltanto su se stessi, ma nessuno ti tradirà. Questo è sicuro.

Mentre aspettava che lo lasciassero entrare, pensava con cupa freddezza che quella storia del karma, di cui parlavano in televisione, era proprio una stronzata. L'esperto spiegava che, al contrario di ciò che ci si immagina, "karma" non significa che il destino è già scritto ed è impossibile da cambiare, ma che per volgerlo a proprio favore bisogna comportarsi bene. In sintesi, si riceve quello che si dà.

La sua esistenza, invece, era la dimostrazione del

contrario. Il padre? Mai conosciuto. La madre? Morta da qualche anno, una disperata che si bucava. Il vecchio? Prima in galera e adesso sul punto di andarsene. Carla? Colpita da una malattia rara e disgraziata, per la quale era probabile che non esistessero rimedi.

Se avesse potuto parlare col tizio della televisione, gli avrebbe detto:

"Be', come la spieghi questa iella, tu con quel bel sorriso e la voce suadente? Se mi comporto bene, Carla guarisce? Il vecchio non muore, e lo scarcerano? E che colpa avevo io, che ero un dannato moccioso, quando i miei genitori mi hanno abbandonato, prima uno poi l'altro?".

Ma al ragazzo non piaceva piangersi addosso. Lui affrontava i guai cercando di arrangiarsi. Tanto era solo, e presto sarebbe rimasto ancora più solo. Alla faccia del karma.

Giurò che, qualsiasi fosse la fine di quella storia, lui in un ospedale non ci avrebbe mai più messo piede. Basta con l'odore dei disinfettanti. Basta con gli infermieri scortesi che ti guardano storto e ti chiedono se sei un parente. Basta vedere donne che escono sorridenti dalle stanze alla fine dell'orario di visita e scoppiano in lacrime appena dietro l'angolo.

Aveva accettato che la morte è parte della vita. Ma non avrebbe rinunciato a combattere con tutte le forze.

La porta si aprì e la caposala gli disse che poteva entrare.

Carla stava in una camera con una signora, tale Luisa,

che, secondo il dottore, soffriva di una malattia affine alla sua, anche se a lui sembrava molto, molto peggiore. Luisa aveva il corpo ricoperto di macchie rosse che tendevano a diventare piaghe, soffriva di fortissimi mal di testa e i capelli le cadevano a ciocche. Carla invece, agli occhi del ragazzo, continuava a essere bellissima.

Si fermò sulla soglia, per controllare se una delle due dormiva: Luisa sì, ma lei dormiva quasi sempre, Carla invece era sveglia.

Lo guardò storto. «Ah, sei tu. Senti, ero stata chiarissima: devi stare lontano da qua. Perché non afferri il concetto?!».

Il ragazzo prese una sedia, l'accostò al letto, si mise a cavalcioni e sorrise sardonico:

«Ma come sei gentile... Che bella accoglienza. Grazie. Anch'io sono felice di vederti».

«Credi che parli a sproposito? Credi che non sia un sacrificio, per me, proibirti di venire?»

Lui rispose, calmo:

«E allora smettila. Tanto è fatica sprecata, io sono cocciuto».

La donna socchiuse le palpebre, trasse un lungo sospiro, poi le riaprì. «Non voglio arrabbiarmi. Non sopporto che tu mi veda così, ma neanche che mi consideri una stronza. Quindi, per cortesia, accontentami. Non siamo in una struttura come le altre, posso chiedere alla sicurezza di non lasciarti passare. È questo che vuoi?»

L'espressione scanzonata del ragazzo lasciò spazio

alla tristezza. «Ascoltami, io ho solo te, e il vecchio. Solo voi due, nessun altro. Lui è alla fine, non c'è niente da fare; e sono io che non voglio più andare a trovarlo, si sta spegnendo e mi manca l'aria. Per te, invece, c'è ancora speranza. Possiamo combattere, risolvere.»

«*Risolvere?* Davvero? Allora devono darti il Nobel, perché fino a oggi non mi risulta che abbiano trovato la cura. Non so quanto mi resta, varia da paziente a paziente. Ma la cura, tesoro mio, non c'è.»

«Queste sono cazzate» sbottò il ragazzo. «È una malattia rara, e quelle merde delle multinazionali farmaceutiche non investono perché non conviene. Ma i ricercatori stanno sviluppando protocolli sperimentali. Mi sono informato.»

Lei scosse la testa. «Di nuovo la storia dell'università del Vermont? Ti prego, non annoiarmi.»

Il ragazzo si alzò, stringendo i pugni. «Ma come? Guarda che si occupano proprio delle malattie autoimmuni dei tessuti connettivi. Hanno ottenuto e continuano a ottenere risultati fantastici, con l'arresto del decorso e in tre casi, tre, pensa!, con la regressione dei sintomi. La regressione! Non solo non si muore, ma addirittura si guarisce!»

Carla era intenerita, suo malgrado. «Tesoro mio, erano anni che ti supplicavo di studiare, e alla fine hai cominciato per me. Grazie.»

Lui non era disposto a cambiare discorso. «Questi sono dati concreti, non sciocchezze e nemmeno ottimismo a cazzo. Dati, capisci?».

Carla rise, e la risata ebbe un suono lugubre. Il ragazzo rabbrividì accorgendosi solo in quel momento che la pelle attorno alle labbra, tesa e lucida, lasciava scoperte le gengive in un modo che non ricordava.

«Non sei preparato in geografia, però. Perché il Vermont è piuttosto lontano, e io non posso aspettare che trovino la cura, la testino e la mettano in commercio.»

Il giovane era un fiume in piena:

«Ed è qui che ti volevo! I laboratori del Vermont lavorano in rete con una dozzina di altri centri in tutto il mondo: serve per analizzare l'evoluzione della patologia nei diversi gruppi etnici e in differenti condizioni ambientali. Uno di questi centri è proprio qui, in Italia. Al Nord. Condividono i progressi della ricerca e sperimentano le terapie sui malati. C'è una società privata che seleziona i… soggetti, li chiamano così, in vari stadi della malattia e li segnalano perché siano inseriti nel protocollo».

Carla parve per la prima volta interessata, anche se non voleva cedere a quell'entusiasmo. «E in base a quali criteri vengono scelti?»

«Non preoccuparti, questo è un problema mio.»

Lei si drizzò a sedere. Una mano, che fino ad allora aveva tenuto sotto il lenzuolo, scivolò fuori. Con una fitta al cuore, il ragazzo notò che la deformità delle dita, causata dal ritrarsi dell'epidermide, le rendeva simili a degli artigli.

«No, non è un problema tuo, maledizione» rispose Carla in tono secco. «È un problema mio. Mio. Capisci?

E come risolvi tu le questioni non mi piace. Non posso accettare nulla di... irregolare.»

Il ragazzo rise. «Illegale. Stavi dicendo *illegale*. Te l'ho promesso che rigo dritto: ti assicuro che posso riuscirci.»

Lei si accasciò, esausta. «Adesso devo riposare. Vattene, per favore. Vai a casa.»

Lui si avvicinò piano.

Non le disse che, per inserirla nel protocollo, un tizio della società privata gli aveva chiesto centomila euro, in contanti.

Non le disse che lui si era impegnato a trovarli.

Non le disse che l'amava di un amore che non credeva possibile.

Non le disse che aveva solo lei, che gli era madre, sorella, amica e amante.

Non le disse che anche lei aveva solo lui, perché gli altri se n'erano andati tutti, ormai.

Non le disse niente.

La baciò sulla fronte, e uscì.

XI

Quando il campanello suonò, l'infermiere stava dormendo. Non avrebbe dovuto, per la verità: si chiamava "turno di notte" perché era appunto un turno, bisognava faticare mentre gli altri riposavano; e lui era uno che il suo impiego lo prendeva sul serio, non come quei furbi, ed erano tanti, che con lo stipendio fisso assicurato, i contributi pagati e un regolare contratto da presentare in banca per un finanziamento si cercavano subito qualche altra occupazione in nero e raddoppiavano il reddito.

Lavorava lì da trent'anni, e non avrebbe mai voluto cambiare. Aveva conosciuto tanti medici, più o meno bravi, più o meno ignoranti. L'ospedale non era una struttura prestigiosa, di quelle a cui si aspira per una carriera intera e, una volta assunti, non si molla più; perciò il personale era composto in prevalenza da giovani in ascesa e da elefanti prossimi alla pensione, gente che ne aveva viste di tutti i colori e che mirava perlopiù a non avere grane.

L'infermiere, invece, teneva a quel reparto, anche se

nessuno ci stava volentieri. I malati terminali erano senza speranza e difficili da accudire. La tristezza e la malinconia della fine imminente si riverberavano sull'umore, e il tempo scorreva grigio, ormai privo di aspettative. Non era piacevole assistere dei condannati. Lui poteva offrire solo un piccolo aiuto a chi se andava tra mille sofferenze. Eppure considerava quel sostegno importante. Molto importante. Perché la vita, per uno che era marito e padre, e tra poco sarebbe diventato nonno, era un dono bellissimo e doverla abbandonare uno strazio immenso. Pensava che nell'agonia dovesse esserci qualcuno a regalare un sorriso, a lenire l'angoscia di chi si sentiva un penoso ingombro per gli altri.

Aveva un bel carattere, l'infermiere. Spesso gli amici e i parenti gli chiedevano, con un certo disagio, come riuscisse a essere sempre di buonumore, a raccontare barzellette, a scherzare in mezzo a piaghe, lamenti, bestemmie e dolore dalla mattina alla sera o anche, come quel giorno, dalla sera alla mattina. Rispondeva ogni volta, con un sorriso e un'alzata di spalle, che a qualcuno quel compito doveva pur toccare. Ma la verità, che non confessava mai, era un'altra. Il segreto della sua leggerezza, del suo lasciarsi incantare ancora dal mondo, era che la profonda comprensione della pena dei malati gli restituiva l'esatta misura di quanto fosse preziosa l'esistenza.

Con quello spirito, accettava il turno di notte senza protestare. In effetti, per anzianità avrebbe potuto risparmiarselo: chi aveva il diritto di scegliere preferiva non passare le ore del buio in quel luogo di fantasmi ancora vivi che rantolavano in attesa della signora con la falce. Trascorrere del tempo in un simile posto spaventava anche quelli che non erano troppo suggestionabili. Ma per chi si considerava un impavido soldato nella guerra in nome della vita che sta soccombendo, disertare era impossibile. Anche se era notte.

Tuttavia, quando il campanello suonò, stava dormendo. Sognava il figlio di suo figlio, che sarebbe nato tra un mese, se non fossero sorte complicazioni. L'arrivo del piccolo gli procurava un'emozione che non riusciva a descrivere. Gli avevano spiegato che un nonno si gode il nipote molto più di quanto si sia goduto i figli, perché il legame è lo stesso ma senza la responsabilità del mantenimento e dell'educazione. Nutriva diversi dubbi in proposito, perché i due ragazzi in dolce attesa erano più precari di un acrobata che cammina sul filo: lui e il consuocero la preoccupazione del mantenimento ce l'avevano eccome. Ma niente poteva limitare la gioia per quella nascita che l'infermiere attendeva con trepidazione. Ci pensava sempre: e siccome i sogni sono generati dai pensieri, eccolo in Ostetricia, proprio in quell'ospedale, mentre un dottorino dalle maniere gentili gli metteva in braccio il bimbo, che iniziava a piangere. Ma il pianto aveva un suono strano, continuo e penetrante. Il suono di un campanello.

Si svegliò di soprassalto, lanciò una rapida occhiata al numero sotto la spia lampeggiante, si alzò dalla sedia a sdraio infilando gli zoccoli con un unico, esperto movimento e corse verso il fondo del corridoio.

Nel breve tragitto, cercò di ricordare le condizioni dell'unico occupante dell'ultima stanza; la cartella clinica non quadrava col trillo dell'allarme che lo aveva destato.

La sorte dell'uomo era segnata, il deperimento e la crescita del male avevano raggiunto il punto di non ritorno. Il dolore doveva essere terribile, e la terapia, in pratica, prevedeva la sedazione continua: una lenta attesa. Se il paziente era riuscito ad allungarsi e a prendere la pulsantiera, era probabile che l'ultimo dosaggio dei farmaci non fosse stato corretto.

Entrò nella stanza e accese la luce che, impietosa, illuminò il volto, scavato e grigio, del degente, la bocca aperta nel tentativo di respirare, gli occhi socchiusi. La morte sembrava aver già preso possesso di quel corpo, sottile e rigido, sotto il lenzuolo candido.

Lombardo Antonino, anni sessantasette, carcinoma primario al polmone destro, ricapitolò tra sé l'infermiere. Versamento pleurico maligno, metastasi accertate ai reni, al fegato eccetera. Detenuto. Familiari da avvertire: nessuno. Il piantone nemmeno c'era, pure l'amministrazione carceraria l'aveva dato per perso.

La mano destra stringeva la pulsantiera. L'infermiere si avvicinò, la sfilò con delicatezza dalle dita, la ripose, e disse in un soffio:

«Eccomi, sono qua. Avete dolore?».

Quindi controllò la flebo. Il liquido opaco scendeva regolare, le tumefazioni bluastre sull'avambraccio tradivano la difficoltà di inserire l'ago nelle vene.

Il malato pareva di nuovo incosciente, doveva essere stato un riflesso condizionato o forse si era svegliato per un attimo.

L'infermiere si piegò per rimboccare la coperta, e in quel preciso istante l'altra mano del paziente guizzò da sotto il lenzuolo e gli artigliò il braccio con una forza insospettabile. Nonostante l'esperienza, l'infermiere fu sul punto di urlare per la sorpresa e lo spavento.

L'uomo si sforzò di parlare, ma i suoni si spensero sulle labbra secche.

L'altro prese dal mobiletto un po' d'acqua, bagnò una garza e gli umettò la bocca.

Il vecchio mormorò:

«È arrivato il momento».

All'infermiere si strinse il cuore, ma non ebbe il coraggio di mentire. «Devo avvisare qualcuno?»

L'uomo scosse la testa. «No, no, ascoltami tu, per favore.»

Il silenzio era rotto solo dal tenue ronzio dei macchinari.

«Ditemi, ditemi pure.»

Il moribondo lo tirò a sé con la mano adunca. L'alito era fetido di medicine, di vuoto e di morte.

Il vecchio, che poi non era nemmeno così vecchio, cominciò a parlare. Era impressionante, perché le guance, gli zigomi, il naso sembravano pietrificati. Gli occhi restarono socchiusi, la sclera appena visibile, le pupille rovesciate all'indietro sotto le palpebre immobili. Muoveva solo le labbra, modulando il fiato come se il poco che gli era rimasto andasse speso con parsimonia. E così era.

L'infermiere si era trovato altre volte in quella situazione. Di notte c'era solo lui, nessun familiare, nessun amico, nessun prete. E spesso tutto si risolveva in una manciata di minuti: addii, rimpianti, vaneggiamenti, deliri. Antiche pene consegnate a chi non avrebbe dovuto serbarne il ricordo.

La luce bianca illuminava un cadavere, solo un corpo consumato dall'inutile lotta tra il male e la cura, che usciva sconfitta e che forse lo aveva devastato più del cancro stesso. Quell'uomo era già trapassato, ma gli stava narrando una storia. La storia di una ragazza e di un motociclista. Le frasi, nel respiro spezzato, raccontavano di un vecchio libro e di una lettera che sembrava senza valore e invece era importante. Importantissima.

La mano continuava a stringere con forza, come se il vecchio volesse assicurarsi della presenza dell'altro. L'infermiere l'accarezzava, sperando che il morto vivente traesse conforto da quel contatto.

La voce sommessa raccontò di un figlio e di un giovane. Di una lotta e di una sconfitta. Della sofferenza, della gioia e di una nuova sofferenza.

Poi le parole si interruppero, e con esse il respiro.

L'infermiere depose il braccio tumefatto sotto il lenzuolo e guardò l'alba grigia che bussava alla finestra.

XII

Stavolta Pardo non riuscì nemmeno ad arrivare al bancone del bar di Peppe. Angelo Fusco lo aspettava in piedi, appena dopo la curva cieca del vicolo, in una posizione strategica.

Aprile, con la sua volubilità, proponeva come piatto del giorno una fastidiosa, malinconica pioggerella, che sarebbe stata perfetta sui boulevard parigini ma che all'ispettore rompeva i coglioni senza pietà.

«Buongiorno, volevo dirti che sei una merda» lo salutò Fusco.

Pardo scomodò un paio di santi imprecando tra sé. «Buongiorno anche a te, Fusco. Com'è che mi merito questi complimenti di prima mattina?»

L'ex poliziotto indicò l'orologio con un gesto teatrale. «Giusto, per uno sfaticato della tua categoria le undici e due minuti sono l'alba. Complimenti. Sei fortunato che ormai tutto è permesso, ai tempi miei ti avrei fatto il culo a capanna.»

Una goccia di circa due litri, caduta da un cornicione crudele, centrò in piena fronte Davide che, con la rassegnazione di chi subisce l'ennesimo castigo divino, tornò a ringraziare tra sé quella coppia di santi. «Per favore, puoi continuare a insultarmi nel bar? Sono cagionevole di gola, se prendo pioggia, mi ammalo. E se mi assento, dovrò convenire con te che sono uno scioperato.»

Angelo lo seguì nel locale.

Peppe si mise in moto appena li vide, come per un riflesso condizionato.

Pardo si consolò pensando che almeno stavolta il caffè lo avrebbe preso.

«Sei una merda» ripeté Fusco.

Peppe lanciò un'occhiata divertita a Davide, che lo fulminò con lo sguardo, e lui riprese ad armeggiare alla macchina del caffè.

«E per quale motivo? Ammetterai che come giudizio è un po' sintetico.»

Fusco lo scrutava inespressivo, e Pardo cominciò ad avvertire un certo fastidio. Spostò il peso da un piede all'altro, e con un tovagliolino di carta si asciugò la fronte colpita dall'enorme goccia.

«Scusa, Fusco» disse, «mi è mancato proprio il tempo, ho avuto il corso di aggiornamento online. Lo sai, sono un uomo d'azione, io, non sono portato per il computer. Ma ti prometto che oggi stesso, dopo che ci siamo gustati questo caffè, chiamo padre Rasulo. Mi attaccherà un bottone spaventoso, ma per un amico questo e altro.»

«Ormai è inutile. Per questo sono venuto a informarti che sei una merda.»

Peppe ridacchiò mascherando la risata con un colpo di tosse, quando Davide gli lanciò un'occhiataccia. «Fusco, io ho un bel ricordo di te e mi dispiace che non stai bene, ma se insisti con questa storia della merda, devo reagire. Sono disposto ad ammettere i miei difetti, però non mi va di stare qua a sorbirmi i tuoi insulti.»

«È morto. Ieri.»

Pardo sbatté le palpebre. «Padre Rasulo? Davvero? E come è morto? L'ultima volta che l'ho visto stava beniss...»

«No, idiota» lo interruppe Fusco. «Lombardo. Lombardo Antonino, il detenuto che mi cercava è deceduto ieri, all'ospedale di San Lorenzo. E adesso, per colpa tua, io non saprò mai che voleva.»

Davide prese tempo, cercando un'altra giustificazione plausibile, poi disse:

«Primo, perdonami ma non l'ho ammazzato io. Secondo, non mi avevi spiegato che era questione di ore e che c'era *questa* fretta. Terzo, è passato solo un giorno, non due mesi, quindi non mi si può incolpare più di tanto. Uno può tenere pure degli impegni, no? Quarto, non hai la minima idea del motivo per cui voleva incontrarti. Magari era una stupidaggine o addirittura una rogna: forse, e sottolineo *forse* perché al contrario di te non mi arrogo il diritto di sapere quello che ignoro, ti ho fatto un piacere».

Angelo non pareva disposto a cedere. «Su un punto hai ragione, e tra tante cazzate, per una questione di statistica succede anche a te di avere ragione: non sai niente. Per esempio, non sai che io posso immaginare benissimo il motivo per cui questo Lombardo voleva vedermi, e che l'informazione, o le informazioni, che intendeva rivelarmi potevano essere cruciali per risolvere, prima di schiattare, la storia che mi ha rovinato la vita. Tutta la vita.»

Pardo boccheggiò, a corto di argomenti:

«Ma... non ne hai la certezza, no?».

L'altro continuò, implacabile:

«E tu, povero, inutile coglione, con una semplice telefonata a un prete avresti potuto chiudere la faccenda. I cappellani sono autorizzati a visitare i detenuti malati quando vogliono e insieme a chi vogliono: la conosci anche tu la procedura. Peraltro Lombardo stava dentro per reati finanziari, era una mezza tacca: nemmeno mi avrebbero chiesto chi ero. Bastava una telefonata. E ti sei rifiutato».

All'improvviso Peppe, dall'altra parte del bancone, emise un verso di riprovazione.

Pardo lo fissò, bovino. «Sei ingiusto, l'avrei chiamato oggi, al massimo domani, non immaginavo fosse così urgente. Ma raccontami di più di questa storia che ti ha rovinato la vita. Magari, rivolgendoci alle persone giuste e capendo come muoverci, la sistemiamo comunque. Io ho conoscenze recenti che...»

L'ex vicecommissario Angelo Fusco, senza distogliere gli occhi colmi di disgusto dal volto di Davide mise sul bancone una moneta da due euro. «Offro io per questa merda. È un caffè di addio, perché spero di morire prima di incontrarlo ancora.» Uscì, e la lieve zoppia sembrò il passo fiero di un reduce di guerra.

Peppe parlò, e fu la prima volta che Pardo udì la sua voce:

«Secondo me, tiene proprio ragione».

Fuori dal locale, Davide scoprì che la pioggerella si era trasformata in un acquazzone. Se una giornata è così, è così.

XIII

Quando la porta si aprì, i piccoli cilindri di metallo sopra il battente modularono la loro melodia, interrompendo il sonnacchioso silenzio pomeridiano della libreria.

L'uomo in divisa entrò e strizzò gli occhi per abituarli alla penombra. Dietro il banco non c'era nessuno, e lui si guardò attorno. Vicino a uno degli scaffali, in bilico su uno sgabello, una donna molto anziana si allungava sforzandosi di infilare un volume in mezzo agli altri, sul ripiano più alto.

Temendo di spaventarla, lui attese un attimo; poi riaprì e richiuse la porta, in modo che quella specie di carillon suonasse ancora.

La vecchia si bloccò in precario equilibrio, ruotò la testa e salutò:

«Buonasera, desidera?».

«Salve, signora. Lavora in questo posto una ragazza che si chiama Ada?»

La donna stava per rispondere, fissò il libro che aveva in mano, poi lo scaffale, poi di nuovo il tipo in divisa. «Sarebbe così gentile da aiutarmi? Fatico a stendere bene il braccio.»

Lui annuì, cortese. «Certo, dia a me.»

L'anziana scese dallo sgabello con estrema lentezza e indicò il punto in cui andava sistemato il volume. «Dovrebbe metterlo proprio lì, tra quello azzurro e quei due rossi. Vede?»

L'uomo eseguì il compito, quindi si pulì dalla polvere e si rassettò la giacca.

La vecchia sospirò. «Ha ragione, è sporco là sopra. Il problema è che io non ci arrivo, e la persona che lavorava con me... Ma che bella divisa! È un militare, lei?»

Il visitatore scosse il capo. Era alto, di corporatura massiccia, sulla trentina. Aveva i capelli pettinati all'indietro e un paio di folti baffi. «No, signora. Sono un poliziotto, in servizio nella Capitale. Sono qui in visita.»

La donna continuava a sorridergli, soave. Aveva una candida chioma raccolta in un'antiquata acconciatura e gli occhi di un azzurro un po' opaco che comunque spiccavano in mezzo al reticolo di rughe che le segnava il viso. «Ah, Roma! È la città più illustrata di sempre. Vuole sfogliare qualche bella guida che la raffigura nella seconda metà del secolo scorso? Sono disegni meravigliosi, se ha un po' di pazienza, glieli mostro.»

Il poliziotto scosse il capo con decisione:

«Per carità, ne ho abbastanza di Roma, mi creda. Quel caos mi opprime. Io sono di un paese della provincia di Salerno, e quando posso ci torno di corsa».

La signora rise. «Be', da queste parti non è che stiamo meglio, quanto a caos non ci batte nessuno. Allora, che pubblicazioni le interessano? Ne abbiamo di ogni genere.»

«No, grazie, volevo solo sapere di Ada.»

La vecchia corrugò la fronte. «Ah, la commessa. Be', poteva dirlo subito, così non perdevamo le ore con tutti quei discorsi su Roma e le illustrazioni d'epoca.»

L'uomo sbatté le palpebre, confuso. «Ma appena sono entrato, ho... Vabbè, non importa. Mi perdoni, signora, Ada lavora qui?»

Ora la donna celava a fatica la diffidenza. «E che vuole la polizia da lei?»

L'uomo sembrò ancora più spiazzato. «La polizia? No, no, ha capito male. Non la disturbo in qualità di pubblico ufficiale, io sono...»

Lei lo interruppe:

«Guardi, a me le tresche non interessano, sono una persona seria, e lo è anche questa attività. Io e il mio povero marito, pace all'anima sua, l'abbiamo avviata da giovani per l'amore che avevamo per le edizioni di pregio. Abbiamo una clientela selezionata di collezionisti, gente perbene. La ragazza ha lavorato per pochissimo. Lei è il fidanzato?».

Il poliziotto si fece attento. «Per pochissimo? E mi scusi, da quando non viene più?»

L'anziana tacque per qualche attimo, scrutandolo con aria accigliata. Poi rispose, secca:

«La prego di andarsene. Se non è qui in qualità di

pubblico ufficiale, non le darò alcuna informazione. Buonasera».

Lui sospirò, mettendosi una mano sul petto. «Signora, le assicuro che non ho cattive intenzioni, e non sono il fidanzato. Ada è mia sorella, e siccome è da qualche giorno che non la sentiamo e a casa sua non c'è, i miei sono preoccupati. Solo questo.»

«Ah, ma perché non si è presentato? Sua sorella è la migliore commessa che abbia mai avuto, è davvero in gamba, ha un talento naturale! Dov'è adesso? Manca da quasi una settimana, forse è malata? Sa, ha le copie delle chiavi del negozio, e a me non piace che siano in giro.»

Il poliziotto si passò una mano sul volto. La conversazione con quella svampita era impossibile, e la notizia che Ada era sparita da giorni lo angosciava. «No, signora, purtroppo non ho idea di dove sia. Le coinquiline mi hanno riferito soltanto che una mattina non c'era più in casa, ma siccome ognuna bada agli affari suoi, non si sono stupite. All'università non registrano le presenze, quindi ignoro se sia andata a lezione. Speravo che lei potesse aiutarmi, e invece non la vede da un po'…»

«Non ha nemmeno ritirato la paga» mormorò la donna, pensosa. «Che strano. Anzi, forse può dargliela lei.»

L'altro sorrise, teso. «Ricorda se l'ha vista con qualcuno o se ha avuto una lite, una discussione, qualche screzio, magari con un cliente o un fornitore?»

La vecchia rifletté a lungo, tanto che l'uomo si chiese se avesse compreso la domanda. Poi rispose:

«Ho bisogno di queste ragazze per riposare il pomeriggio. Alla mia età è faticoso stare dietro al banco, soprattutto perché, con decenza parlando, necessito spesso del bagno, e qua non è molto comodo. Loro restano poco, perché io posso pagare poco. Trovano di meglio e se ne vanno. Ada mi sembra diversa, è giudiziosa, non ha grilli per la testa». Dopo una lunga pausa, quando il poliziotto ormai disperava di ricevere altre informazioni, riprese:

«Di solito non succede che mi trattenga in libreria con una commessa. Perciò non rammento di discussioni o litigi, anche se mi pare strano e, poi, noi trattiamo volumi antichi, mica gioielli rubati o merce di contrabbando. Inoltre Ada, ma lei la conosce meglio di me, è molto dolce. Non me la immagino a bisticciare con qualcuno».

L'uomo annuì, con una smorfia. Era sul punto di congedarsi, quando la vecchia aggiunse:

«Però, se può esserle utile, qualcuno è venuto a cercarla proprio il giorno dopo che l'ho vista per l'ultima volta».

Il poliziotto ebbe un moto di sorpresa. «Qualcuno? E chi?»

La bocca della donna si piegò in un'espressione di disgusto. «Un motociclista.»

«E ha detto qualcosa?»

«Certo, altrimenti come avrei saputo che cercava sua sorella?»

L'uomo si morse un labbro sforzandosi di mantenere il controllo. «E che le ha detto, signora?»

«Se per caso c'era Ada, quella della provincia di Salerno. Io ho risposto di no. Lui mi è sembrato infastidito. Poi, senza neanche presentarsi, se n'è ripartito con la motocicletta. Io li odio, quegli affari. Sono rumorosissimi, e lasciano in strada una puzza infernale.»

Il poliziotto rifletté per qualche istante. Un motociclista. Il giorno successivo a quello in cui Ada aveva smesso di andare al negozio. Ringraziò la donna. «Per favore, nel caso ricordasse altro, la supplico di appuntarselo. Io ripasserò, se non riesco a rintracciare mia sorella.»

La vecchia gli sorrise. «Sì, e per favore le chieda di restituirmi le chiavi. Per sostituirla con un'altra commessa devo provvedere ai duplicati, ma non posso farlo, se sono impegnata qui perché non ho una commessa. Capisce che situazione bizzarra?»

XIV

Si incontrarono in un bar che era l'esatto opposto di quello di Peppe: un locale enorme in legno e metallo cromato. Le luci asettiche nelle vetrine ingannavano la vista, dando a dolci e pizzette l'aspetto di riproduzioni in ceramica.

Pardo aveva telefonato a Sara la sera prima; poiché nutriva un terrore patologico delle intercettazioni, soprattutto quando c'era di mezzo lei, era stato evasivo ai limiti della reticenza. Si era limitato a comunicare soltanto indirizzo e orario dell'appuntamento: la donna sapeva per esperienza che quelle erano le uniche informazioni che un eventuale intercettatore avrebbe voluto conoscere.

Sara aveva risposto con un certo sollievo. L'ispettore l'aveva anticipata di poco, perché lei aveva già deciso di chiamarlo la mattina seguente.

Le ragioni erano diverse.

La prima era il ricordo di Massimiliano e Lombardo in una giornata di pioggia di una trentina d'anni prima, le labbra di lui che articolavano quel nome, l'ansia negli occhi. L'immagine si riproponeva come un sogno ricorrente, e ogni volta si arricchiva di qualche dettaglio desunto dall'interpretazione dei gesti di entrambi. L'ultimo particolare emerso dalla memoria erano le spalle di Lombardo: un po' curve, percorse da lievi sussulti mentre parlava. Tradivano angoscia, forse tristezza. Avrebbe dovuto guardarlo in faccia per esserne certa, ma era convinta che fossero quelle le emozioni che provava.

La seconda ragione era che nell'archivio di Massimiliano mancava un dossier su di lui. Più rifletteva e meno le sembrava possibile che fosse una casualità o una negligenza. Negli incartamenti tutto era in perfetto ordine; e anche chi era rientrato in maniera indiretta in qualche indagine, senza mai aver avuto un contatto con l'unità o con Massimiliano, era comunque censito. Non poteva non esserci un dossier su un individuo a cui il capo aveva addirittura dato udienza per strada, in pieno giorno, nei paraggi della segretissima sede dell'unità, mascherata da agenzia di import-export. Sara era tornata nel vano dietro l'armadio della cantina, aveva passato al setaccio gli scaffali, nella remotissima eventualità che fosse stato collocato male, ma del fascicolo di Lombardo Antonino nessuna traccia. Ne aveva approfittato per controllare anche Fusco Angelo, l'ex superiore di Pardo, ma non aveva trovato nulla nemmeno su di lui. Troppe omissioni per non costituire una prova.

Poi c'era Andrea.

Il cieco aveva ricoperto per Massimiliano lo stesso ruolo che il prefetto Tigellino aveva rivestito per l'imperatore Nerone: era stato il depositario fidatissimo di ogni confidenza, l'ombra di Tamburi. Era da escludere in maniera categorica che non fosse a conoscenza di un rapporto confidenziale come quello che lei aveva intuito esserci tra Massimiliano e Lombardo. Ed era da scartare anche la possibilità che la prodigiosa memoria di Catapano avesse dimenticato un nome o le circostanze di un abboccamento.

Sara era determinata ad andare in fondo alla faccenda. Lo doveva a se stessa, per comprendere il suo istinto e affrontare l'inquietudine che avvertiva ipotizzando l'esistenza di un segreto che Massimiliano le aveva nascosto e che neppure l'archivio custodiva. Perciò, anche se Pardo non l'avesse convocata con la massima riservatezza la sera prima, lo avrebbe chiamato lei. Senza dubbio.

Il poliziotto era seduto, con aria cupa, a un tavolino in disparte, stringeva una tazzina tra le mani, aveva la fronte aggrottata ed era proteso in avanti.

A Sara non servì la competenza professionale per decifrare la rabbia e la mortificazione che trasparivano dall'atteggiamento dell'uomo. «Ciao, Pardo. Perché sei angustiato?»

Davide sobbalzò. «Dannazione, Morozzi! Spiegami per quale maledetto motivo ogni volta sbuchi da dietro in punta di piedi. Mi farai prendere un infarto, prima o poi. Non puoi comportarti come i cristiani normali?»

Sara si accomodò di fronte a lui. «Non sei abituato a pensare, quindi, quando ti capita, sei così concentrato che non ti accorgi di quello che ti circonda. Dài, raccontami che succede.»

Sul viso di Pardo tornò ad aleggiare un'espressione torva. «Senti, Morozzi, sii sincera: secondo te io sono una merda?»

Sara soppesò la risposta con attenzione. Davide, intanto, si agitava sulla sedia, scambiando quell'esitazione per un giudizio. «Be', Pardo, ti confesso che ho visto di meglio, di molto meglio. Ma una merda mi pare proprio esagerato. Certo, puoi migliorare sotto tantissimi aspetti: l'abbigliamento e la forma fisica, per esempio, lasciano parecchio a desiderare.»

L'ispettore sbottò:

«Oh! Ma come vi permettete, tutti? Uno affronta col sorriso le difficoltà, si sforza di essere sempre disponibile, di aiutare il prossimo, e questo è il risultato? Una merda? Scherziamo?».

Sara sorrise, mefistofelica. «Guarda, sul tuo altruismo nutro delle riserve. E se vuoi un consiglio spassionato, evita di chiedere un'opinione a Viola. La tua considerevole autostima ne uscirebbe azzerata per sempre.»

Pardo la fissò a bocca aperta, sopraffatto dal senso di ingiustizia. Poi si rassegnò e venne al dunque:

«Il tizio è morto».

La donna registrò la notizia con rassegnazione:

«Ogni giorno su questo pianeta muoiono decine di migliaia di persone. Mi dispiace molto, ma per noi che cambia?».

Il poliziotto sbuffò. «È stato Fusco a informarmi del

decesso di Lombardo Antonino, e ha tenuto a precisare che sono una merda. Il bello è che l'ha detto davanti a Peppe, il barista, che non aveva mai fiatato in anni che vado da lui, ma stavolta ha proferito parola per dare ragione a Fusco. Ti rendi conto, Morozzi? Avrò regalato a quell'ingrato migliaia di euro in caffè, e si permette pure di avallare un giudizio che, mi consentirai, è perlomeno affrettato e...»

Sara lo interruppe con un gesto della mano e Pardo richiuse la bocca di scatto. «Quindi Lombardo è morto, e Fusco è venuto da te apposta per dirtelo?»

«In realtà era interessato a convincermi che io sono una merda» puntualizzò l'ispettore. «Il resto valeva più che altro da corollario. Siccome il tizio è morto e non ha potuto rivelargli un'informazione che, secondo Fusco, avrebbe risolto la storia che gli ha rovinato la vita, e siccome ho tardato a contattare padre Rasulo, che poteva procurargli un colloquio con Lombardo, io sarei una merda. Capisci, adesso?»

Sara si sporse in avanti, concentrata. «La storia che gli ha rovinato la vita...» ripeté, piano. «Ha usato proprio queste parole?»

«Morozzi, non è che stai diventando un po' sorda?» chiese Davide preoccupato. «Mi sa che l'età sta cominciando a giocarti brutti scherzi. Continui a rivolgermi domande a cui ho appena risposto. Sì, ha usato proprio queste parole.»

La donna rifletté per qualche istante. Poi disse: «Voglio incontrare Fusco».

Pardo sgranò gli occhi:

«E perché, scusa? Già la situazione è quella che è, manca solo che ci mettiamo a organizzare una bella tavola rotonda sui mille motivi per i quali l'ispettore Pardo Davide è una merda. Oppure immaginavi un convegno? Allora dobbiamo coinvolgere Viola perché, come ricordavi prima, lei è un'esperta in materia, potrebbe essere la principale relatrice. E...».

Sara lo interruppe di nuovo:

«Giusto per intenderci: mi hai telefonato per un consiglio, no? In qualche modo ti senti in colpa e vuoi aiutare il tuo amico. Se è così, devo vederlo per capire qual è il problema. Ho giusto anticipato la tua richiesta».

Pardo la fissava torvo, cercando senza successo un motivo per darle torto. Alla fine si arrese:

«Ci provo. Magari rifiuta e, sia chiaro, non insisterò. Farò un tentativo per sdebitarmi di quando mi difese ai tempi del commissariato della Riviera. D'accordo?».

Sara annuì e se ne andò, lasciando il poliziotto di umore ancora peggiore di quello che aveva quando era arrivata.

XV

Varcata la soglia di casa, Andrea Catapano si trasformava in un altro tipo di animale. Le piccole incertezze nei movimenti e la relativa cautela dei passi sparivano; in quell'ambiente immerso in un buio perenne, l'uomo si aggirava, agile e sicuro, come un felino nella savana.

Andrea provvedeva da solo a tutto, e non aveva mai preso in considerazione la possibilità di assumere un domestico o una governante.

Se ci fosse stato un testimone, lo spettacolo sarebbe stato impressionante. L'appartamento, pulitissimo e funzionale, era organizzato in modo da corrispondere alle sue esigenze. Chiusa la porta, Catapano deponeva il bastone telescopico e, slacciandosi la cravatta, percorreva il tragitto fino alla camera da letto. Apriva e richiudeva cassetti, si toglieva le scarpe e infilava le pantofole, indossava una comoda tuta, andava in cucina e preparava il caffè; compiva ogni gesto nell'oscurità più profonda senza alcuna titubanza e senza procedere a tentoni, grazie a una millimetrica rappresentazione mentale dello spazio in cui gli oggetti erano collocati secondo una logica ben precisa, che in nessun caso lo avrebbe tradito.

L'attitudine alla segretezza, le precauzioni apprese durante i lunghi, faticosi addestramenti ai quali si era sottoposto in gioventù erano talmente radicate in lui che disseminava minuscole trappole, segnali invisibili per accorgersi se qualcuno avesse violato il suo habitat quando lui era assente. Ogni volta che usciva infilava un pezzettino di carta tra il battente e lo stipite, lasciava socchiusa l'anta dell'armadio, inclinava appena la cornice di un quadro. Al rientro, passare in rassegna quei dettagli era un'operazione che gli rubava pochi secondi. Anche quella sera non ebbe la minima esitazione.

Soddisfatto, si trasferì in soggiorno. L'aria era un po' stantia, quindi aprì uno spiraglio di finestra. A sua insaputa la luce di un lampione filtrò attraverso la tapparella, illuminando inutilmente una porzione del tavolo e il mobile che ricopriva un'intera parete, una specie di libreria ma con i ripiani così schiacciati che sarebbe stato impossibile riporvi dei libri se non in orizzontale. Non c'era nessun volume, però.

Le superfici erano occupate per intero da una serie infinita di piccoli astucci, tutti dello stesso colore e identici tra loro, sul cui dorso erano incisi dei punti e delle linee che classificavano il contenuto secondo un codice diverso dal Morse e dal Braille, ma che il tatto di Catapano riconosceva alla perfezione.

Le dita percorsero, agili e veloci, uno dei ripiani e si fermarono senza indugio su una guaina. Andrea la prese e raggiunse un tavolino sul quale torreggiava un vecchissimo registratore che assomigliava a un reperto archeologico. Estrasse una bobina dall'astuccio e la collocò sulle testine del dispositivo. Premette qualche tasto, indossò delle cuffie di ultima generazione e si accomodò sull'avvolgente poltrona in pelle collocata di fianco al tavolino.

I rumori esterni vennero cancellati di colpo dalle proprietà isolanti di quel prodigio dell'acustica, unica concessione alla tecnologia più avanzata che il cieco si fosse permesso. Notando l'espressione beata che si dipinse sul volto di Andrea, un intruso dotato di vista a infrarossi avrebbe pensato che l'uomo si fosse messo all'ascolto di una musica celestiale, eseguita da uno strumentista di genio.

Dai morbidi auricolari imbottiti, però, non provenivano note e accordi, ma una voce maschile, nemmeno troppo melodiosa, impegnata in una conferenza, o in una lezione, sulla politica estera dell'Ungheria ai tempi della Guerra fredda. Si esprimeva in italiano, con molte citazioni dalla lingua magiara.

Tuttavia Andrea non ascoltava le parole, che avrebbe potuto recitare a memoria. Non era interessato al senso delle frasi, e non era per approfondire la storia non scritta dell'Europa che aveva scelto quel nastro. Catapano si lasciava cullare dal tono suadente, dalla vibrante intonazione, dalla vaga inflessione tipica della città che arrotondava le sillabe conferendo loro la sottile musicalità di una misteriosa canzone.

Quel discorso era stato pronunciato quando Andrea non aveva ancora perso del tutto la vista, ma già aveva avuto modo di comprendere quanto fosse preziosa. Perciò quel nastro era magico: era come sfogliare un album di fotografie, care e perdute. Poteva ricostruire millimetro per millimetro l'ovale del volto, il contorno della figura, la maniera inconfondibile di ravviarsi i capelli dell'unico uomo che aveva amato davvero.

Non c'era stato mai niente tra loro. Niente di fisico, neppure un bacio. Forse due abbracci, uno quando si erano salutati perché la malattia l'aveva costretto a lasciare l'unità e l'altro quando Andrea era andato a dirgli addio perché stava morendo. Due abbracci senza il contatto della pelle nuda, la stretta di due cuori che avevano condiviso il pane, le risate e le lacrime, e che si stavano separando tra loro e, uno dei due, dalla vita.

Andrea non aveva mai confessato a Massimiliano di amarlo. Era stato la sua ombra, lo scudiero fedele, il tramite per la prudenza e l'equilibrio che Tamburi faticava a trovare, pieno com'era di ardore e impulsività. Non gli aveva mai confessato quella passione perché avrebbe significato perderlo, rinunciare anche alle briciole, ai frammenti di lui che riusciva a possedere grazie all'affiatamento e alla complicità del lavoro.

Le labbra del cieco nel buio ripeterono le parole incise sulla bobina, anticipandone il suono.

Che senso avrebbe avuto, del resto, ammettere quel sentimento? Massimiliano era innamorato. Prima delle tecniche di indagine di cui era stato un pioniere, poi della struttura investigativa che aveva fondato. E infine di Mora, quella piccola femmina bruna che assomigliava a una lince, la cui anima sembrava emettere, almeno alle orecchie di Andrea, un rumore costante simile a un ronzio. Appena l'aveva conosciuta, aveva capito che Mora era speciale. Possedeva un dono soprannaturale. Istinto, intuito, chissà: forse quello che chiamano "sesto senso".

Catapano aveva colto nello sguardo di Massimiliano lo stupore e l'incanto quando Mora era arrivata nei loro uffici insieme a Bionda, la collega assai più appariscente, bellissima e vorace come una lupa, che adesso dirigeva l'unità. Erano entrambe elementi straordinari e donne fuori dal comune, ma lui non aveva avuto dubbi su quale delle due avrebbe conquistato il cuore del capo.

Nella registrazione, intanto, Massimiliano taceva, occupato a tracciare uno schema alla lavagna. L'udito allenato e la memoria infallibile del cieco tradussero la pressione del gesso in immagini vivide e tridimensionali, come se stessero scorrendo proprio davanti a lui e i suoi occhi non si fossero ancora spenti.

Eppure, cara Mora, nemmeno tu sai tutto. Io sì, invece.

Andrea ignorava da dove fosse saltato fuori quel nome. Sperava di non essersi tradito, perché conosceva l'abilità quasi stregonesca di Mora nel cogliere i pensieri celati dietro le manifestazioni esteriori. Il suo cuore, però, aveva dato un balzo, e non poteva essere altrimenti.

Mentre ascoltava lo stato delle relazioni internazionali di Budapest con l'Unione sovietica, Catapano ricordò i colloqui notturni nell'ufficio di Massimiliano, le preoccupazioni, le paure di lui. Rammentò il suo pianto, e provò una sconfinata tenerezza perché per la prima, forse l'unica volta si era affacciato su un abisso di disperazione di cui fino ad allora non aveva sospettato l'esistenza.

Avevano deciso insieme la cancellazione dei dati, ma era stato Andrea a proporre quella soluzione, suggerendo che lo scenario avrebbe potuto mettere in pericolo anche Mora.

Tu ignori il pozzo che scoperchieresti, Mora. Non immagini quanti morti verrebbero a visitare le tue notti, e quanti a popolare le mie, che sono vecchio e disperato, devoto alla memoria del solo grande amore che non ha mai saputo di esserlo.

Antonino Lombardo è il primo anello di una catena che trascina in fondo a un baratro. Un nome insignificante che può innescare una reazione a catena, la cui portata distruttiva non è prevedibile.

Non te l'ho detto chi era, Mora. E non te lo dirò, a meno che non sia davvero necessario. Perché io e te, così diversi eppure simili – tu con quegli occhi che non conoscono pace, io con queste orecchie che non sono capaci di dimenticare – abbiamo in comune l'amore. Che è sopravvissuto alla morte, ma che non è detto sopravviva alla verità.

Nell'inconsapevole luce del lampione, cullato dalla voce di un lontano passato, Andrea Catapano cominciò a singhiozzare in silenzio.

XVI

Al contrario di quello che Pardo si aspettava, non fu facile convincere Fusco ad accettare l'incontro.

Il telefono dell'ex poliziotto squillava a vuoto. Davide provò almeno sei volte, e alla fine si rassegnò a registrare un messaggio in segreteria con lo stesso spirito con cui se ne affida uno al mare dentro a una bottiglia. Non ci fu risposta. Allora l'ispettore chiese istruzioni a Sara; lei gli suggerì di riprovare lasciando detto che aveva delle notizie su Lombardo. Non era vero, ma poteva diventarlo in prospettiva, tagliò corto la donna davanti alle proteste di Pardo, che non voleva mentire ancora.

Secondo quanto previsto da Sara, Angelo richiamò. Era freddo e distante, ma anche curioso.

Come concordato, Pardo gli spiegò che dovevano essere riservati, e propose perciò un appuntamento in un antico caffè del centro, frequentato da orde di turisti, dove sarebbero passati inosservati.

Sara prese posto a un tavolino un po' defilato rispetto a quello che occupò Pardo in attesa di Angelo. Voleva studiare l'ex vicecommissario prima del confronto diretto con lui. Davide, da parte sua, ostentava un'indifferenza tanto teatrale nei confronti della donna seduta a due metri da lui, che quasi sembrava indicarla con un dito.

Fusco entrò nel locale pochi minuti prima dell'ora concordata. Portava un soprabito abbottonato fino al bavero, nonostante la volubilità di aprile avesse proposto una giornata calda come d'estate.

Sara lo individuò subito in mezzo a un nutrito gruppo di estasiati clienti anglofoni. Nonostante fosse vestito di un beige slavato, risaltava come una macchia scura. Quell'impressione derivava dal volto scavato e pallido, e dagli occhi spenti che vagavano alla ricerca di Pardo.

Quando vide l'ispettore, Fusco si avvicinò senza salutare. Lo raggiunse e si sbottonò il soprabito. Indossava una giacca lisa di almeno un paio di taglie più grande del dovuto. Dalla sua posizione, Sara notò che il colletto consunto della camicia, intorno al quale era annodata una cravatta fuori moda, non aderiva alla pelle rinsecchita e rugosa, lasciando due dita di spazio. L'uomo andò dritto al dunque:

«Allora, che notizie hai?».

«Fusco, intanto volevo dirti che mi dispiace. Non per giustificarmi, ma davvero non avevo idea che il tempo fosse così poco e la questione tanto importante per te. Io...»

Angelo lo aggredì interrompendolo:

«Non me ne frega niente del tuo senso di colpa. Ho perso minuti preziosi per comunicarti di persona che sei una merda, ma mi sembrava un'informazione importante. Siccome se ne accorge anche un cretino come te che non mi rimane molto, ora vado. Sei fortunato, ti risparmi pure un altro caffè».

«Aspetta, aspetta. Non è tutto qui. C'è una persona che... che forse può aiutarti. Te la volevo presentare.»

Fusco non mostrò alcun interesse. «Non mi serve l'aiuto di nessuno. Volevo il tuo, e guarda che ho ottenuto... Grazie lo stesso, ma adesso ho fretta.»

La voce di Sara risuonò alle sue spalle:

«Invece dovrebbe rimanere, vicecommissario Angelo Fusco. Mi dia retta, è la scelta migliore».

L'uomo si voltò lento e fissò la donna. Sara si rese conto che era più giovane dell'età che mostrava a causa della malattia. Sull'epidermide spiccavano delle chiazze, e le rughe che segnavano il volto erano profonde, ma dovute più alla disidratazione che all'avanzare degli anni.

«E lei chi sarebbe, scusi?» domandò Angelo.

Pardo intervenne:

«È la persona che volevo presentarti, Fusco. Se ti fermi cinque minuti, ti assicuro che ne varrà la pena. Per favore».

L'uomo sembrava più attratto da Sara che convinto da Pardo. A differenza dello sguardo sfuggente con cui si rendeva quasi invisibile, questa volta la donna teneva gli occhi magnetici in quelli dell'ex poliziotto. Non poteva permettere che se ne andasse. Almeno, non prima di averle dato un indizio per capire chi era stato davvero Antonino Lombardo, e i motivi della reticenza di Massimiliano, all'epoca, e di Andrea, adesso, su di lui.

Pardo aveva sperimentato la forza degli occhi di Sara, che la donna teneva quasi sempre rivolti a terra o verso un punto imprecisato. Erano azzurri e penetranti, e riuscivano per qualche strana magia a mettere gli altri di fronte al proprio lato oscuro. Erano bellissimi e tremendi, e lei era molto abile a risultare anonima pur essendo in possesso di uno sguardo così.

Fusco pose fine all'esitazione e si sedette. La diffidenza e il fastidio avevano lasciato spazio a un certo disagio. «Quindi lei chi sarebbe?»

La donna si accomodò a sua volta. «Sono un'amica di Davide» rispose, «mi chiamo Sara, e avrei bisogno di conoscere alcuni particolari del passato di Antonino Lombardo. Se mi spiega il motivo per cui ritiene che il defunto fosse in possesso di notizie importanti, penso che potremmo venirci incontro.»

Angelo aveva ascoltato senza scomporsi, solo il guizzo di un muscolo della mascella tradiva la tensione. «Signora» disse dopo qualche istante di silenzio, «Lombardo è morto, e quello che sapeva se l'è portato nella tomba. Potrei azzardare delle ipotesi, ma questa conversazione è durata anche troppo.»

Sara replicò con perfetta calma:

«D'accordo, vada pure. E torni a cercare da solo quello che non è stato capace di trovare finora. Preferisce morire mentre chi deve pagare continuerà a farla franca?».

L'uomo aprì la bocca e socchiuse le palpebre per lo stupore, poi recuperò il controllo e ribatté gelido:

«Lei non può neanche immaginare quello che ho perso. Cosa ne sa di chi dovrebbe pagare?».

Pardo, che avrebbe voluto essere ovunque piuttosto che lì, scosse il capo come a dire che se lo aspettava.

Sara si sporse in avanti. «Potrei fingere di essere bene informata sul suo conto, e le garantisco che ci metterei un minuto a convincerla. Invece mi limito a una semplice deduzione: lei è malato, eppure ha una determinazione incrollabile, e l'esperienza mi insegna che l'unica forza capace di giustificare una tenacia simile è la vendetta.»

Fusco tacque, osservando Sara con un'espressione indecifrabile. Davide giocherellava col cucchiaino del caffè per darsi un tono. I turisti anglofoni continuavano a ripetere «*Wonderful*», il naso all'insù, rivolto verso gli stucchi e gli affreschi che adornavano la sala.

Alla fine l'uomo mormorò:

«No, non è la vendetta. Sognavo di essere un poliziotto e lo sono stato per tutta la vita. Un poliziotto, signora, non vuole vendetta, pretende solo giustizia».

Davide annuì convinto. «Ah, questo è certo, Fusco.»

Angelo lo fulminò con lo sguardo. «Tu sei lo schifo della categoria, Pardo. Non metterti in mezzo.»

L'ispettore ammutolì, offesissimo.

Sara intervenne:

«Per ora non aggiungo altro nel suo stesso interesse, ma sono stata anch'io un poliziotto. Si fidi di me».

I tre smisero di parlare, mentre intorno a loro si accavallavano rumorosi apprezzamenti sulla bontà delle sfogliatelle e sulla raffinatezza degli acquerelli.

Poi Fusco si rivolse a Davide:
«Ti ritengo responsabile, Pardo. Non dimenticarlo».
L'ispettore allargò le braccia:
«E figurati se non ero responsabile».
L'ex poliziotto tornò a guardare Sara negli occhi. «Il 14 maggio 1990 una ragazza di vent'anni, che lavorava in una libreria antiquaria in città, è uscita dal negozio e non è mai tornata a casa. Si chiamava Ada ed era mia sorella.»

XVII

L'uomo dietro la scrivania si asciugò il sudore dalla fronte ampia e sbuffò, lanciando un'occhiata al rumoroso ventilatore che a stento smuoveva l'aria calda e viziata di fumo. «Io la capisco, Fusco, mi creda. È preoccupato, ha preso qualche giorno di ferie ed è venuto qua da Roma. E immagino quanto siano in pena pure i suoi genitori al paese. Da laggiù la città deve sembrare Sodoma.»

Il poliziotto in divisa si agitò sulla sedia. «Dottore, non è solo questo, è che...»

L'altro riprese, allentando ancora il nodo della cravatta:

«Però io ci andrei coi piedi di piombo, Fusco. Lei è giovane, ha una bella carriera davanti. Le conviene combinare casino? Qua non ci vuole niente a suscitare le antipatie di qualcuno. Vogliamo questo, Fusco?».

«No, di certo no, dottore. D'altra parte converrà con me che...»

L'uomo tirò fuori un grande fazzoletto dalla tasca e se lo passò sulla faccia. «No, no, non deve dirmi niente.

Dalle fotografie ho visto che sua sorella è una bella ragazza, con un sorriso incantevole. Perciò comprendo la vostra apprensione, ma dovete considerare anche altre ipotesi, non le pare?»

Angelo Fusco sbatté le palpebre, perplesso:
«Non la seguo, dottore. Quali ipotesi?».

L'uomo si alzò e si avvicinò al ventilatore, prendendo un pacchetto sgualcito di sigarette ed estraendone una. La bocca era piegata in un sorrisetto allusivo che al poliziotto parve alquanto laido. «Insomma, Fusco, è normale che una figlia o una sorella sia sempre e comunque una bambina per i genitori e il fratello, per carità. Ma a essere obiettivi e parlando da uomo a uomo, qua siamo davanti a una donna... E che donna. Mi spiego, no?»

Angelo cominciò ad avvertire una specie di ronzio nelle orecchie. «Non proprio, dottore.»

L'altro sbuffò una nuvola di fumo verso il soffitto, e la ventola la disperse nell'ambiente, aumentando la sensazione di afa. «Eh, caro Fusco, non la vogliamo considerare, la gioventù? E la primavera? Pure se c'è un caldo neanche fosse ferragosto, non la vogliamo considerare, la primavera? Sua sorella è una magnifica giovane. E manca da quanto? Da due giorni?»

«Da cinque, dottore» lo corresse Fusco. «Mia sorella è sparita nel nulla da cinque giorni.»

L'uomo rise. «E si sarà concessa una vacanza, che diamine! Ha una vita pesante sua sorella: tutta studio e lavoro. Qualcuno le avrà proposto di svagarsi un po', e lei avrà accettato, vivaddio! Ma ha visto che giornate, sì?

Sarà al mare, in barca, oppure all'estero, non può chiamarvi e magari spera che nemmeno vi accorgiate della sua assenza. Sono certo che da un momento all'altro, forse oggi stesso, vi telefonerà.»

Angelo si spazientì:

«Dottore, la ringrazio ancora per avermi ricevuto e riservato il suo tempo. E ringrazierò anche il mio superiore, che si è tanto prodigato per questo appuntamento. Ma, mi creda, la situazione non è semplice come la descrive».

L'uomo sembrò offeso dal tono del poliziotto e domandò, stizzito:

«Ah, davvero? E perché ne è così convinto?».

Fusco cominciò a enumerare con calma le proprie argomentazioni:

«Primo: non è mai, mai accaduto che Ada non abbia contattato i miei per più di ventiquattr'ore. Siamo solo in due, e lei è molto più piccola di me. È legatissima a loro, soprattutto a mia madre. Non li avrebbe lasciati senza sue notizie così a lungo».

L'altro agitò la mano in un gesto vago. «Forse hanno discusso, o litigato.»

Angelo escluse l'ipotesi con decisione:

«No, ci ho parlato, non hanno avuto nessuno screzio con Ada. Secondo: lei è uscita dalla libreria antiquaria, dove ha un impiego part-time, e non è mai rientrata a casa. Non aveva nulla con sé, solo la borsetta. Nella sua stanza c'era ancora il libro aperto dell'esame che stava preparando, il pigiama sotto il cuscino, nei cassetti la biancheria e gli effetti personali, e c'era anche la valigia che usava quando tornava al paese. Nessun segno di una partenza programmata».

«E io infatti ho menzionato una circostanza improvvisa, mica uno spostamento pianificato. In quel caso sì, che ci sarebbe stato da agitarsi. Intendo, se sua sorella avesse preparato un viaggio per chissà dove, senza informarvi.»

Fusco continuò, imperterrito:

«Terzo: i soldi. Ada non aveva ancora ritirato lo stipendio, la signora del negozio è stata chiara, pensi che voleva addirittura darlo a me. In più, aveva appena pagato l'affitto e versato la sua quota per le spese dell'appartamento che condivide con altre colleghe fuorisede, quindi doveva avere solo pochi spiccioli. E quarto: ha portato con sé le chiavi della libreria, sapendo di creare un problema alla titolare che invece, glielo assicuro, le stava molto a cuore. Ne abbiamo parlato l'ultima volta che l'ho sentita».

L'uomo sbuffò una boccata di fumo e spense la sigaretta in un posacenere ricolmo di mozziconi. «Con tutto il rispetto, Fusco, qual è il suo mestiere?»

Con una certa fierezza, Angelo rispose:

«Il poliziotto, dottore».

«Sì, ma che genere di poliziotto?»

«Come lei sa, sono di scorta al ministro…»

L'uomo batté le mani, con uno schiocco. «Ecco! Lei è di scorta a un ministro. Bravo. Invece io e la mia squadra ci occupiamo delle persone scomparse in un'area di tre milioni di abitanti. Si rende conto, Fusco? Tre milioni! Ha idea di quello che vediamo noi qui, dalla mattina alla sera? Ci sono centinaia, che dico?, migliaia di giovani che si innamorano e scappano, di ragazzini che hanno buscato un brutto voto a scuola e scappano, di casalinghe che si trovano per amante un camionista slavo e scappano, di ragionieri che si mettono con una puttana e scappano, di imprenditori che non possono pagare gli strozzini e scappano. In questa cazzo di città, Fusco, scappano tutti. Poi rispuntano sempre da qualche parte dopo quindici giorni o un mese.»

«E questo, dottore, che c'entra con mia sorella?»

«C'entra, Fusco, c'entra. I mariti, le mogli, le madri e i padri, i soci in affari e le sorelle di tutte queste persone che si sono allontanate non hanno un superiore che gli consenta di venire in quest'ufficio a elencare le ragioni, senza dubbio lecite, per cui i congiunti non se ne sarebbero andati di loro volontà. E invece è questo che succede il novantanove per cento delle volte.»

Fusco avvampò per la frustrazione e la rabbia:

«Ma dottore, c'è la testimonianza della padrona della libreria, che ha raccontato di questo motociclista che...».

L'altro lo interruppe in tono quasi paternalistico, che per qualche motivo ad Angelo sembrò minaccioso. «Allora lei non mi ascolta. Eppure guardi con quanta pazienza le sto parlando, per riguardo al suo superiore, Giangrande, che, glielo ricordi, mi è tanto caro. È presto, Fusco. Troppo presto. E la circostanza di quel giovane che l'ha cercata al lavoro dovrebbe suggerirle, mi perdoni se lo ripeto, che in famiglia non siete affatto al corrente di quello che riguarda la vita di sua sorella, che coltiva in libertà, com'è giusto che sia e senza nulla di losco, amicizie e contatti. Quanti anni ha detto che ha?»

Angelo rispose, in un sussurro:

«Ventuno tra due mesi».

«Quindi è maggiorenne, in grado di gestirsi da sola. Lei e i suoi genitori lo sapevate quando le avete consentito di trasferirsi in città, lontano da casa.» Fusco rimase in silenzio, e l'altro continuò:

«È così, glielo assicuro. Ora, io non intendo lavarmi le mani e nemmeno minimizzare l'accaduto, ma il nostro modo di procedere, che ci ha procurato diversi encomi e ci consente di ottimizzare le poche risorse a disposizione, prevede che ci si attivi su un caso di sparizione a tempo debito. *A tempo debito*, Fusco. Aspettiamo ancora qualche giorno, magari una settimana, e se la ragazza... che si chiama?».

Angelo disse, cupo:

«Ada, dottore. Si chiama Ada».

«Ecco, Ada. Se non ricompare, allora cominceremo col diramare la fotografia in stazioni, aeroporti, ospedali. La solita procedura, insomma. D'accordo? Intanto vi consiglio di stare tranquilli. Lei, per esempio, rientri in servizio. Senz'altro l'amico Giangrande, come tutti noi, avrà bisogno di ogni suo agente. Le ho già raccomandato di salutarmelo con tanto affetto, vero?»

Fusco si alzò. All'improvviso l'aria di quel dannato posto gli sembrava ancora più irrespirabile. «Grazie, dottore. Io, comunque, per qualche giorno mi trattengo in città, ho parecchie ferie arretrate. Voglio guardarmi un po' in giro. Posso lasciarle il numero della pensione in cui alloggio, se ci fossero novità?»

L'uomo prese il foglietto e lo mise con esagerata cura in mezzo alla montagna di carte e documenti che ricopriva la scrivania. «Ma certo, Fusco. E non si preoccupi, la sua Ada oggi o domani tornerà, fresca come una rosa.» S'interruppe per accendersi un'altra sigaretta. «Sa, con questo mestiere alla lunga si acquisisce una certa preveggenza» concluse emettendo un'orribile risatina complice.

XVIII

Pardo scosse la testa con una smorfia di disgusto. «Filippone, il vecchio capo dell'Ufficio Fantasmi. E chi se lo scorda quello. Lui sì che era una bella merda.»

Fusco annuì. Il nome con cui in gergo i poliziotti si riferivano alla sezione persone scomparse gli era tristemente noto, e doveva convenire che il ricordo di quel grigio funzionario, attento soprattutto a non mettersi nei guai, era tra i peggiori che conservasse. «Si preoccupò che il mio superiore di allora, un questore importante, credesse che si era preso a cuore il caso di Ada. In realtà se ne fotteva alla grande.»

Sara, fino a quel momento concentratissima sul racconto, chiese:

«Ma lei continuò a indagare per conto suo vero? Non tornò a Roma ad aspettare notizie da quell'idiota?».

All'improvviso Angelo sorrise e sembrò ringiovanire di una decina d'anni. «Hai detto che eri anche tu una collega, no? E allora dobbiamo darci del tu. Il lei non va bene tra gente che ha condiviso questo stesso schifo di mestiere. Ti pare?»

Sara ricambiò il sorriso e assentì. Un po' alla volta, la corazza di quell'uomo si stava sgretolando.

Angelo riprese:

«Hai ragione, non rimasi a guardare. Quel giorno stesso rientrai al paese, per parlare con i miei. Nella sua arrogante strafottenza, Filippone mi aveva suggerito un'idea. Forse Ada, senza volerlo, aveva rivelato a nostra madre un dettaglio all'apparenza insignificante, che invece poteva rivelarsi decisivo».

Pardo domandò:

«Ed era così?».

Fusco bevve un sorso d'acqua. C'erano momenti in cui sembrava assente. Sara immaginò che fosse per la malattia, o per il dolore che gli procurava quella storia.

«Ada e io non avevamo lo stesso cognome, e tra di noi c'era una differenza di dodici anni, perché eravamo figli di padri diversi. Il mio è morto quando ero molto piccolo, e sono cresciuto col secondo marito di mamma. Era un uomo meraviglioso, sensibile e dolce, che ha sempre trattato alla pari me e Ada. Si chiamava Femia, Arnaldo Femia.»

«Ecco perché nessuno ha mai collegato te a tua sorella» commentò Pardo.

«Esatto. Non l'ho mai reso noto in modo da investigare senza che trapelasse l'ossessione per una vicenda familiare. Temevo anche che qualcuno potesse ostacolarmi.»

Sara chiese:

«E con i tuoi come andò?».

L'uomo scrollò le spalle:

«Fu un buco nell'acqua. Non c'erano stati litigi e nemmeno discussioni. Arnaldo e mia madre erano divorati dall'angoscia, e lo ero anch'io. Conoscevamo Ada e sapevamo benissimo che non si sarebbe mai allontanata senza avvisarci. Obbligai mia madre a ripetermi per ore il contenuto delle ultime telefonate: volevo capire se le aveva confidato qualche paura o preoccupazione, se aveva avuto degli screzi con qualcuno, magari con una compagna di studi, un assistente, un professore, o se c'erano stati problemi al negozio».

Pardo lo anticipò:

«Ma non saltò fuori niente».

«Nulla, buio completo. Addirittura mia madre mi disse che un paio di settimane prima aveva esortato Ada a divertirsi un po', a non concentrarsi sempre sullo studio e sul lavoro, ma lei le aveva risposto che era troppo impegnata, che la sera era distrutta e neppure ci pensava a divertirsi.»

L'ispettore domandò:

«E con le coinquiline?».

Angelo sbuffò. «Ognuna stava per conto suo, c'era pochissima confidenza. In più le altre bisticciavano sempre, e lei non voleva mettersi in mezzo. Caddero dalle nuvole, quando le cercai per avere notizie: nemmeno se n'erano accorte che Ada non c'era.»

Davide sbottò:

«Ma non è che una ragazza di vent'anni si dilegua nel nulla dalla sera alla mattina, accidenti! Com'è possibile?».

Sara intervenne:

«C'era il motociclista, però».

Fusco sorrise, triste. «Sì, e io mi appigliai all'unico indizio di cui disponevo. Ma andarla a cercare in libreria il giorno dopo la sparizione non era un comportamento che collimava con il profilo di un rapitore.»

La donna socchiuse gli occhi con aria assorta. «Be', la gente è imprevedibile, forse voleva allontanare i sospetti. Oppure sincerarsi che nessuno l'avesse visto con Ada.» Studiando l'espressione di Fusco, i movimenti delle mani e la postura, aveva già intuito quello che era accaduto. Ma aveva capito anche che l'uomo aveva bisogno di rievocare ogni singolo evento, senza omettere niente, per quanto doloroso fosse.

«Già, però a me servivano conferme. Perciò tornai dalla padrona del negozio che, nonostante fosse un po' svampita, aveva un'ottima memoria, e la pregai di indicarmi da che parte era arrivato il motociclista e da quale se n'era andato. Poi mi armai di pazienza e cominciai a interrogare commercianti, benzinai, edicolanti. Tracciai un segno su una cartina della città, con al centro la libreria, e mi mossi a raggiera.»

Pardo sospirò. «Un ago in un pagliaio, è un quartiere enorme, popolatissimo. Avrai dovuto sentire un sacco di persone...»

Angelo annuì. «Sono un poliziotto, e Ada era mia sorella. Al telefono, mi sforzavo di consolare i miei, che erano sempre più disperati. Intanto continuavo a setacciare la zona. E alla fine un fioraio, titolare di un chiosco vicino alla fermata dell'autobus che Ada prendeva per rincasare dopo la chiusura del negozio, mi diede l'informazione giusta.»

«Cioè?» chiese Pardo.

Fusco continuò con voce piatta:

«Mi riferì che la sera in cui Ada era sparita, aveva notato una ragazza discutere con un tipo in moto. Gli era sembrato che i toni fossero un po' concitati, era stato quello ad attirare la sua attenzione. Poi era entrata una cliente, lui l'aveva servita, e quando era uscito di nuovo per fumare, i due non c'erano più».

Ancora una volta Sara lo precedette:

«Ma non ti ha detto solo questo».

«Già, c'era dell'altro. Era un appassionato di motori, uno di quelli che comprano riviste specializzate, quindi quella Ducati, una Paso 907, lo aveva colpito eccome. Era uno splendore, ai tempi, non potevano essere in molti a girare con un bolide così.»

«Bingo» sussurrò Pardo.

Fusco annuì. «Sì. Lo avevo trovato.»

XIX

Fosse stato un altro, una volta scoperto chi era, l'avrebbe fermato, preso per il bavero, sbattuto al muro e costretto a raccontargli che ne era stato della sorella, che le aveva fatto.

Ma Angelo Fusco era un poliziotto. Così aveva risposto a quel tronfio idiota di Filippone, quando gli aveva chiesto quale fosse il suo mestiere. Era un poliziotto e si comportò di conseguenza, valutando con freddezza come poteva essere andata e ragionando sugli esiti di un suo gesto impulsivo. Aveva studiato i sequestri di persona, e aveva scoperto che le vittime correvano un grave pericolo se il rapitore, sentendosi braccato, decideva di non tornare nel luogo in cui era imprigionata la sua preda.

Dopo aver identificato la motocicletta, l'unica di quel modello nella zona, era stato facile risalire, con qualche discreta domanda in giro, al nome del proprietario: Arturo Bruni, figlio di un noto e ricco commercialista, iscritto senza entusiasmo alla stessa facoltà di Ada e destinato, un giorno lontano, a riscaldare la sedia nello studio di famiglia giustificando così i soldi che avrebbe sperperato in giro.

Fusco sapeva benissimo che era inutile rivolgersi ai colleghi della città. Se anche qualcuno gli avesse dato retta, non avrebbe avuto prove e l'unico risultato sarebbe stato mettere il ragazzo in allerta. Doveva agire con prudenza.

Così noleggiò un Vespone e non lo perse di vista un attimo. Lo seguì per due giorni. Aveva stabilito che, se il giovane teneva Ada segregata da qualche parte, in quel lasso di tempo sarebbe dovuto tornare da lei a verificarne le condizioni.

Mentre Bruni conduceva la sua vita da debosciato, l'angoscia nel cuore di Angelo cresceva di minuto in minuto. Arturo non frequentava luoghi isolati, non variava i tragitti dei suoi spostamenti e non aveva contatti con pregiudicati o individui sospetti: Fusco era consapevole che quel comportamento non era compatibile con il profilo di un rapitore. Durante le quarantott'ore fissate come termine massimo del pedinamento, il motociclista si era svegliato tardi, era passato dall'università senza frequentare le lezioni limitandosi a bighellonare per l'edificio e attaccare bottone con alcune colleghe, aveva pranzato in un caffè, la sera aveva cenato in pizzeria, poi era andato al cinema. In casa era rimasto pochissimo.

Un paio di volte Angelo gli si avvicinò per guardarlo in faccia. Aveva l'aria annoiata e distesa di chi è privo di preoccupazioni. Era bello e consapevole di esserlo, aveva capelli ricci neri, lineamenti regolari, un fisico longilineo, e indossava abiti firmati: tutto quello che serviva per affascinare e irretire una ragazza di provincia.

Alla fine del secondo giorno, Fusco decise di affrontarlo.

Era solo a indagare sulla scomparsa di Ada, e non poteva permettersi il lusso di battere una falsa pista. Non poteva nemmeno escludere che, mentre spiava l'inutile esistenza di quel figlio di papà, il vero colpevole stesse portando a termine, indisturbato, il proprio piano.

Lo attese a tarda notte all'uscita del garage dove parcheggiava la Ducati. La gente del quartiere dormiva ormai da un pezzo, e la strada era deserta. Angelo si reggeva a stento. Da quando la sorella era sparita, riposava solo un paio d'ore al giorno, se ci riusciva; ma quelle brevi interruzioni dalla pena della veglia erano popolate da terribili incubi e non gli procuravano alcun ristoro. Era stravolto, e la certezza che ogni singolo istante allontanava la possibilità di trovare Ada lo faceva precipitare in un abisso di disperazione.

Arturo Bruni girò l'angolo fischiettando piano e riponendo le chiavi della moto nel giubbotto. Angelo gli si parò davanti, sbucando dall'ombra. Per poco il giovane non lo urtò. Provò a scansarlo, pensando a uno scontro fortuito, ma il poliziotto gli afferrò il braccio poco sotto la spalla. La stretta era così forte e dolorosa, oltre che inaspettata, che il ragazzo prima emise un lamento, poi aprì la bocca per urlare.

Angelo, però, lo precedette:

«Fossi in te, me ne starei tranquillo».

Più che la minaccia, a zittirlo fu lo sguardo di Fusco. Bruni, che era un superficiale vanesio ma non uno stupido, vi lesse un'allucinata determinazione e una fredda furia. Entrambe non lasciavano presagire nulla di buono. Abbassò la testa e notò il luccichio del metallo brunito di una pistola che lo sconosciuto stringeva nell'altra mano. Il labbro inferiore cominciò a tremargli e balbettò:

«Ti do tutto, ma stai calmo».

Angelo sussurrò:

«Sono calmissimo. Ma appena provi a gridare o tenti di scappare, ti pianto la canna nella pancia e sparo, così non fa nemmeno rumore. Chiaro?».

Bruni annuì con un impercettibile cenno del capo. Aveva gli occhi sbarrati e sembrava sul punto di scoppiare in lacrime. Era giovane e atletico, ma l'altro lo sovrastava di venti centimetri abbondanti. Non si esprimeva in dialetto e non sembrava né ubriaco né drogato. Quei particolari spaventarono Arturo ancora di più. «Vuoi la moto, vero?» chiese scosso da un brivido. «Andiamo in garage e te la prendi. Non c'è problema.»

Fusco ghignò:

«Me ne fotto della tua Ducati. Serve a quelli come te per rimorchiare. Tienitela».

Arturo iniziò a temere il peggio. Se non voleva soldi e nemmeno la moto, che stava cercando quel pazzo?

Il poliziotto lo spinse in una rientranza buia della strada, fuori dal cono di luce di un lampione, e ringhiò:

«Ada. Voglio sapere dov'è. Subito. Altrimenti giuro su dio che t'ammazzo».

L'altro sbatté le palpebre, confuso:

«Ada? Non conosco nessuna...».

Lo schiaffo partì improvviso, tanto che il giovane non se ne accorse. La testa schizzò all'indietro e picchiò contro il muro. Bruni squittì per il dolore.

«Ti avverto, non ho più niente da perdere. Quindi ripeto la domanda, e mi aspetto una risposta convincente, sennò becchi il resto: dove la tieni Ada Femia? È una tua collega di università. Lo sapresti se ti degnassi di frequentare, invece di non combinare un cazzo dalla mattina alla sera.»

Il barlume di un'intuizione illuminò il volto del ragazzo, che si teneva una mano sulla guancia arrossata dal ceffone:

«Ada! Certo, quella bona... quella carina, sì. Non la vedo da giorni, forse da più di una settimana. Tu sei il fidanzato, giusto? Ascolta, non siamo nemmeno amici, ci avrò parlato a stento quattro...».

Stavolta il manrovescio lo centrò sull'altra guancia. Arturo cominciò a piagnucolare, mentre Fusco chiariva il concetto:

«Non sono il fidanzato, sono il fratello. E tu eri con lei prima che sparisse. Perciò o vuoti il sacco o ti lascio freddo a terra».

«E io che ne so? Ti ho spiegato che non la vedo da più di una settimana.»

Angelo gli afferrò di nuovo il braccio. «Raccontami di quando l'hai incontrata, e attento a non dimenticare niente.»

Il ragazzo emise un gemito, ma si affrettò a rispondere:

«Ero in moto, l'ho incrociata alla fermata di via Giordano. Le ho offerto un passaggio, lei ha rifiutato e io me ne sono andato. Perché, che è successo?».

«Qualcuno sostiene che stavate litigando. Allora?»

Bruni scosse la testa. «Noi? No! Cioè, poteva sembrare, in realtà non è così. Io premevo per accompagnarla, era tardi, i negozi stavano chiudendo... Una ragazza così carina, da sola, mi pareva brutto. Lei ha insistito che preferiva aspettare l'autobus. Tutto qui.»

«Poi?»

Il giovane cercò di divincolarsi senza riuscirci. «Ahia, basta, mi fai male... poi, niente. È arrivato un amico suo in macchina e lei è salita.»

Per la sorpresa, Angelo allentò la stretta, e Bruni quasi si liberò. Il poliziotto gli assestò una ginocchiata al basso ventre, e l'altro si accasciò su se stesso con un grugnito, entrambe le mani sui testicoli. Fusco lo prese per la collottola, lo tirò su e iniziò a parlargli a un centimetro dal volto:

«Hai tre secondi per dirmi tutto su quella macchina e sul tizio che la guidava. Se le informazioni non mi soddisfano, sei finito».

«Era scura, forse una Peugeot o una Citroën, non sono certo. Non si distingueva chi c'era al volante, lei è montata su e ciao.»

«Prima hai detto "un amico". Quindi era un uomo. Adesso sostieni che non si distingueva.» Tolse la sicura e scarrellò l'arma; nel silenzio della notte, il suono metallico rimbombò come uno sparo. Bruni farfugliò:

«Sì... sì, scusa. La sagoma era quella di un uomo, si è allungato dal lato del passeggero per dirle qualcosa e lei gli ha sorriso, poi è salita. Così ho pensato che fossero amici. Non so altro, davvero!».

A quel punto, col colpo in canna, nel buio di una strada deserta, in una città che non era la sua, Angelo Fusco si rese conto che si stava trasformando in un criminale. Che in quel momento aveva smesso di essere un poliziotto.

Poi avvertì con chiarezza che il ragazzo era sincero. Poteva sbagliarsi, eppure non ebbe dubbi. A un tratto percepì tutta la stanchezza di quei giorni. Lasciò il braccio di Arturo e sibilò:

«Se scopro che hai mentito, ti ammazzo. Se racconti a qualcuno di questo incontro, ti ammazzo. Se mi accorgo che hai omesso anche solo un minimo dettaglio, ti ammazzo. Hai capito?».

Il ragazzo annuì terrorizzato e si allontanò zoppicando.

XX

Quando Fusco tacque, Pardo lanciò un'occhiata a Sara: la donna non aveva mai distolto lo sguardo dall'ex poliziotto, studiando di volta in volta il viso, le mani, le spalle e le gambe.

L'ispettore era affascinato dal modo con cui lei ascoltava: era come se a parlarle fosse tutto il corpo dell'interlocutore, non solo la voce. Davide chiese ad Angelo:

«E avevi ragione? Il ragazzo non c'entrava?».

Al posto di Fusco, rispose Sara:

«Non può saperlo perché il caso non è mai stato risolto».

Angelo bevve un altro sorso d'acqua, fissando il vuoto davanti a sé. «Sono passati molti anni. Credo di aver onorato il mio mestiere, mi sono trovato in tante situazioni senza tirarmi indietro. Ho visto criminali di ogni tipo: pedofili, stupratori, assassini. Ma non ho mai desiderato così tanto di premere il grilletto come quella notte, per strada. Mai.» Si voltò verso Sara:

«Ero molto stanco, anche se di una stanchezza diversa da quella di adesso, che sto per morire: ma non dormivo da troppi giorni, e quell'idiota era la mia ultima possibilità. L'ultima. O se l'era portata via lui, o era stato testimone di un rapimento e nemmeno se n'era accorto. In quel momento mi sembrava l'uomo più colpevole del mondo, avevo la pistola d'ordinanza in mano e stavo per usarla».

Sara annuì. «Ti capisco, Fusco. Sei stato molto in gamba a non sparare.»

Angelo corrugò la fronte:

«Sai, quando leggo che vorrebbero dare le armi a tutti, come in America, mi tornano in mente quegli attimi. Dopo tanto tempo, li ho ancora impressi in testa come fosse ieri. E sono convinto che se uno ha un'arma, prima o poi la usa. Sugli altri, o su se stesso».

I turisti si alzarono dai tavolini vociando e seguendo la guida. Uscirono, e sotto gli affreschi della grande sala ci fu un attimo di improvviso e confortevole silenzio.

Pardo domandò:

«Poi che successe? Chi c'era in quella macchina?».

Angelo scosse il capo. «Insistetti ancora con Filippone, riferii dell'uomo nella macchina scura che aveva avvicinato Ada, omettendo come lo avevo scoperto. Credo che cominciarono a cercarla più che altro per liberarsi del mio assillo. Prima diramarono la foto, poi iniziarono a chiedere in giro. Si mossero secondo la procedura, che nel caso di mia sorella serviva a poco: setacciarono gli ambienti dello spaccio, della prostituzione e della criminalità organizzata, perché qua, pure se piove, è colpa dei clan. Io però ero certo che quella fosse la pista sbagliata.»

Davide aggrottò la fronte. «E perché eri così certo?»

«Io a mia sorella la conoscevo benissimo, meglio di chiunque altro. Ero un ragazzino quando è nata, e me la sono cresciuta io. Era fin troppo responsabile, Ada. Mai un colpo di testa. L'avevo sentita poco prima che sparisse, eravamo stati un'ora al telefono, mi raccontava tutto, pure gli esami che preparava. Era impossibile che nascondesse un segreto di cui io e i miei eravamo all'oscuro.»

Sara commentò, come se prevedesse ciò che Fusco stava per dire:

«E non saltò fuori niente, infatti».

«Niente di niente. Il mio patrigno si ammalò quasi subito. Secondo i medici doveva avercelo da prima, ma io sono sicuro al cento per cento che il cancro gli venne per la scomparsa di Ada. Se ne andò in quattro mesi, nemmeno il tempo di finire la cura. Per carità, le terapie non erano come adesso. All'epoca io sarei già morto da quasi un anno.» Parlò con serenità, come se fosse una semplice constatazione.

Pardo rabbrividì. «Sì, ma la macchina? Non trovasti qualche altro testimone? Avevi beccato la motocicletta, non potevi risalire anche all'auto?»

Fusco rise, e la risata sembrò un lamento. «Figurati. Nessuna targa o altri particolari utili. Bruni a stento ricordava la marca. Ammesso che non se la fosse sognata, era impossibile individuare la vettura. Le tracce di Ada finivano là.»

«Ma tu non mollasti» mormorò Sara.

«Andai a Roma, spiegai la faccenda al mio diretto

superiore. Lui fu comprensivo, era una brava persona. Ottenni il trasferimento provvisorio qui in città, poi diventò definitivo. Non riuscivo a stare lontano. Dovevo almeno provarci.»

Pardo sbottò. «Ma è incredibile che una svanisca nel nulla, cazzarola! Sarà pure emerso un indizio, uno straccio di prova.»

Sara si girò verso di lui. Aveva negli occhi un dolore tangibile. «L'hanno trovata. Non hai ancora capito?» Riportò lo sguardo su Fusco, parlando come se l'uomo non fosse lì ad ascoltarla:

«Le spalle. Le mani. L'espressione del volto, la sequenza delle frasi. I dettagli che emergono dalla memoria, e quelli che vengono tralasciati. Il ricordo dei sentimenti e delle sensazioni più che degli eventi. È evidente: Ada è morta».

Angelo si rivolse alla donna:

«Quindi era di questo che ti occupavi: sei un'analista dei segni, lo avevo immaginato». Poi disse a Pardo, con tono piatto:

«L'hanno trovata sei mesi dopo, sul greto di un fiumiciattolo a una trentina di chilometri dalla città. Non a sud, verso il paese, ma a nord, dove Ada non aveva alcun motivo di essere. Le avevano sfondato il cranio con due colpi alla nuca. Secondo il medico legale era morta sul colpo, probabilmente la sera stessa in cui era scomparsa. Per quello che si poteva desumere dalle condizioni dei resti, l'autopsia escluse violenza sessuale». Si interruppe fissando il vuoto per qualche istante, poi continuò:

«Il corpo era stato martoriato dalle bestie. Cani, topi, di tutto. Pensai che Arnaldo era stato più fortunato di me e mia madre. Se non fosse stato per la collanina del battesimo e i brandelli di un giubbotto che le avevo regalato, nessuno avrebbe potuto identificare quell'ammasso di ossa». Alzò la testa. «Era bella, sapete? Aveva una risata contagiosa.»

Pardo sembrava sconvolto:

«E quindi chi era stato?».

Fusco si strinse nelle spalle, un gesto triste e sconsolato che tradiva il senso della sconfitta. «Non era stato nessuno. Iscrissero Bruni nel registro degli indagati, ma a suo carico non c'era niente, e l'avvocato scelto dal paparino era uno dei migliori del Paese. Così la sua posizione fu archiviata. Non emerse altro, la Scientifica non reperì nulla di significativo. Dopo un po' i giornali smisero di interessarsi alla vicenda e l'inchiesta si fermò. Un caso irrisolto. Ce ne sono una marea. Quanto mi diverto, quando sostengono che non esiste il delitto perfetto: io ne ho visti a centinaia, di delitti perfetti» concluse amaro.

«Ma non ti sei rassegnato neanche allora» intervenne Sara, «neanche quando fu chiaro che nessuno sarebbe mai stato condannato.»

«Sì, non mi sono mai arreso, però non è vero che nessuno è stato condannato. Sono io l'unico condannato all'ergastolo per l'omicidio di mia sorella, perché ho vissuto immerso in questa tragedia ogni singolo giorno, rinunciando ad avere una famiglia e coltivando solo la mia ossessione, peggio che in galera. Mia madre e Arnaldo, invece, li hanno condannati a morte. Lei non pronunciò più una parola dal momento in cui rinvennero il cadavere. Si spense dopo tre anni di silenzio, senza un lamento.»

Pardo si coprì la faccia con le mani. «Adesso mi rendo conto, amico mio. Perdonami.»

Fusco ebbe pena di lui, e gli strinse un braccio:

«Non potevi saperlo. Scusami, sono stato ingiusto. Ma quando l'ex compagno di cella di Lombardo mi ha contattato perché lui voleva incontrarmi, mi sono illuso di avere un'ultima speranza prima di morire. Invece, si vede che era destino».

«Non è ancora finita, Fusco» mormorò Sara. «Rimani sempre reperibile. È tempo di andare a fondo in questa storia.»

XXI

Si videro quella sera stessa da Viola. Conoscendo la terribile invadenza della madre della ragazza, che abitava al piano di sopra, per ragioni di riservatezza Sara avrebbe preferito un'anonima pizzeria, ma il piccolo Massimiliano aveva qualche linea di febbre e l'apprensivo Pardo si rifiutò di portarlo fuori.

All'apparenza Rosaria, la mamma di Viola, sembrava una persona normale; una cinquantenne molto curata, vedova ma per nulla aliena ai rapporti sociali e fin troppo attenta alla vita dell'unica figlia. In realtà era una vera arpia, indiscreta e aggressiva, pettegola e manipolatrice; le rare volte che Sara l'aveva incrociata, ci aveva messo un secondo a comprenderne la vera indole, e da parte sua la donna non aveva nascosto la diffidenza e il fastidio nel dover condividere il nipote con una che neanche si tingeva i capelli. A onor del vero, Rosaria e Sara non avevano in comune nient'altro che vocali e consonanti.

Imbattersi in quella calamità non era la migliore delle prospettive, soprattutto se c'era da elaborare un piano d'azione, ma l'apprensione di Davide per la salute del bimbo era tale da rendere l'ispettore insopportabile. Quindi non c'era stata scelta.

Quando ebbe riassunto, su richiesta di Sara, la storia di Fusco, avevano ormai finito di mangiare e il bimbo si era addormentato nella sua culla, che continuava a ondeggiare sospinta dall'instancabile mano del poliziotto.

Era curioso constatare quanto l'istinto materno fosse radicato in quell'uomo irsuto e pessimista, mentre scarseggiava nella ragazza dalla sconfinata dolcezza che aveva partorito Massimiliano: nell'accudire il bambino, i due sembravano complementari.

Viola disse:

«Se ho capito bene, siamo di fronte a un *cold case* che risale a circa trent'anni fa, e a un'inchiesta che si è conclusa con un buco nell'acqua. Un poliziotto, esperto e caparbio, ossessionato dall'omicidio della sorella, ha continuato a investigare, ma a sua volta non ha scoperto niente. Ora mi spiegate come possiamo venirne a capo noi, senza un minimo indizio e dopo così tanto tempo?».

Pardo riuscì nell'impresa di urlare bisbigliando per non svegliare Massimiliano:

«E che c'entra? Solo perché qualcuno ci ha provato e non c'è riuscito dovremmo lasciare che quella ragazza venga dimenticata? Poi Fusco è stato chiaro: l'indagine all'epoca fu frettolosa e superficiale; e lui era troppo coinvolto per valutare le cose col giusto distacco».

Sara annuì. «In parte hai ragione, Viola. Non sarà semplice. Ma anche Pardo non ha torto. Ci sono un paio di elementi di cui tenere conto.»

La ragazza si sporse in avanti, concentrata. «Cioè?»

«Primo: noi possiamo sfruttare canali non ufficiali. Ci sono informazioni che adesso sono molto più accessibili rispetto a trent'anni fa, grazie a internet, social network e archivi digitali. Oggi, moltissimi casi insoluti vengono risolti utilizzando mezzi non disponibili in passato. Secondo: noi possiamo scomodare chi dispone di dati riservati, che sono fuori dalla portata del povero Fusco.»

Pardo sorrise, con ampi gesti d'assenso. «Per esempio, i tuoi misteriosi ex colleghi, Morozzi. Speravo che li avresti tirati in ballo.»

Sara fece una smorfia. «Non ho detto questo, ma di certo è una carta che possiamo giocarci. Terzo: non trascurate l'aspetto più rilevante, ovvero come siamo stati coinvolti in questa vicenda.»

Viola concluse il ragionamento:

«Antonino Lombardo».

«Esatto. Questa è la novità. Aveva qualcosa da comunicare a Fusco, e a quanto pare se l'è portata nella tomba. Ma forse, e sottolineo *forse*, indagando su di lui e i suoi trascorsi più o meno recenti, possiamo ricostruire di che si trattava. Insomma, dobbiamo partire da Lombardo.»

Pardo si rivolse a Sara, in tono serio:

«Morozzi, voglio ringraziarti. So che ti sei presa a cuore questa faccenda per me, per liberarmi dal senso di colpa di aver sottovalutato l'urgenza e l'importanza della richiesta di Fusco. Dovrò davvero sdebitarmi».

Viola studiava l'indecifrabile espressione di Sara.

«Sei sicuro, Davide? Secondo me c'è di più. Da quando ci hai raccontato del primo incontro con Fusco, ho notato le antenne della nostra amica drizzarsi. Non sono una maga come lei a leggere nella mente delle persone senza che nemmeno aprano la bocca, ma il sesto senso ce l'ho pure io.»

Sara ammiccò. «Brava. Appena ho sentito il nome di Lombardo, ammetto che è saltato fuori un vecchio ricordo: fatico a mettere a fuoco, e questo mi provoca un certo disagio. Insomma, voglio vederci chiaro. E comunque, le parole di Fusco mi hanno turbato. Quella ragazza è stata uccisa da qualcuno che non ha mai pagato, e questo non posso accettarlo. Per te non è lo stesso?»

Viola si strinse nelle spalle. «Be', certo che sì. Poi, anche se non esercito, sono pur sempre una "fotoreporter", e i delitti insoluti li odio. Ma c'è una questione che vorrei chiarire: perché siamo così sicuri che Lombardo sia collegato al delitto di Ada? Non può essere che la sua richiesta riguardasse altro? Del resto in trent'anni Fusco si sarà occupato di centinaia di crimini.»

Pardo scosse il capo. «No, lo escludo. Angelo è un segugio, avrà verificato subito se Lombardo era implicato in qualche vecchia inchiesta e non avrà trovato niente. Inoltre è in pensione da anni, e un detenuto non manda a chiamare uno sbirro malato, ormai in congedo, se non per motivi strettamente personali. E Fusco, in tutta la vita, di personale non ha avuto altro che questo brutto incubo della sorella.»

Sara parlò quasi tra sé:
«Sì, anche secondo me il colloquio chiesto da Lombardo c'entra con la morte di Ada. E c'è un ulteriore particolare che lo conferma: la ragazza e Fusco non hanno lo stesso cognome, essendo figli di padri diversi. È impossibile associarli per caso o per deduzione logica. Lombardo doveva essere al corrente del legame di sangue tra i due».

Viola schioccò la lingua, come sempre quand'era perplessa:
«Non sono convintissima, ma sto diventando scema a furia di preparare pappine. Allora, come procediamo?».

Sara accennò un sorriso. «Dobbiamo concentrarci su Lombardo. Tu, Viola, scava nel passato. Proviamo a scoprire chi era, dove abitava, quali erano i suoi parenti, le circostanze del suo arresto. Controlla in Rete, senti se qualche tuo ex collega della cronaca ricorda niente.»

La ragazza abbozzò un saluto militare.

Sara si rivolse a Pardo:
«Tu, ispettore, scava nel presente. È arrivato il momento di contattare il prete; cerca di sapere con chi era stato in cella Lombardo, quali erano le sue amicizie, se riceveva visite, e da chi. Insomma, tutto quello che potrebbe illuminarci sul perché un uomo che sta morendo vuole incontrarne un altro che non sta molto meglio di lui».

Pardo confermò col capo. Non aveva mai smesso di

cullare Massimiliano. «E tu, Morozzi, come ti muovi nel frattempo?» domandò in un sussurro,

Sara osservò il buio oltre la finestra. «Come sempre, scaverò in ciò che non si vede.»

XXII

Vuoi sapere perché ti ho portata qui, amore? Be', ripeti sempre che non abbiamo una nostra canzone, un album con le foto dei viaggi, amici coi quali uscire la sera, andare al cinema e parlare del film davanti a una pizza. E hai ragione, è proprio così. Lo conosci il motivo, ma vuoi sentirmi dire che abbiamo una vita diversa da quella degli altri. Noi non possiamo separare il lavoro dal tempo libero. Il nostro è un mestiere che proietta la sua ombra sul resto della giornata, comporta una riservatezza ossessiva e asfissiante, ci impedisce persino di tornare dove siamo stati felici, per paura di essere ricordati.

Allora io mi sono messo a riflettere, e ho trovato questo posto. Non è un luogo da cartolina, uno di quelli col panorama mozzafiato, i ristorantini tipici e l'artigianato locale. Se ti sporgi, però, là in fondo c'è uno spicchio azzurro di mare, e siccome di qua passa la gente che va di fretta, se ti fermi accanto a me, ci trasformiamo in un elemento del paesaggio urbano, e nessuno ci nota. Guarda, quelli nelle auto che salgono non possono vederci e quelli che scendono, se anche si accorgessero di noi, scorgerebbero solo due sagome di spal-

le. È un posto strano, d'accordo. Non ci siamo nemmeno mai stati, ma è proprio bello, secondo me. Ti va che diventi il nostro posto, amore? Se ti bacio proprio qui, all'aperto e in pieno giorno, non lo dimenticherai più, vero?

Allora vieni, mio unico e immenso amore. Vieni, e lasciati baciare il sorriso.

La luce giallastra del lampione era fioca, ma creava un'atmosfera romantica e cullava i ricordi.

Quasi senza rendersene conto, Sara raggiunse la piazzola all'incrocio tra due strade di passaggio, al termine di una lunga camminata durante la quale aveva inseguito i suoi pensieri. Non ci era tornata spesso, da quando era stata felice. Era convinta che, per sentire Massimiliano vicino, non le servissero i luoghi che custodivano un significato particolare: la voce, gli occhi, le mani dell'uomo che amava erano presenti e tangibili come se lui ci fosse ancora. Di certo molto più che nell'ultimo, interminabile stadio della malattia, quando restava ore a guardarlo combattere nel sonno contro la morte, ridotto al fantasma di se stesso.

Quella sera, però, dopo aver concordato i ruoli di ognuno nell'indagine su Antonino Lombardo ed essere uscita da casa di Viola, si era ritrovata proprio là, in quel lembo d'asfalto che avevano scelto, anche se non rappresentava niente per loro. Eppure, per qualche incomprensibile motivo, la piazzola a forma di triangolo irregolare, poco più di una rientranza tra due palazzi, con un vecchio muretto di contenimento che fungeva da balaustra per quell'inconsueto belvedere da cui si scorgeva il mare giù in basso, si era trasformato proprio in ciò che Massimiliano voleva: *nel loro posto*.

Lì non si fermava mai nessuno, e i passanti erano rari: solo qualche abitante dei dintorni, che portava fuori il cane. Così se ne stavano in silenzio a fissare il frammento di azzurro, sfiorandosi la mano o il più delle volte senza neanche toccarsi, godendo l'uno della presenza dell'altra a pochi centimetri, percependone il respiro o catturando un pigro movimento ai bordi del campo visivo, la mente persa dietro un passato da dimenticare o un futuro da temere, ma confortati da un presente comunque felice.

Amore, pensò Sara. Amore mio, stasera sei qui, perché lo avverti, lo hai sempre avvertito quando divento vulnerabile. Quando ho bisogno di essere rassicurata.

Ascoltami, Sara. Tu sei forte, molto più di me o di chiunque altro. E quest'energia che ti scorre dentro è una perfetta sintesi di coraggio e dolcezza: per questo sei libera e indipendente. Anche se la forza e la sensibilità si misurano con metri diversi, solo gli stupidi confondono la prima con la durezza e scambiano la seconda per un punto debole. Tu sei l'esempio di come si possa essere determinati e teneri al tempo stesso. Ti prego, però, non pretendere troppo da te. Non credere mai di aver visto tutto e che nulla possa scalfirti. Non considerare la tua pelle una corazza: non lo è. Stai attenta. Ho paura che senza di me non avrai abbastanza cura del mio grande, dolcissimo amore.

Davanti a lei il pendio digradava verso il mare. Alle sue spalle si snodavano le due arterie che avrebbero dovuto garantire il collegamento col centro, perennemente congestionate. La città combatteva con la condanna irredimibile del traffico, un peso che non era in grado di scrollarsi di dosso e con cui conviveva come altrove ci si adattava alle intemperie del più rigido inverno.

Per buona parte della giornata, la piazzola era avvolta dall'incessante scorrere delle lamiere che saturava ogni spazio. Nell'aria si diffondevano i gas di scarico mentre si gonfiava il flusso del metallo in movimento.

Sara si appoggiò al muretto. Era buio, ma giù in basso, da qualche parte, c'era il mare. Bastava non dimenticarlo.

«Ho bisogno di te» bisbigliò. Non c'era nessuno, ma non voleva sembrare una donna disperata che parla da sola nel cuore della notte.

Ho bisogno di capire chi era Antonino Lombardo, e perché quel giorno eravate insieme vicino all'ufficio, come se tu fossi un normale contabile o un funzionario di banca.

Lombardo lo sapeva che eri il capo di un'unità segreta che vegliava sulla sicurezza nazionale? Era al corrente che intercettavamo esponenti politici, vertici industriali, capi della criminalità organizzata? E se era informato sulle nostre attività, per quale motivo l'anonimo cancelliere di un tribunale, che poi sarebbe diventato un ladro e un corrotto, finendo in galera e morendo da detenuto, era lì a conferire con te?

Non l'ho scordata l'angoscia nei tuoi occhi, Massi. Io interpreto ogni sguardo, ogni contrazione del viso, ogni impercettibile movimento delle dita. Stavi provando inquietudine, paura: ma c'era anche altro.

Eri partecipe dei problemi di quell'individuo anonimo. Avevi stabilito un contatto emotivo con lui. Non eravamo ancora una coppia, allora: tu eri il mio capo. E persino con Bionda non rinvangammo più quel tuo incontro. Non avevo confidenza con te, non potevo pretendere chiarimenti. Poi l'ho dimenticato. Forse l'ho rimosso.

Non ricordo se quel pomeriggio rimanesti preda dell'ansia. Non ricordo se ti chiudesti nel tuo ufficio, per non permettere che noi studiassimo il tuo volto, che io intuissi ciò che si agitava dentro di te. Aspettavo la fine del turno per tornare dal mio bambino, che non ebbi scrupoli ad abbandonare quando decisi che amavo te, e che solo te avrei amato per il resto della vita.

Le emozioni sui visi degli altri, per me, sono come fotografie, e quella pena non ha più offuscato il tuo volto. Antonino Lombardo non è più tornato nella tua vita e non è mai entrato nella nostra.

Amore mio, spiegamelo, qui e ora, nel nostro posto: com'è possibile che fossi tanto turbato da un uomo che non hai più visto?

Un clacson strombazzò, e Sara ebbe un sobbalzo.

No, non poteva fermarsi. Non poteva lasciare che la memoria del suo compagno, quel legame, intatto, che la sosteneva ogni giorno fosse incrinato da un segreto.

Nell'archivio mancava il dossier. Andrea, che sapeva tutto, aveva scelto di tacere. E Fusco non aveva mai smesso di lottare perché sua sorella avesse giustizia, neanche adesso che era malato.

L'istinto la spingeva a collegare questi elementi, che finivano per fondersi in unico grande quesito.

Lombardo aveva incontrato Massimiliano, e i toni del loro confronto erano stati concitati.

Lombardo aveva mandato a chiamare Fusco.

Lombardo era deceduto portando con sé quello che aveva da dire.

Tutte le strade conducevano ad Antonino Lombardo detto Nino: doveva scoprire il motivo, per scacciare l'ombra che si allungava sul passato di Massimiliano.

Per riuscirci, però, avrebbe dovuto frugare nel proprio passato. Era difficile, e molto pericoloso.

Con un sospiro, Sara salutò il suo amore e tornò verso casa.

XXIII

Pardo si interrogava su come funzionasse la pensione per i preti. Ne avevano diritto? E in che modo si regolavano con i contributi? Se invece non era previsto alcun vitalizio, quand'è che smettevano di lavorare? Continuavano a celebrare messa anche da rincoglioniti? E chi glielo imponeva? Queste domande nascevano dall'irritazione di aver dovuto rinunciare a un paio d'ore di sonno dopo la telefonata della sera prima a padre Gerardo Rasulo.

Si era sentito molto toccato, persino commosso, dalla partecipazione con cui Sara e Viola (quest'ultima un po' meno, in verità) avevano condiviso il suo desiderio di aiutare il povero Fusco, e così non aveva indugiato.

Nonostante fosse tardi, padre Rasulo aveva risposto subito. Aveva la voce angelica di sempre, pareva provenire da uno dei cieli più alti del paradiso.

Davide si era scusato del troppo tempo passato dall'ultima volta che si erano parlati eccetera, si era informato sulla salute del prete eccetera, lo aveva rassicurato che la sua vita procedeva tranquilla eccetera. Poi gli aveva chiesto un incontro, e l'altro aveva risposto che non c'erano problemi e che potevano vedersi l'indomani mattina alle sette al bar di fronte all'ingresso principale del penitenziario.

«Alle sette» aveva ripetuto Pardo, trattenendo a fatica un'imprecazione.

Aveva pensato che per trovarsi lì all'ora convenuta si sarebbe dovuto muovere alle sei. Che per muoversi alle sei con la ragionevole garanzia di non ritrovare a metà giornata l'appartamento trasformato in una discarica a causa delle deiezioni industriali di Boris, avrebbe dovuto portarlo fuori alle cinque e mezzo. Che per portare fuori il Bovaro alle cinque e mezzo, ammesso e non concesso che la belva accettasse di uscire così presto, avrebbe dovuto svegliarsi alle cinque – lui, che per essere di umore come minimo accettabile doveva dormire almeno sette ore.

Era quindi un Pardo poco contemplativo e per nulla incline a speculare sui massimi sistemi quello che, poco dopo l'alba, attendeva un prete davanti alla saracinesca appena alzata del caffè, attirandosi le occhiate sospettose di un barista extracomunitario che disponeva alcuni tavolini all'esterno. Per rispondere a quegli sguardi, l'ispettore fu sul punto di qualificarsi e pretendere la relativa licenza che autorizzava l'occupazione di suolo pubblico, ma proprio in quel momento notò in fondo alla strada padre Rasulo che trotterellava con la sua tipica andatura.

Il sacerdote apparteneva a un qualche ordine che, a

quanto Pardo aveva capito prima di spegnere il cervello per sopravvivere agli sproloqui ecumenici del prete, era fondato su una regola formulata da san Francesco: si trattava di una regola molto importante, perché padre Rasulo ne parlava alzando gli occhi al cielo, disponendo le mani all'altezza delle spalle, coi palmi rinvolti all'insù, e un'aria estatica che lo rendeva identico a un'immaginetta votiva di quelle che distribuivano al catechismo.

Aveva un'età che secondo Pardo si poteva desumere solo applicando la datazione al carbonio, eppure conservava un'energia e una dedizione davvero ammirabili e in qualche modo commoventi. Pur avendo una consolidata frequentazione, lunga almeno sessant'anni, con criminali della peggiore risma, il tono flautato della voce, gli occhi azzurri, appena velati, i capelli candidi e fluttuanti conferivano all'uomo di Chiesa un'aura di santità, neanche fosse in perenne contatto con Dio, magari attraverso l'apparecchio acustico con cui compensava la sopravvenuta sordità, un acciacco che sembrava collocarlo dentro una bolla e renderlo immune ai mali del mondo.

Si avvicinò a Pardo sorridendo come di fronte a un'apparizione celeste:

«Pace e bene, caro Davide! Pace e bene! Che gioia, rivederti. Temevo che il Signore, nella Sua infinita saggezza e secondo il Suo imperscrutabile disegno, mi avrebbe richiamato a Sé da questa Terra prima di poterti riabbracciare. Per fortuna non è stato così, ma sia fatta comunque la Sua volontà». Si esprimeva con una singolare cadenza che permetteva quasi di distinguere con chiarezza le iniziali maiuscole delle parole su cui calcava con enfasi. L'effetto era amplificato da un piccolo saltello sulle punte dei piedi, accompagnato da un fugace ammiccamento rivolto al cielo.

Pardo pensava che il sacerdote avrebbe dovuto brevettare i modi di quella comunicazione così teatrale. «Salve, padre. Anche per me è un vero piacere, mi perdoni se sono scomparso, ma sa, è una vitaccia...»

Il prete assunse un'aria costernata.

«Immagino, immagino. Il lavoro, eh? Anche se mi risulta che tu sia stato messo un po' in disparte, di recente. O la famiglia? Ah, no, tu sei scapolo. Gli amici, allora? Ma... se ricordo bene...»

Pardo, che non accettava di assistere all'impietosa autopsia della sua esistenza, eseguita all'alba e su un marciapiede davanti al carcere, tagliò corto:

«Vabbè, padre, tra un impiccio e l'altro, grazie a dio alla fine ci siamo ritrovati. Posso offrirle un caffè?».

Il prete, con una leggiadra piroetta e uno svolazzare di tunica, si era già fiondato all'interno del locale e aveva indicato un cornetto e una sfogliatella, pregando peraltro il diffidente barista extracomunitario di incartargli due pizzette e un panino. «Scusami, Davide, ma oggi devo organizzarmi per pranzo. Ho un paio di colloqui, le confessioni e la messa. Avrai il merito di aver nutrito un prete nell'esercizio delle sue funzioni. Il Signore, nella Sua onniscienza e con la Sua infinita grazia, ti ricompenserà a tempo debito.»

Pardo sospirò, chiedendo di aggiungere due caffè al conto e colse una luce maligna negli occhi dell'uomo dietro al bancone mentre, serafico, recitava con accento nordafricano l'esorbitante cifra da pagare. Davide si convinse che doveva sforzarsi di migliorare al più presto i rapporti coi baristi, e per l'appunto disse:

«Lo scontrino, per cortesia».

Il prete cominciò a masticare con gusto e, sputacchiando frammenti di dolce sulla giacca dell'ispettore, domandò:

«Allora, caro Davide, a che devo l'onore di questa rimpatriata? Immagino non sia per salutare un vecchio amico, o per annunciarmi che, riflettendo sull'andamento della tua vita, hai deciso di convertirti e prendere i voti».

Pardo sospirò, scuotendo il capo. «No, padre, non per il momento. Per carità, gli estremi ci sarebbero tutti, ma non ho ancora abbracciato la fede, purtroppo. Invece, ho bisogno di qualche informazione su un detenuto che è scomparso di recente, un certo Lombardo Antonino. Lo conosceva?»

Padre Rasulo fece un'espressione addolorata, che cozzava con l'evidente soddisfazione manifestata nell'addentare il cornetto, dopo aver divorato la sfogliatella, mentre Pardo dubitava dell'adagio secondo cui gli anziani mangiano poco. «Ah, sì, Lombardo. È spirato in ospedale. Speriamo se ne sia andato in pace, senza il conforto della confessione non si può certo…»

Pardo provò a contenere il divagare dell'altro:

«Sì, padre, capisco. Ma non è per questo che sono qui. Mi interessavano i rapporti di Lombardo con i detenuti, le visite che riceveva, se le riceveva, o altri dettagli degni di nota. Voi, per esempio, eravate in confidenza?».

Il sacerdote continuò a masticare pensoso, fissando, vacuo, un punto nel nulla alla destra di Pardo. Ingoiò un boccone, bevve un sorso d'acqua, si pulì la bocca e disse:

«Davide, figlio mio, secondo te quanto durerebbe un prete o una guardia, o chiunque altro, se cominciasse a raccontare fuori da quelle mura le chiacchiere che circolano là dentro? Fermo restando che il vincolo della confessione è sacro e inviolabile. Comprendi, vero?».

Davide si aspettava quell'obiezione, e replicò senza incertezze:

«Padre, si tratta di una persona che non è più tra noi, e inoltre non sono qui in veste di poliziotto ma di amico. C'è un uomo molto malato, a cui tengo, che avrebbe dovuto ricevere una notizia da Lombardo, solo che non c'è stato il tempo. Ne ha ancora per poco, e io vorrei esaudire questo suo ultimo desiderio. L'unico modo per scoprire il contenuto di quel colloquio mancato è verificare se Lombardo ne ha parlato con qualcuno. Mi aiuti, per favore».

Il prete tacque per qualche istante. Poi rispose, abbassando la voce:

«Davide, quelli che sono reclusi dall'altra parte della strada si dividono in due categorie. I primi, ben più numerosi, trasformano la galera in un prolungamento di quello che facevano fuori. Si conoscono, si intendono tra loro, usano la stessa lingua. Non fraintendermi, è doloroso comunque, forse anche di più: il rimpianto per la libertà perduta pesa lo stesso. Ma rispettano codici che regolano i loro comportamenti. Mi segui?».

«Certo, padre, ma...»

L'altro alzò la mano. «Lasciami concludere. Poi ci sono gli altri, quelli che quando finiscono in galera perdono tutto ciò che hanno. Gente cresciuta in altri contesti, mai nemmeno sfiorata dall'idea di ritrovarsi dietro le sbarre. Sono spaesati, allo sbando. Non comunicano con nessuno e, se capita, non si sbottonano. Si sentono smarriti, privi di ogni speranza. Sono loro i più bisognosi, anche perché il mondo da cui provengono li ha abbandonati.»

Davide si agitò sulla sedia. «Certo, è naturale. Ma può succedere che nascano amicizie tra individui diversi e che magari ci si confidi. No?»

Il sacerdote sorrise. «Sì, hai ragione, si stringono belle amicizie, sbocciano persino grandi amori... quante ne ho viste in tanti anni, nemmeno ci crederesti! Per quello che ne so, Nino Lombardo non aveva legami. Se ne stava per conto suo, e nonostante provassi ad avvicinarlo, non si apriva neanche con me. Quindi se ha contattato il tuo amico per riferirgli qualcosa, be', questo qualcosa ormai lo sa solo il Signore. Fidati.»

Pardo sospirò. «Ma non veniva a trovarlo nessuno? Chessò, un familiare, un conoscente? Possibile che fosse tanto solo?»

Lo sguardo del prete si riempì di una malinconia che strinse il cuore del poliziotto. «Sono moltissimi quelli che non ricevono visite. Né regali né posta. Niente di niente. Anzi, è la maggior parte. Però, ora che ci rifletto, una volta, in ospedale, ho incrociato un ragazzo che andava da Lombardo. Non l'ho scordato perché entrava proprio mentre io uscivo. Avevo provato a vedere se Nino voleva confessarsi, ma lui si era rifiutato con la solita cortesia: "Grazie, padre, ma no, non mi interessa". Peccato, anche gli atei più rigidi alla fine si ravvedono. Massì, che mi costa? pensano. Magari è vero, e con due chiacchiere, che sono anche liberatorie, mi guadagno un posto in paradiso. Ma non importa, per me anche un pentimento tardivo può...»

Pardo cercò di arginare la verbosità dell'anziano prete, stando attento a non risultare scortese:

«D'accordo, padre, Lombardo era irredimibile. Però qualcuno che veniva a visitarlo c'era. Ricorda altro di questo ragazzo?».

«Davide, io sono vecchio, sì, ma non rimbambito. Non è trascorso neanche un mese, come potrei dimenticarlo? Era un giovane dai ricci scuri. Doveva essere un parente; anche se la malattia aveva segnato Nino, la somiglianza tra i due si notava ancora. Però aveva un cognome diverso... Aspetta... Piscopo, sì. Il cognome del ragazzo era Piscopo. Mi è rimasto impresso perché era lo stesso di un mio confratello che l'Onnipotente ha voluto accanto a sé tanti anni fa.»

Pardo sorrise. «Grazie, padre. Perlomeno, è una traccia. Se le dovesse venire in mente altro, potrebbe telefonarmi, per cortesia? È molto importante.»

Il sacerdote si alzò e disse:

«Certo, figlio mio. Ah, ora che ci penso, però, è probabile che non riuscirò a liberarmi nemmeno per l'ora di cena. Ti dispiace se approfitto della tua cortesia e prendo un altro paio di queste invitanti pizzette?».

Da dietro il bancone, il nordafricano si rivolse a Pardo: «Noi lo facciamo sempre lo scontrino».

XXIV

Viola sorrise. Non temeva le sfide e le piaceva essere di nuovo in prima linea, ma provava orrore per il delitto. Non si era mai capacitata di come si potesse maturare l'intenzione di cancellare qualcuno dalla faccia della Terra. Ma sapeva per esperienza diretta che era possibile; e comunque ogni morte violenta generava un effetto domino dagli esiti imprevedibili.

Giorgio per esempio: esce col cane la sera tardi e un pirata della strada, non si è mai capito chi, passa con la macchina e lo investe. Era stato imprudente lui ad attraversare in un punto buio, e doveva essere ubriaco il tizio al volante, poco importava comunque. Di certo, il destino della ragazza che lo aspettava a casa, una che aveva un bel pancione, che coltivava pure qualche sogno e aveva visto tornare il cane da solo, era stato stravolto in un amen.

Che c'entra questo con l'effetto domino? Be', c'entra. Perché quella giovane, che tra poco avrebbe compiuto ventinove anni e che avrebbe potuto avere delle valide prospettive come fotoreporter, adesso era costretta a dipendere da una madre dispotica e a occuparsi da sola di un bambino che ci avrebbe impiegato un bel po' a diventare indipendente. Non era un delitto, questo?

Certo, il destino prende e il destino dà. In cambio di un compagno di vita e di un padre per il bimbo era arrivata una nonna per il piccolo e un'amica per lei, e uno strano, insopportabile poliziotto che comunque, in caso di necessità, poteva offrire un supporto. Non era proprio lo stesso, ma insomma...

Del resto, Viola doveva ammettere che Giorgio, un taciturno, metodico ricercatore universitario più incline a covare rancori e rifugiarsi in lunghi silenzi che a nutrire gli affetti, non era proprio il suo uomo ideale. E forse la loro storia, figlio o non figlio, sarebbe finita lo stesso. Cominciava già a patirne manie e fobie, e c'erano zone d'ombra nella sua esistenza che non le erano chiarissime. Ma un conto è vederlo chiudersi la porta alle spalle, insieme alla loro storia, un altro è ritrovarsi sulla soglia di casa il cane senza il padrone.

La condanna più tollerabile, considerò mentre smanettava al computer, frenetica, indagando sull'oscuro passato del fu Lombardo Antonino, tutto sommato era senza dubbio sua madre. Anche se quella cattiveria a Giorgio non l'avrebbe mai perdonata.

Sì, perché in un modo o nell'altro, un tetto per loro alla fine l'avrebbero trovato; e invece adesso era obbligata a stare in un appartamento di proprietà dell'arpia, per giunta situato al piano inferiore del Santuario (così Viola chiamava fra sé la residenza della madre, con esplicito riferimento alla sacralità che la donna attribuiva a gran parte del mobilio e dell'arredamento). Perciò la megera si arrogava il diritto di tenersi le chiavi di casa della figlia, ed effettuare perlustrazioni a tappeto senza nemmeno avvertire.

Cercò di concentrarsi sullo schermo. Dunque, il tizio non aveva profili social. Non rimase sorpresa, del resto Lombardo era un uomo di sessantasette anni, gli ultimi due li aveva trascorsi in galera, e i guai con la giustizia dovevano averlo tenuto impegnato parecchio.

Scandagliando il web, Viola aveva scoperto che di condanne ne aveva avute altre, giocandosi la condizionale. Un anno qui, undici mesi lì. Aveva all'attivo anche un paio di processi, nei quali era stato assolto. Aveva iniziato negli anni Novanta, quando era cancelliere del tribunale: qualche intrallazzo con gli assegni e i protesti, falso in atto pubblico e abuso d'ufficio, piccoli ammanchi di denaro e ritardi sulle registrazioni delle sentenze. Poi si era licenziato, giusto un attimo prima, secondo Viola, di finire in prigione, ed era stato assunto in uno studio notarile, alla cassa cambiali. E quello l'aveva fregato una volta per tutte: il notaio sospettoso aveva installato una videocamera e lo aveva incastrato. Poi era saltato fuori anche altro.

Viola aveva contattato un vecchio amico alla redazione della Giudiziaria: anche se erano passati molti anni, si ricordava ancora di Lombardo, perché spifferava informazioni sui processi in cambio di bustarelle. Antonino era una specie di istituzione, una gallina dalle uova d'oro per il giornalista.

Viola aveva chiesto quale fosse la magagna, per quale motivo Lombardo avesse tanto bisogno di soldi al punto da rovinarsi. Che vizio aveva? Il gioco? Le donne? L'alcol?

«Peggio» aveva risposto l'amico. «Molto peggio.»

Lombardo aveva un figlio.

Allora Viola si era messa a dragare gli abissi della cronaca cittadina risalente all'età del bronzo, più o meno alla fine degli anni Ottanta. Mentre spulciava l'archivio dell'ennesimo quotidiano, avvertì il suono che più la terrorizzava al mondo, quello al cui cospetto terremoti, tsunami ed eruzioni vulcaniche regredivano al rango di insignificanti seccature: lo scatto della chiave nella serratura all'ingresso.

Afferrò rapida il necessario per allestire un abbozzo di difesa: gli auricolari bluetooth collegati al computer. Nascosti dalla bellissima chioma color miele che copriva le orecchie, le avrebbero consentito di erigere una barriera sonora tra sé e le contumelie di Rosaria. Non era la salvezza, ma almeno garantiva una minima protezione.

La donna entrò con il suo tipico mugugnare, una caratteristica che Viola non aveva mai riscontrato in altri:

«Eccoti, sempre con la testa su quel coso! E figurati, la tua generazione ormai scambia la realtà con il virtuale. Da una parte non ti biasimo, con la vita di merda che ti sei apparecchiata, non c'è altra scelta che estraniarsi. Nemmeno avrebbe senso frequentare qualcuno, dovresti fingere di non avere un figlio: immaginati se al giorno d'oggi, con tutte le ventenni che la danno via, un uomo sano di mente si caricherebbe una come te, peraltro conciata come una disgraziata. Guardati, sempre con un paio di jeans e una felpa addosso, senza un filo di trucco, coi capelli ridotti a stoppa... Se qualcuno ti si avvicinasse, dovrei dedurre che è un pazzo o un maniaco».

Viola sorrise, amabile:

«Ciao, mamma, come va? Scusa, non ti ho sentita bussare».

Rosaria si aggirava per la stanza sfiorando le superfici con un dito per censire la presenza di polvere. «Ricordo male o questa è casa mia? Forse l'hai comprata? Oppure paghi l'affitto? Come? No, vero? No. E sai perché? Perché sei una pezzente, e non guadagni un quattrino. D'altronde il tuo è un mestiere inutile. Al giorno d'oggi non si vende più un giornale, perché le notizie le dà la televisione prima ancora che accadano i fatti: tu spiegami a che serve una fotoreporter. A niente, e quindi tu niente guadagni e niente guadagnerai mai. Perciò stai qui, e io nella mia proprietà entro ed esco quando mi pare. Il piccolo guaio sta dormendo?»

La delicata espressione con cui Rosaria si riferiva al nipote suggerì a Viola di riconsiderare la spregevolezza del matricidio. In alcuni casi, pensò, andrebbero valutate le circostanze. «Sì, ha ancora un po' di febbre, se vuoi salutarlo, è di là nella culla.»

La donna arricciò il labbro superiore e ritrasse le mani, in una splendida imitazione di una donnola pronta ad attaccare:

«Per carità, avrà di sicuro qualche orribile malattia

infettiva trasmessa dai geni di tuo padre, pace all'anima sua; la sua famiglia aveva ogni possibile tara della specie umana, e tu le hai contratte quasi tutte».

Il riferimento al marito, Viola lo sapeva fin troppo bene, avrebbe dato la stura a un'interminabile rievocazione di nefandezze e mostruosità che si assommavano in lei. Era il momento.

Con un'agile manovra, favorita dalla miopia di Rosaria, che per vanità non usava gli occhiali, avviò la traccia musicale. Le orecchie furono invase dalla spettacolare intro di *I Heard It Through the Grapevine* di Marvin Gaye, anno 1968. La voce nera del cantante ammazzato dal padre a metà degli anni Ottanta, perfetta metafora di quanto la madre le stesse uccidendo la serata, echeggiò forte ma non abbastanza. Alzò il volume, e il molesto ronzio di Rosaria sparì anche dal sottofondo.

Le rivolse uno sguardo amabile e annuì, come avrebbe continuato a fare a intervalli regolari di lì in avanti per dare alla iena l'impressione di essere ascoltata. Lo spettacolo era sorprendente, un vero effetto speciale. Rosaria cantava in playback sulle note di quel meraviglioso motivo soul, con i movimenti della bocca raccordati alla perfezione alle parole del pezzo.

Viola si sforzò di non ridere, e tornò a concentrarsi sullo schermo. Digitò sulla barra del motore di ricerca "Lombardo + droga". Alla quinta pagina delle occorrenze, comparve qualcosa di interessante. Poi annuì di nuovo a Rosaria, che nel frattempo aveva attaccato *California Dreamin'* dei Mamas & the Papas, altro riferimento involontario ai legami familiari, e aprì un breve trafiletto che riportava il caso di un tale Nicola Lombardo, tossicodipendente con precedenti per spaccio e piccoli reati, che sette anni prima si era tolto la vita impiccandosi presso la sua abitazione. L'unico parente vivo era il padre: Antonino Lombardo.

Mentre si voltava per sorridere a Rosaria, che stava assumendo il ben noto colorito fucsia, preludio di un finto, immancabile svenimento, Viola cliccò sul comando di stampa. E pensò che, in alcuni casi, anche il suicidio di un figlio con un genitore solo era un'opzione da riconsiderare.

XXV

Era indispensabile non dimenticare mai la sequenza di luoghi imparata a memoria all'inizio dell'addestramento.

La procedura prevedeva che l'agente sul campo recuperasse una vecchia scheda telefonica, trovasse una cabina (difficile da reperire, negli ultimi tempi) ed effettuasse una serie di chiamate destinate a rimanere senza risposta. Nella sede dell'unità, un apparecchio trillava a vuoto, ma c'era sempre qualcuno in ascolto, pronto a ricevere i messaggi cifrati. Il numero di squilli corrispondeva a un luogo preciso dell'elenco memorizzato. Tuttavia, un'ulteriore misura di segretezza stabiliva che il posto convenuto per l'appuntamento fosse il successivo della sequenza rispetto a quello indicato dalle telefonate. Era lì che si recava l'agente. Si sedeva, ordinava un caffè.

E aspettava.

Quella comunicazione criptata metteva in contatto gli operativi che lavoravano in strada con il vertice dell'unità. L'ossessione per la riservatezza sconfinava in misteriosi rituali e in codici oscuri, figli di una stagione ormai passata, che però costituivano un imprinting. E come insegnano gli etologi, l'imprinting è una legge universale. A esso ci si affida, in ogni occasione.

Sara sperava che la lista dei luoghi d'incontro non fosse cambiata. Di certo Teresa non avrebbe saputo chi tra i suoi uomini in prima linea la stava convocando: avrebbe sperato che fosse un operativo avvenente, magari uno dei più giovani, di quelli che le piacevano. Si sarebbe presentata in tiro, bella e curata, con una luce che le illuminava gli occhi; e prima di cancellare le espressioni sotto l'indecifrabile maschera dell'autocontrollo che usavano tra loro, ben consapevoli della comune abilità di interpretare i gesti, avrebbe avuto un minuscolo moto di delusione o stupore scorgendo ad attenderla la vecchia collega.

Al solito, Sara si era posizionata in modo da individuarla per prima e sfruttare l'effetto sorpresa. Il luogo era il bar di una stazione della metropolitana, al secondo piano interrato. Un locale di passaggio, dove frettolosi pendolari si fermavano a consumare un caffè o uno spuntino tra un viaggio e l'altro, prima di essere traghettati su qualche regionale affollato, nei cui vagoni i più fortunati avrebbero sonnecchiato rovinandosi l'umore e rimediando un fastidioso torcicollo. C'erano quattro tavolini bisunti, dove sostavano studentesse con le cuffiette chine su grandi quaderni pieni di appunti o giovani avvocati senza un ufficio e con un buco di tempo tra un appuntamento e l'altro.

Mentre si stava chiedendo se avesse commesso qualche errore nell'attivazione della procedura, Teresa arrivò.

Sara dovette sforzarsi per non mostrare lo sconcerto che provò, rischiando di perdere di colpo il vantaggio della posizione. Per poco non la riconobbe.

Il passo sicuro, la falcata ampia e il ticchettio dei tacchi erano stati rimpiazzati da una camminata lenta e incerta. Teresa calzava un paio di anonime sneaker. Indossava un paio di jeans non attillati e un informe giubbotto di tela, nelle cui tasche teneva le mani. Il volto era celato per buona parte da un paio di grandi occhiali da sole, ma la bocca era visibile: una linea sottile senza rossetto. Un cappellino di lana copriva la capigliatura, a eccezione di una coda bionda che ricadeva, floscia, sulle spalle.

Sara pensò che l'amica fosse impegnata in qualche operazione sotto copertura, tanto il suo aspetto era diverso dal solito; poi escluse quell'ipotesi, perché Teresa dirigeva l'unità, un ruolo che non era compatibile con l'azione in prima linea. E comprese che la donna era profondamente cambiata.

Quando l'altra la scorse, Sara non intercettò alcun sentimento sul viso di lei. L'inclinazione della testa e la piega delle labbra non tradirono sorpresa o delusione, e nemmeno gioia. Niente di niente. Si avvicinò, si sedette, e la salutò con un cenno del capo.

Era passato un po' di tempo da quando, davanti a un mare sferzato dal vento, Sara aveva dovuto proteggerla da una dolorosa notizia, e da un clamoroso errore di valutazione che Teresa aveva commesso riguardo a un uomo molto più giovane di lei, di cui si era innamorata. Anche in quel frangente, però, per quanto fosse sconvolta e disperata, si era rivelata padrona di sé: forte ed elegante, determinata e sicura persino nel dolore. Adesso, invece, davanti a Sara c'era un guscio vuoto, una donna che dimostrava la sua età e non aveva interesse a dissimulare niente di sé.

Quanti anni, pensò Sara. Quanti ne sono trascorsi, amica mia da quando eravamo due ragazze ignare di quello che stavamo per affrontare. Il nostro futuro è stato diverso da come lo sognavamo.

«Ciao, Mora. Avevo immaginato che fossi tu, anche se speravo di no.»

Mora e Bionda, come le avevano soprannominate da subito i colleghi. Opposte come il giorno e la notte, erano diventate inseparabili. Due reclute dal talento purissimo, su cui scommettere. Peccato che ora Mora aveva i capelli grigi, e Bionda era una malinconica signora vestita come una sedicenne triste.

«Mi dispiace, Bionda.»

Teresa tirò fuori il pacchetto di sigarette e ne accese una, ridacchiando:

«Non intendevo che mi disturba vederti. Però, se siamo qui, significa che hai bisogno di aiuto. E se hai bisogno di aiuto, allora non stai bene. Non è così?».

In quel momento, un ragazzo con la camicia bianca e il papillon da cameriere si materializzò accanto a loro e disse:

«Signora, mi perdoni, ma è vietato fumare, se per cortesia…».

Senza nemmeno girarsi, Teresa lo interruppe:
«Non rompere il cazzo. Porta un caffè e un po' d'acqua gasata. Vai».

L'altro sbatté le palpebre, confuso, e trotterellò via.

Sara mormorò:

«E io non mi riferivo all'aver tradito le tue aspettative romantiche per quest'incontro. Mi dispiace per tutto. Per com'è andata. Per come poteva andare».

Teresa sorrise con amarezza:

«Ah, sì? E perché? Dovremmo essere contente, noi due. Tu hai vissuto una storia travolgente con l'uomo che amavi, poi è morto e ti ha lasciata con i tuoi fantasmi; adesso sei persino una nonna felice, il che non è poco, considerato che hai abbandonato tuo figlio quand'era piccolo e l'hai rivisto sul tavolo dell'obitorio. Io sono diventata il capo di una struttura di cui nessuno nemmeno sospetta l'esistenza, e sono sola come un cane. Due donne realizzate. Mica possiamo lamentarci».

Era sempre stata cinica, Teresa Pandolfi. Ma la piega della bocca, il tono e la scelta delle parole manifestavano all'occhio attento di Sara un dolore e una rabbia senza confini.

«Si può sbagliare, Bionda. Si imboccano vie ignorando la meta. E se alla fine ci si ritrova in un posto di merda, la passeggiata può essere stata bella lo stesso. Ci siamo divertite, no? Ci abbiamo creduto. Quello che è stato è stato. E nessuno può privarci del nostro vissuto. Perciò sono qui, oggi.»

Suo malgrado, Teresa era incuriosita:

«Davvero? Mi hai cercata per rivangare i vecchi tempi? Forse ti annoi... io invece sono sommersa di impegni, quindi per favore vieni al punto».

«No, nessuna rievocazione. O meglio, solo una. Ti ricordi quella volta che abbiamo visto Massimiliano confabulare con un tizio fuori dall'ufficio? Non eravamo arrivate da tanto all'unità.»

«Certo che sì, tornavamo dal pranzo. Una situazione simile non si è mai ripetuta. E allora?»

Sara riassunse a Teresa gli eventi degli ultimi giorni. Le raccontò di Fusco, del contatto che aveva avuto con Pardo, della morte di Antonino Lombardo e di come avesse letto il suo nome sulle labbra di Massimiliano in quella circostanza di tanti anni prima. Tralasciò solo di menzionare l'assenza di un incartamento sull'ex cancelliere del tribunale nell'archivio segreto custodito in cantina.

Nel frattempo il cameriere, guardingo, aveva portato l'ordinazione.

L'amica restò ad ascoltarla impassibile, lo sguardo nascosto dalle lenti scure, la mano che reggeva la tazzina immobile a mezz'aria. Alla fine disse:

«Cioè, spiegami: in pratica, per sapere chi era il tizio che hai intravisto col capo, quel pomeriggio, ti sei accollata i tormenti di un poliziotto in punto di morte? E così hai cominciato a indagare su un vecchio delitto insoluto? È corretto?».

Sara annuì, seria:

«Sì, Bionda, è corretto. E sono certa che tu, al posto mio, avresti agito allo stesso modo».

Teresa poggiò la tazzina, ormai fredda, e si sfilò gli occhiali. Le orbite erano cerchiate, e profonde rughe solcavano il viso privo di trucco. La sclera era arrossata da un reticolo di capillari rotti.

Sara dovette appellarsi a tutta la sua capacità di dominare le emozioni per non sussultare di fronte allo spettacolo della sofferenza che aveva davanti.

«Il fatto è che tu, Mora» rispose Teresa, «mi stai chiedendo di utilizzare le risorse dell'unità, di consultare i dossier, di incrociare i dati. Ora, io accetto solo perché sei tu. Ma ti avviso fin da adesso che mi limiterò a questo, e non disporrò intercettazioni, pedinamenti o verifiche operative di altro genere. Altrimenti, sbrigatela col tuo scalcagnato gruppetto di dilettanti. È chiaro?»

Era quello che Sara sperava, e le stava bene. Tuttavia, d'impulso, chiese:

«Come va, Bionda?».

Teresa fu sorpresa da quella domanda formulata a bruciapelo. Erano amiche, ma la confidenza tra loro era bandita. Ognuna si adoperava per l'altra come poteva, senza mai cedere all'intimità. Bionda inforcò di nuovo gli occhiali, consapevole che quelle parole erano state dettate dalla pena che il suo volto esprimeva:

«Sai come si dice, no? Ciò che non ti uccide ti fortifica. Be', io mi ci sono avvicinata parecchio alla fine dei giochi, Mora. Ci sono state notti in cui… Ho scoperto di essere una persona diversa da quello che credevo.

Non sono cambiata, è soltanto che ignoravo la mia vera natura. Non è comico? Una vita intera a svelare gli inganni degli altri, a carpirne le intenzioni più recondite, e alla fine ti rendi conto che chi è riuscita a fotterti sei tu stessa». Si alzò, in fretta. «Ci aggiorniamo, Mora. E nel frattempo, non combinare stronzate.» Se ne andò con un passo un po' incerto.

Sara rifletté con dolore che l'amica beveva, e che non si sentiva di biasimarla.

XXVI

Si ritrovarono ancora una volta a casa di Viola.

Pardo si fiondò subito in camera da letto, dalla quale emerse con uno sguardo stralunato:

«Ma vi siete rese conto che questo bambino ha ancora la febbre? È possibile che nessuno si preoccupi, tranne me?».

Viola minimizzò:

«Senti, mammina, datti una calmata. È solo qualche linea. Sarà un colpo di freddo fuori stagione, non sono agitata io che l'ho partorito, vuoi esserlo tu?».

«La tua superficialità non mi sorprende» rispose l'ispettore a muso duro, «sei della nuova scuola, quella delle madri di oggi, che non si rassegnano alla loro incapacità.» Poi si rivolse a Sara, puntandole addosso l'indice in un gesto accusatorio:

«Ma tu, che appartieni a un'altra generazione, tu dovresti essere molto più scrupolosa. Sono davvero deluso».

Sara gli sorrise:

«Tranquillo, se domani questo febbrone da cavallo,

che a stento supera i trentasette, non scende, chiameremo l'ambulanza e lo porteremo d'urgenza in un ospedale pediatrico all'avanguardia, specializzato nella cura del raffreddore. Promesso. Ora, però, facciamo il punto della situazione, per favore».

La prima a relazionare fu Viola, che aveva compilato una scheda dettagliata sul passato di Antonino Lombardo. Tenne per ultimo il colpo di scena, il suicidio del figlio. «Nicola aveva una piccola collezione di denunce, proprio un tossico perso, finito due volte in comunità e scappato in entrambe le occasioni. La madre è morta quando lui era adolescente, e il padre ha passato la vita a rincorrerlo cercando, perdonate il gioco di parole, di tappare i buchi. In pratica, il povero cristo ha trascorso vent'anni a combattere la dipendenza del ragazzo da ogni tipo di stupefacenti. Una brutta storia.»

Pardo alzò le spalle:

«Be'? Lo sapevamo fin dall'inizio che Lombardo aveva un figlio drogato morto sette anni fa».

Sara invece pareva molto interessata:

«Ma ignoravamo le circostanze del decesso. Comunque, che altro hai scoperto?».

La ragazza consultò un foglio. «Nel 1990, quando Nicola aveva sedici anni, lo presero con le mani nel sacco, mentre stava borseggiando una signora al supermercato. Di lì in poi è stato un continuo. E alla fine si è impiccato al gancio di un lampadario. Lo ha trovato il padre, che intanto era già sotto processo, quando è tornato a casa. Secondo me, senza quei tentativi di disintossicazione, a trentotto anni nemmeno ci arrivava.»

Pardo commentò:

«Dev'essere stato un trauma terribile per Lombardo. Si è rovinato cercando di aiutarlo, per poi ritrovarsi davanti al cadavere del figlio appeso a un gancio. A quel punto probabilmente non gliene fregava nulla di finire in galera».

Sara calcolava a mente:

«Se il primo reato è del 1990, possiamo supporre che i problemi siano iniziati poco prima».

Viola si strinse nelle spalle:

«Boh, può essere. Comunque per Antonino si è messa male fin da subito».

Tacquero per un po'; quindi Sara fissò Pardo con un'espressione interrogativa.

L'ispettore cominciò a raccontare dell'incontro con padre Rasulo. «Insomma, Lombardo non aveva particolari amicizie con gli altri detenuti. Certo, il prete non deve conoscere per forza tutto quello che succede là dentro, ma non mi viene in mente nessun'altra fonte, partendo dal presupposto che Fusco abbia torchiato a dovere, e non ho dubbi, il tipo che gli ha riferito il messaggio di Antonino. Però c'è questo ragazzo, Piscopo, che somiglia a Lombardo, e che una volta è andato a trovarlo in ospedale. Purtroppo non abbiamo altro.»

Viola domandò:

«Scusa, ma rispetto a questa presunta somiglianza, il

prete è attendibile? Perché da quello che ho spulciato, Lombardo non risulta avere parenti, nemmeno lontani».

Davide allargò le braccia:

«Guarda, secondo me Rasulo è fin troppo lucido per il Matusalemme che è, ma Piscopo non l'ho visto con i miei occhi. E ci manca anche il nome di battesimo. Posso provare con qualche collega della Penitenziaria, magari è disposto a mostrami una copia del permesso che autorizzava la visita».

Sara annuì con forza. «Sì, procedi. Chiunque abbia avuto contatti con Lombardo può avere informazioni utili. Anch'io mi sono mossa, e aspetto novità. E Fusco?»

Pardo assunse un'aria afflitta:

«Gli ho telefonato più volte, squillava a vuoto. Quando ha risposto, mi ha detto che era appena uscito da una seduta di terapia. Secondo il dottore, se gli esami non dovessero mostrare un regresso della massa, non insisteranno. Mi è sembrato che si sia… arreso. Come se non avesse più voglia di lottare».

Viola sospirò. «Lo capisco. Al suo posto avrei già mollato.»

Sara disse, guardando la finestra:

«Non può mollare, se c'è anche un'unica possibilità di scoprire chi ha ucciso la sorella. E questo dipende soltanto da noi».

Pardo soggiunse:

«In pratica, siamo noi a tenerlo in vita. Una bella responsabilità».

Sara pensò a Massimiliano, ai suoi ultimi giorni. E mormorò:

«A volte non basta. A volte se ne vanno lo stesso».

XXVII

Pardo aveva scelto di restare sul vago in merito ai suoi agganci con la Penitenziaria. "Posso provare con qualche collega" era, in effetti, una frase generica che nascondeva altro: cioè che Davide disponeva di un ottimo contatto, ma che sentirlo gli costava tanta, troppa fatica. Perché, a essere sinceri, la coscienza gli rimordeva senza concedergli tregua.

Quando Fusco lo aveva pregato di intercedere con padre Rasulo per incontrare Lombardo, la sua mente aveva scartato all'istante la possibilità di rivolgersi a un tramite più diretto per ottenere un colloquio col detenuto: se gli seccava chiamare il prete, figuriamoci quest'altra persona. Era una mortificazione a cui non voleva sottoporsi, perciò aveva taciuto con Angelo, e glissato con Sara e Viola.

Ora però, come aveva ammesso nel ringraziarle, era commosso dal modo con cui le amiche si stavano adoperando, anima e corpo, per aiutare Fusco. Lo interpretava come un segno di affetto e considerazione nei suoi riguardi, afflitto dal senso di colpa per non aver compreso quanto fosse urgente, e importante, la richiesta dell'ex superiore. Non poteva neppure sospettare quanto quella vicenda toccasse Sara da vicino.

Dunque, il rovello di Pardo era il seguente: è lecito da parte mia non utilizzare una risorsa solo per amor proprio, dopo che Morozzi ha addirittura scomodato i vecchi colleghi e Viola sta trascurando il bambino con la febbre per indagare su Lombardo? No, si rispose per zittire quella fastidiosa voce interiore. Non è giusto.

La storia era questa.

Nella sequenza ininterrotta di relazioni fallimentari che caratterizzava la vita sentimentale di Pardo, il ruolo da protagonista era ricoperto senza dubbio da Arianna Spaziani. Era una bella bruna, allegra ed energica, con la quale più che con ogni altra aveva coltivato il sogno di mettere su famiglia, avere un numero imprecisato ma comunque significativo di figli, realizzare la sua vocazione a essere padre e marito. Erano stati insieme quattro anni e mezzo, e negli ultimi mesi di convivenza l'ispettore si era illuso di essere ancora l'unico uomo per lei. Convinzione rivelatasi, alla luce dei fatti, un errore clamoroso.

L'incresciosa situazione era emersa, alla lettera, quando, il terzo weekend consecutivo in cui lei gli aveva comunicato con rammarico che doveva frequentare un corso di aggiornamento, un sospettosissimo Pardo l'aveva pedinata vedendola emergere, per l'appunto, dalle acque di una spiaggia della penisola per rifugiarsi tra le poderose braccia di tale Florio Augusto, istruttore di spinning, pilates e, con buone probabilità, di altre pratiche ginniche su cui, in quel momento, non aveva ritenuto di soffermarsi.

La delusione era stata cocente. Pardo aveva investito tanto in quel rapporto: prima di immergersi nella successiva relazione dagli esiti catastrofici, era passato oltre un anno, durante il quale si era avvicinato pericolosamente al baratro della depressione.

Ma che c'entrava tutto questo con l'identità del giovane che era stato da Lombardo? C'entrava eccome, perché Arianna Spaziani, il vicequestore Arianna Spaziani, per essere precisi, era il dirigente dell'amministrazione carceraria che concedeva i permessi per le visite ai detenuti.

L'ultima volta che l'ispettore aveva visto la donna, gliene aveva cantate di tutti i colori e aveva concluso l'invettiva, punteggiata di chiari riferimenti alla morale sessuale di lei e della madre – che per inciso non gli era mai stata simpatica – ingiungendole di preparare le valigie e sparire dal suo appartamento. Da allora, Davide si era limitato a registrare, con malcelata invidia, gli avanzamenti di carriera di Arianna, ma i due non si erano più incontrati. Pur di non trovarsela davanti, avrebbe rinunciato volentieri a un braccio. Ma adesso c'era questa brutta faccenda, e Sara e Viola si stavano prodigando per lui. Come poteva sottrarsi?

Davanti all'ingresso del tetro edificio, circondato da un lungo muro su cui svettavano le torrette di sorveglianza, indugiò ancora, combattuto. Poi fece un lungo sospiro e si avvicinò al gabbiotto accanto al portone.

Dovette esibire il tesserino tre volte. Quando un annoiato piantone gli chiese l'autorizzazione ad accedere per ragioni di servizio, menzionò la dottoressa Spaziani. E accennò a un appuntamento per il quale era stato convocato.

Il piantone lo squadrò dall'alto in basso, diffidente, alzò un telefono e borbottò qualche parola. Poi gli indicò una panca a ridosso di un muro scrostato.

Pardo si sedette in attesa. Non aveva mai provato tanto disagio.

Dopo due minuti, si affacciò un agente in divisa, piuttosto anziano, e lo invitò a seguirlo. Percorsero in silenzio un corridoio, salirono una rampa di scale e si fermarono davanti a una porta. La guardia bussò, aprì e disse:

«Prego, accomodatevi».

Pardo entrò, con aria esitante.

Arianna era ancora più bella di come la ricordasse, e la fitta che avvertì allo stomaco corrispondeva a un'ampia serie di brucianti sensazioni. Il rimpianto, la gelosia, l'orgoglio ferito e, più di tutto, la vergogna per come l'aveva apostrofata quando si erano lasciati. Senza alcun apparente nesso logico, la mente gli propose l'immagine del piccolo Massimiliano, a cui era legatissimo, e nel suo cuore prevalse il risentimento nei confronti di chi, più di ogni altra, lo aveva privato della gioia della paternità.

La donna, intanto, si era alzata da dietro la scrivania e stava venendo verso di lui, con un largo sorriso. Era in borghese, indossava una camicetta sotto un tailleur giacca e pantaloni. Sembrava molto in forma. Merito dell'attività in palestra, pensò rabbioso l'ispettore.

«Non posso crederci! Davide! Ma sei proprio tu? Che piacere! Vieni qui, fatti abbracciare!»

La cordialità di Arianna lo spiazzò. Si aspettava che lei lo odiasse per gli insulti che le aveva riservato, invece doveva averlo perdonato. Lo strinse in un abbraccio affettuoso, dal quale lui si divincolò in fretta; il disagio era aumentato dopo il contatto con quel corpo tonico che gli era rimasto impresso più di quanto avrebbe voluto.

«Ciao, Ari. Scusa per l'intrusione.»

«Dài, siediti! Mamma mia quanto tempo... Ma stai benissimo! Non sei invecchiato per niente! Voglio sapere tutto. Che combini? Di sicuro ti sarai sposato e avrai avuto una caterva di marmocchi, era la tua fissazione, no?»

Pardo lottò con se stesso per evitare commenti inopportuni. «No, no, niente matrimonio e niente bambini. Ho un cane, ma cambiamo argomento. E tu? Il tuo... come si chiama? Insomma, il tizio della palestra... tutto bene?»

Arianna corrugò la fronte, nello sforzo di concentrarsi. Poi si illuminò e rispose, ridendo:

«Ma chi, Augusto? Quello non è durato manco un mese, non me ne fotteva proprio. Il problema, Davide, eravamo noi due».

Pardo la fissò, perplesso:
«Noi? Che significa?».

La donna replicò, serena:

«Tu desideravi la stabilità di una famiglia. Io scalpitavo per la mia carriera, ero inquieta come se stessi in gabbia. Con Augusto non era niente di serio, poteva capitare con chiunque. Era... era soltanto una via di fuga».

L'ispettore non poté trattenersi dal domandare:

«Ah, e dopo che... che è successo? In generale, intendo, nel lavoro lo so. Anzi, complimenti per i successi professionali, hai bruciato le tappe. Senz'altro ne è valsa la pena».

La Spaziani assunse un'aria dubbiosa:

«Sei sicuro? Io non più. Per un po' mi sono sentita realizzata. Adesso, invece... Avverto una mancanza, come se da qualche parte, dentro di me, ci fosse un vuoto. Ma ormai ho quarantadue anni, forse è tardi per scegliere un'altra strada, no?».

Pardo si maledisse per la sua incauta curiosità, ma non riuscì a tacere:

«Tu, invece? Hai qualcuno?».

Lei gli sorrise, e in quel sorriso c'era una strana luce che sulle prime Pardo non riuscì a decifrare. «Sono stata con uno, sì. Anche per parecchio. Poi è finita. Mi sembrava funzionare, era un rapporto libero che non limitava le mie aspirazioni. Ognuno aveva i suoi impegni e ci vedevamo quando ci andava. Mi godevo la mia indipendenza. Sai, dopo di te...» Mimò un cappio intorno al collo e scoppiò a ridere.

Un po' di malavoglia, Pardo si accodò all'ilarità, allargando le braccia in un gesto di scusa.

Lei continuò:

«Era uno sposato, un superiore molto più grande di me. Alla fine la parte dell'amante ha cominciato a starmi stretta, e un paio di settimane fa l'ho mandato a cagare. Devo ammettere che nemmeno lui mi ha cercata più di tanto. È stato un sollievo per entrambi».

«Dài, Ari, sono certo che non ti meritava, sarà stato uno stronzo, una donna come te...»

«Tu sei sempre stato caro. È buffo, ti ho pensato spesso, Davide. Negli ultimi giorni anche di più.»

La notizia suscitò un imbarazzato silenzio.

Pardo boccheggiò un paio di volte, fissando la donna con un'espressione ebete. Assomigliava a un merluzzo tramortito dalle bombe di un pescatore di frodo.

Fu lei a porre fine all'incresciosa situazione, battendo le mani:

«Vabbè, bando alla malinconia. Quale vento ti ha portato tra queste tristi mura?».

L'ispettore sospirò, scuotendo il testone:

«Non un buon vento, Ari. Non un buon vento». E raccontò di Fusco, della sua malattia, dell'ossessione per la sorella assassinata. Le confessò il senso di colpa per non aver compreso l'urgenza di Angelo. Chiarì che l'unica traccia di cui disponeva per aiutarlo era rappresentata da quel Piscopo, il giovane che padre Rasulo aveva incrociato in ospedale da Lombardo. «È una questione delicata e molto personale, Arianna. Capisco bene che la mia richiesta viola i tuoi obblighi di riservatezza, e puoi immaginare quanto mi pesi essere qui. Ma non posso permettere che Fusco muoia senza provare a scoprire chi ha ammazzato quella povera ragazza, trent'anni fa.»

La donna lo aveva ascoltato con attenzione, senza tradire emozioni. Restò in silenzio per un po', aumentando in Pardo il disagio che non era mai diminuito da quando aveva varcato la soglia del carcere. Poi disse, con tono dolce:

«Sei sempre il solito Davide, pronto a caricarsi sulle spalle le pene del mondo». Si diresse al telefono ancheggiando. E prima di digitare un numero, aggiunse:

«Non è gratis, però. Minimo devi invitarmi a cena. E questo, ispettore, è un ordine».

XXVIII

Aveva scoperto che la vecchia usciva solo in un'occasione: per portare fuori il cane. Al resto provvedeva quella stronza della domestica, che era peggio di un mastino e l'aveva minacciato di chiamare la polizia se fosse tornato.

Il ragazzo si era appostato molte volte all'esterno del palazzo, un edificio liberty nel quartiere più residenziale e agiato della città. Un posto per vecchi, appunto.

Pensava spesso che, in un mondo giusto, gli anziani a un certo punto avrebbero dovuto lasciare spazio ai giovani. Era inconcepibile che negli anni migliori, quelli in cui bisognerebbe godersela, anche accontentandosi di poco, si doveva tirare la cinghia e vivere di espedienti, e invece da rincoglioniti pieni di acciacchi si disponeva di un'abitazione di proprietà e di un conto in banca che non si aveva neppure la forza di usare.

Ma era così che andava, giusto? E allora, prima ci si adattava, meglio era. Aveva imparato molto presto che se c'era un lusso che proprio non poteva permettersi, era piangere sul latte versato, lamentarsi di ciò che non poteva cambiare. Chi lo capiva e si adattava, aveva più probabilità di sopravvivere. Quanti ne aveva visti che, per volare troppo alto o anticipare i tempi, si erano rovinati. A lui non sarebbe successo.

Mentre aspettava sulla panchina dei giardinetti, gli occhi fissi sul portone dal quale sarebbe uscita la vedova, ragionava su come, certe volte, il mutare delle condizioni imponesse un adeguamento dei piani.

Per esempio, pensò, io sono uno prudente, attento, riflessivo. Valuto sempre il momento migliore per muovermi, mi sforzo di non essere mai avventato. E soprattutto, non dipendo da nessuno, non ho bisogno degli altri. Così mi comporto di solito. Però, per fronteggiare un'emergenza, bisogna variare la strategia.

E infatti eccomi qua, in attesa della vecchia. Perché il quadro è cambiato, e adesso la faccenda è urgente, urgentissima.

Per l'ennesima volta esaminò la situazione in cerca di un'alternativa. Ci aveva provato e riprovato negli ultimi giorni, senza venire a capo di nulla. Gli elementi nuovi erano due; entrambi modificavano alla radice i termini della questione, e indicavano una strada obbligata: quella che conduceva alla signora che di lì a pochi minuti, come d'abitudine, avrebbe portato fuori il cane, un barboncino suo coetaneo, quasi cieco e pure mezzo zoppo. Una ricca di merda con un cane di merda, eppure era la sua unica possibilità di salvezza.

Il primo elemento era la morte del vecchio.

Lo sapeva che non aveva speranze, anzi, per certi versi si era persino augurato che la fine sopraggiungesse in fretta. Lo vedeva soffrire, aveva compreso da molto tempo che non c'erano più possibilità per lui, e comunque da là dentro non avrebbe potuto combinare granché.

Il ragazzo gli si era affezionato. Si era abituato a leggere dietro il suo cinismo, a quel modo inacidito di prendere la vita, per convivere con la sofferenza di un passato che non riusciva a dimenticare. Il loro primo incontro era di pochi mesi antecedente a quando lo avevano sbattuto in prigione. Ma ce n'erano voluti altri perché il vecchio gli spiegasse chi era e che voleva da lui. Il ragazzo aveva avvertito subito una specie di legame tra loro. Gli dispiaceva tanto che non ci fosse più, ma lo aveva accettato.

Carla no. Con lei era diverso. Senza Carla, non avrebbe avuto alcun senso svegliarsi la mattina, rimediare i soldi per mangiare o per l'affitto. Senza Carla, il sole avrebbe potuto anche risparmiarsi di sorgere e tramontare, la gente di ridere, il mare di essere azzurro. Senza Carla, la Terra poteva smettere di girare, e tutto poteva andare in malora.

Il vecchio lo aveva capito, anche se non aveva mai conosciuto Carla.

Il ragazzo ricordava quando gli aveva raccontato di lei. Ricordava il silenzio, lo sguardo via via più partecipe, persino gli occhi rossi alla fine della storia. Eppure lui non elemosinava la compassione degli altri.

Ma per Carla non era come per il vecchio. Lei era ancora giovane, e quella malattia si poteva sconfiggere, lo aveva letto, lo aveva studiato. Doveva solo entrare in quel protocollo di ricerca, essere selezionata tra i soggetti sottoposti alla sperimentazione del farmaco.

Ci volevano i soldi, però. E i soldi, alla faccia del karma, li aveva la strega che abitava in quel palazzo. Lui, no. E nemmeno Carla.

Il vecchio non gli aveva rivelato molto, non si era soffermato sui particolari. Si era limitato ad alludere a un brutto segreto che aveva custodito per anni, a una colpa che si portava addosso. Non aveva aggiunto altro, perché sapere troppo poteva creare problemi. Bastava informare la vedova dell'esistenza di una determinata lettera, che avrebbe potuto distruggerla. Che ce l'aveva lui, e che era in vendita. Che il prezzo era irrisorio, a fronte del danno che avrebbe provocato, e quindi le conveniva scucire il denaro, tanto a lei a che serviva, murata in casa com'era?

«Quale lettera?» aveva chiesto il ragazzo.

Il vecchio gli aveva detto dove la teneva, chiarendo che la vedova l'avrebbe vista solo se si fosse chiuso l'accordo.

Il ragazzo era andato da lei in due occasioni, ma solo la prima era riuscito a parlare con la cariatide: appena aveva pronunciato il nome del vecchio, secondo le istruzioni, la donna aveva strabuzzato gli occhi e spalancato la bocca, poi si era alzata dalla sedia con sorprendente agilità ed era schizzata via dalla stanza, chiamando a gran voce la domestica. L'avevano cacciato, e la volta successiva la domestica gli aveva intimato di non ripresentarsi.

Perciò aveva deciso di bloccare la mummia per strada. Non c'è più tempo, si disse, mentre la mente gli restituiva l'immagine di Carla: le dita deformi, così simili ad artigli, la pelle lucida e le labbra tirate, e quel ghigno sofferente che aveva sostituito il più incantevole sorriso che avesse mai visto. La megera doveva ascoltarlo. Per forza.

Mise la mano in tasca e accarezzò il foglio ingiallito che il vecchio gli aveva consegnato, quasi fosse una reliquia. La lettera esiste davvero, signora, le avrebbe spiegato. Non voglio rubarle niente, sono qui solo per vendere. E l'offerta sta per scadere.

In quel momento, la vecchia comparve sul portone. Rivolse un cenno di saluto al portiere e guardò il cielo, dubbiosa, temendo che piovesse. Ma non pioveva.

Indossava un soprabito e portava un cappellino antiquato. Il cane che teneva al guinzaglio era identico a lei: decrepito, di un colore indefinibile, abbigliato con un indumento in pendant con quello della padrona.

La donna allungò la punta del piede fuori dall'androne e ispezionò con circospezione la superficie del marciapiede, come un bagnante che, prima di immergersi, saggia la temperatura dell'acqua della piscina. Quindi si incamminò incerta verso un'aiuola, ai margini della quale, nascosto dall'ombra di un albero dai rami folti, il ragazzo era pronto a cogliere l'attimo.

L'animale annusò i dintorni, cercando di supplire con l'olfatto alla vista che aveva perduto quasi del tutto. Puntò una direzione, e la vecchia lo seguì sussurrandogli parole dolci.

Il ragazzo rifletté su come, da lontano, sembrasse una tenera anziana piena d'amore per il suo cane. Niente di più falso di certe apparenze.

Avrebbe voluto essere a mille chilometri da lì. Avrebbe voluto fregarsene della vecchia, del cane e della lettera. Avrebbe voluto consolarsi col pensiero che lui aveva ancora molti anni davanti, mentre quel mostro forse non avrebbe superato l'inverno, anche se la malerba, come ripeteva Carla, dura sempre più dell'erba buona. Avrebbe voluto sparire da quel quartiere di ipocriti benestanti, e tornarsene nei suoi vicoli, che puzzavano ed erano sporchi, sì, ma almeno non fingevano di essere diversi da com'erano. Avrebbe voluto. Ma non poteva, perché la sabbia nella clessidra di Carla stava per esaurirsi.

Di soppiatto, scivolò alle spalle della vedova, per non darle il vantaggio di vederlo e cacciarlo ancora. Per non spaventarla, quando le fu vicino mormorò:

«Buon pomeriggio, signora. La prego, mi ascolti, devo mostrarle una...».

Lei si girò di scatto e lo fissò, con gli occhi stretti a fessura, la mascella indurita. Lo riconobbe all'istante. Aprì la bocca e lanciò un unico, stridulo, orribile urlo. Sembrava la sirena stonata di un antifurto.

Il portinaio uscì dall'androne; guardandosi attorno, stupito, si accorse dell'inquilina dell'ultimo piano che gridava a squarciagola contro un giovane.

Il velo rosso della rabbia appannò la vista del ragazzo. Fu invaso dalla disperazione per la pena di Carla.

Ricordò il volto del vecchio mentre lottava con il dolore per spiegargli come avrebbe dovuto agire.

L'arpia non smetteva di emettere quel terribile latrato, che lacerava i timpani. Qualcuno cominciava ad affacciarsi alle finestre.

Il ragazzo le sputò in faccia, vomitandole addosso il suo infinito disgusto. Poi si voltò e corse via.

XXIX

Teresa le scriveva sempre di mattina presto, usando il codice dei vecchi tempi.

Quel giorno, invece, il messaggio arrivò di sera. Era un semplice invito: "Ci sei per una pizza alle undici?". Le uniche concessioni alla segretezza erano il numero sempre anonimo del mittente e la mancanza di riferimenti al luogo dell'appuntamento che, del resto, poteva essere soltanto uno.

Sara si mosse a piedi alle ventidue. Compì un largo giro, allungando di parecchio il percorso, deviando più volte in traverse poco frequentate, per poi ricomparire nelle strade principali con l'andatura lenta di chi sta provando a combattere l'insonnia con una passeggiata rilassante.

Il posto che Bionda non aveva avuto bisogno di indicare era cambiato diversi anni prima. Una volta era stato una pizzeria che aveva ospitato conversazioni riservate e incontri segretissimi. Ora era un pub, poco illuminato e di infimo ordine, dove servivano una birra, scura e schiumosa, che dava dipendenza, e panini unti, da cui grondavano salse dall'incalcolabile valore calorico, ma che avevano un gusto squisito. La selezione musicale era improponibile, ma offriva il vantaggio di rendere incomprensibile ogni parola che non fosse pronunciata a meno di trenta centimetri dall'interlocutore.

Quando Sara entrò nel locale, con qualche minuto d'anticipo, Teresa era già seduta a un tavolo appartato, lontano dall'ingresso. Aveva gli occhiali scuri, e davanti a lei c'era un boccale da mezzo litro quasi vuoto. Senza nemmeno salutare, rivolse un cenno a un ragazzo dai bicipiti tatuati, con una dozzina di piercing sul volto, perché portasse altre due birre. Quindi disse:

«Io mi chiedo come se la cavano i tipi così col metal detector, per esempio in aeroporto. Quanto ci mettono a togliersi tutta quella merda dalla faccia?».

Sara sorrise. «Ciao, Bionda. Siamo alla fase delle domande epocali? Sarà l'effetto della pinta a stomaco vuoto sulle signore di una certa età.»

L'altra sbuffò. «Parla per te, nonnina. Se voglio, stasera col tizio ci finisco a letto, scommettiamo?»

Sara, che rivolgeva le spalle al bancone dove il giovane stava armeggiando con lo spillatore, scosse piano la testa:

«La vedo dura, e non perché non abbia fiducia nel tuo fascino, ma perché è gay. Osserva la postura e i movimenti delle mani. Sull'avambraccio sinistro ha un tatuaggio: un cuore con dentro il nome LUCA. E continua a scambiarsi sorrisi con quel tipo di fronte a noi, che è da solo, ma i bicchieri sul tavolo sono due. Mi dispiace, Bionda, temo che ti darebbe buca».

Teresa rise, con un suono gracchiante che non aveva nulla di allegro:

«Invece tu sei alla fase del "capisco tutto con una sola occhiata", eh, Mora? Non ti è mai passato lo sfizio di sorprendere con i superpoteri... Che panino vuoi?».

«Rinuncio, grazie. Ho cenato da Viola, mi ha pregato di stare un po' con lei perché il piccolo ha la febbre. Niente di grave, appena qualche linea, che però la madre di lei, una specie di mostro, sfrutta come pretesto per piombarle in casa senza sosta. Se ci sono io, invece, non si azzarda. Così sembra, almeno.»

«Ci credo, con quel brutto grugno che ti ritrovi! Allora, mangerò da sola più tardi. Ho intenzione di restare qui e tirare fino all'alba. Un po' di testosterone lo rimedio, fidati.»

«Non ho dubbi. Ma veniamo al dunque. Hai niente per me?»

Bionda annuì con sufficienza. «Tranquilla, io non giro mai a vuoto. Anche se devo ammettere che questa faccenda mi ha parecchio incuriosita.»

«Davvero? E perché?»

Il tipo coi piercing depose sul tavolo le due medie, sfoggiando la grazia dei suoi muscolosi bicipiti tatuati. Sara e Teresa si scambiarono un malinconico sguardo d'intesa. Quando brindarono, i boccali emisero un suono sordo.

Poi Teresa cominciò:

«Lombardo Antonino... Anch'io ricordo benissimo quella volta che lo vedemmo col capo, anche se non ho mai saputo il nome... all'epoca non me l'avevi detto. Comunque, se tu sei sicura, era di certo lui. Ora all'unità gli archivi sono digitalizzati, ma abbiamo conservato i dossier cartacei. Ho cercato nel database, e non c'è niente. Cioè, non esiste un file su Lombardo. Eppure censiamo tutti quelli che compiono reati finanziari, anche se di rilevanza modesta. È incomprensibile che su di lui non ci sia niente».

Sara faticava a nascondere la crescente inquietudine: «E come te lo spieghi?».

Bionda tracannò un altro sorso. «Ah, proprio non me lo spiego. Me ne sono occupata di persona; siamo pieni di talpe del ministero e ho preferito non coinvolgere nessun altro. Allora ho verificato in deposito, pensando a un errore nel riversamento dati. Non è mai successo, ma non si può escludere, no?»

Sara si strinse nelle spalle. «Non ho idea di come funzioni, ma se tu sei sicura che non si può...»

Bionda la interruppe:

«Invece si può escludere. Il file manca per una ragione semplicissima: perché non esiste alcun dossier. Quindi la digitalizzazione non ha colpa».

Mora scrutava il viso dell'amica, in cerca delle tracce di un sentimento diverso dalla blanda, divertita curiosità. «Qualcuno ha sottratto l'incartamento?»

Teresa rise:

«*Incartamento!* Erano secoli che non sentivo questa parola! Sei uno spasso, Mora. Te l'ha mai detto nessuno?».

«A essere sincera, no. E quindi?»

«O è stato trafugato, e non riesco a immaginare da chi, perché soltanto la sottoscritta può accedere da sola al deposito, che peraltro, come sai, ha una doppia serratura a combinazione, oppure la soluzione più ovvia è che non sia mai esistito.»

«Ma com'è possibile?»

Teresa diventò seria:

«Ah, lo ignoro, Mora. Forse me lo dirai tu alla fine della tua indagine. Anzi, me lo dirai di certo, perché è questo il prezzo della mia… chiamiamola "collaborazione" da qui in avanti. Siamo d'accordo?».

Sara rifletté, poi fece un cenno d'assenso.

Bionda sorrise e riprese:

«Io sono caparbia, però, e non mi fermo di fronte al primo ostacolo. Siccome l'informatica ha i suoi vantaggi, ho inserito il nome Lombardo nel nostro software per accertarmi se avesse incrociato le attività di raccolta informazioni ad ampio raggio. Un lavoraccio, considerando la mole del materiale, ma sempre meglio che ubriacarsi da sola a casa e addormentarsi piangendo, no?».

L'amica provò una stretta al cuore, e non rispose.

Allora Teresa continuò:

«Dopo qualche ora e un pacchetto intero di sigarette, bingo. Antonino Lombardo spunta da un rapporto di uno stagista che, durante un'esercitazione in addestramento, controllava un magistrato in pensione».

Sara percepì l'ironia amara nella voce dell'altra quando indugiò sulla parola "stagista". Doveva ricordarle la recluta che le aveva spezzato il cuore e i tragici esiti della loro storia. Ancora una volta non disse niente.

Teresa proseguì:

«Virgilio Maddalena: PM d'assalto negli Anni di piombo, con una fulgida carriera davanti, rovinata da un'azione disciplinare. Dopo, su di lui non ci sono più notizie».

«E che c'entra Lombardo?»

«Due anni fa, quando era già a riposo da parecchio, Maddalena ha chiesto e ottenuto un colloquio con Lombardo. Lo stagista ha verificato che l'incontro è effettivamente avvenuto. Pare che sia durato circa un'ora, poi Maddalena se n'è tornato a casa. Non c'è altro. Niente di niente.»

Sara era concentratissima. «E lo stagista ha accertato il motivo della visita di Maddalena?»

Teresa si sporse in avanti. «E questo è il bello. Benché in congedo da anni, il magistrato ha secretato tutto, come per i collaboratori di giustizia o i boss al 41bis. Strano ma vero, Mora.»

Restarono in silenzio, rimuginando. Quindi Teresa tirò fuori una cartellina dalla borsa e l'allungò verso Sara. «Questa è una copia del rapporto. È ovvio che negherò di fronte al padreterno di avertelo mai dato. Non c'è altro.»

Sara prese i documenti. «Almeno adesso abbiamo un indizio che potrebbe chiarire perché Lombardo non esiste e non sembra mai esistito. Devo parlare con Maddalena, spiegargli la situazione e...»

Teresa l'interruppe:

«La vedo dura, Mora».

«Perché?»

L'altra finì la birra in un lungo sorso e rivolse un cenno al ragazzo tatuato per ordinarne un'altra. «Virgilio Maddalena è morto un anno fa. Un infarto nel sonno. Questo l'ho scoperto da sola, in Rete. Non trovi che sono diventata moderna?»

XXX

La comitiva di turisti era composta perlopiù da pensionati dall'aria rilassata, che sfoggiavano abiti in contrasto con le condizioni atmosferiche.

Ormai era diventato un classico: siccome si visitava una metropoli del Sud d'Europa in primavera, allora il guardaroba doveva per forza essere lo stesso utilizzato per precedenti viaggi in Egitto o Marocco, costituito in prevalenza da capi di lino o cotone, camicie a maniche corte e sahariane, panama e bermuda, sandali e occhiali da sole.

Se poi capitava una mattina come quella, in cui aprile rivendicava di essere un interludio tra le stagioni, indugiando in reminiscenze d'inverno, con un venticello tagliente e frizzante, poco male: le vacanze erano pur sempre vacanze, e dalle foto non si poteva certo evincere la differenza di temperatura rispetto al Maghreb. Bastava sorridere, e augurarsi che la pelle arrossata fosse scambiata per una tintarella precoce e non tradisse l'infreddatura.

Viola assomigliava a una graziosa inglesina al seguito

di qualche nonna arzilla. Ai margini del gruppo, mimetizzata alla perfezione, fingeva di essere concentrata su quello che una guida, segaligna e occhialuta, declamava a proposito della facciata di un antico palazzo. In realtà la ragazza stava osservando un portone all'angolo del vicolo, al di là del piccolo assembramento. Sotto un cappellino di tela, la chioma bionda era raccolta in una coda, le lenti scure le nascondevano una parte del viso. Indossava un vestitino anonimo, e calzava scarpe basse. Teneva la reflex digitale al collo. La sera precedente aveva sottoposto quel travestimento a Sara, al termine della riunione per esaminare i nuovi dati di cui disponevano, e lei aveva suggellato con un sorriso di approvazione il passaggio di consegne tra donne invisibili.

Il giorno prima, Viola aveva perlustrato il web a caccia di informazioni su Virgilio Maddalena, procurandosi parecchio materiale. Il pubblico ministero aveva goduto di una certa visibilità, derivante dalle inchieste di cui si era occupato negli anni Settanta e Ottanta. Era uno di quei magistrati che avevano fronteggiato l'emergenza dei movimenti politici estremisti e delle formazioni armate. Esaminando gli articoli, sia quelli dell'epoca sia i più recenti, Viola aveva riscontrato una certa tendenziosità nel linguaggio dei media, una combinazione di reticenze e allusioni. Grazie alla sua professione, era consapevole di quanto le parole fossero ambigue e di come il vero significato di una frase spesso non coincidesse con i concetti espressi.

Fino alla fine degli anni Ottanta, il profilo di Maddalena era quello di un capace e integerrimo inquirente dall'orientamento politico ben definito, un segugio instancabile, dotato di un fiuto e di una determinazione che lo rendevano un obiettivo per le frange della destra più radicale. Un paladino per certa stampa, una spina nel fianco per altre testate. La sua era stata una vita sotto scorta, anche se aveva subìto solo vaghe minacce.

Poi però era successo il guaio. Nei primi anni Novanta, era stato accusato di corruzione per supposti rapporti con un capoclan, sul quale stava indirettamente indagando. Non erano emerse prove e la faccenda si era risolta in una bolla di sapone, ma Maddalena era stato estromesso e da lì in avanti era sparito dalle cronache, per rispuntare prima in occasione del pensionamento e, più tardi, della morte improvvisa.

Viola era rimasta colpita dalla reazione di Sara, di solito impassibile, quando aveva ascoltato i risultati delle sue ricerche. La donna aveva scosso il capo e sospirato, come se fosse delusa. Ma si era ripresa in fretta, annunciando che intendeva incontrare la vedova del PM.

Col ragazzo era stato diverso. Avevano solo la carta d'identità, reperita chissà come da un Pardo evasivo che, col viso paonazzo, aveva sorvolato sulle modalità con cui era entrato in possesso di quella fotocopia: Manuel Piscopo, vent'anni compiuti otto mesi prima, residente nel vicolo davanti al quale Viola si trovava in quel momento, in un appartamento condiviso con tre studenti fuorisede e un operaio. Padre ignoto, figlio unico di tale Piscopo Gabriella, deceduta quando lui era quindicenne, una sbandata con piccoli precedenti per reati contro la proprietà, morta di overdose o, con più probabilità, uccisa da una partita di roba tagliata male in un mese in cui erano finite all'obitorio altre dodici persone.

A quel punto, il minore era stato affidato a una casa famiglia, gestita da alcuni psicologi e assistenti sociali. Aveva conseguito da privatista un diploma tecnico, anche con buoni voti. La responsabile che lo seguiva era la dottoressa De Rosa Carla, a capo della struttura protetta. Sara si era appuntata il nome, sostenendo che poteva tornare utile, e Viola, che si fidava dell'istinto della donna, aveva controllato in Rete.

La casa famiglia era stata costretta a chiudere un anno prima: un lungo, malinconico articolo pubblicato su un blog segnalava il fallimento di una bella e lodevole iniziativa. In una risposta a mezzo stampa, l'assessore attribuiva la conclusione del progetto a un problema di salute di uno degli operatori e annunciava l'immediata apertura di valide alternative. Manuel, però, già non risiedeva lì.

Viola si era offerta di sorvegliare il ragazzo, anche perché non sopportava più di essere reclusa in casa per la febbricola di Massimiliano. Dopo un po' di training autogeno, aveva tirato un profondo respiro ed era salita dalla madre a pregarla di stare col bambino per una mattinata, perché lei doveva rinnovare l'iscrizione all'Ordine dei giornalisti; era la prima scusa che le era venuta in mente. Aveva contato dentro di sé da uno a cento, sopportando una sequela di insulti a proposito dell'inutilità di pagare per una buffonata di professione che non era un lavoro serio, ma alla fine aveva ottenuto l'aiuto che voleva. Peraltro, il bambino sembrava felice di rimanere con l'arpia: forse perché non era ancora in grado di comprendere, o forse perché era ipnotizzato dal tono monocorde col quale Rosaria formulava le sue cattiverie.

Mentre i turisti stavano per spostarsi, e Viola valutava il rischio di restare sul posto senza copertura, Manuel uscì dal portone. La fotografia sul documento parlava chiaro, era impossibile sbagliare: capelli neri e ricci, naso un po' sporgente, persino il maglione scuro pareva lo stesso. Il ragazzo strizzò gli occhi per abituarsi alla luce e si guardò intorno soffermandosi proprio sulla comitiva a cui si era aggregata Viola.

La fotoreporter si defilò per mettere tra sé e il giovane un coppia di americani che sembrava uscita dal pennello di Botero.

Piscopo si avvicinò noncurante, con le mani in tasca come se stesse passeggiando.

Da vicino aveva un suo fascino. Anche se i lineamenti erano irregolari e gli abiti abbastanza dozzinali, possedeva una certa eleganza e movenze quasi feline. A osservarlo con attenzione, era un tipo fuori dall'ordinario, abile nel celarsi dietro modi insignificanti. Un altro invisibile, pensò Viola. Il ragazzo si insinuò nel folto gruppo di stranieri, come se stesse seguendo una traiettoria precisa.

Viola si chiese il perché di quei movimenti circospetti. Poi capì.

Manuel era un ladro.

Le dita guizzavano agili, sfilavano portafogli, pescavano in borse e zaini, e scomparivano con il bottino mentre il giovane continuava a sgusciare imperterrito tra le sue vittime. Era una danza senza musica, un valzer segreto che prevedeva l'individuazione degli obiettivi migliori: i soggetti più disattenti e distratti. Un paio di volte Viola temette che qualcuno lo beccasse, ma notò che Piscopo era scaltrissimo, sempre accorto a dare le spalle e a non mostrare mai la mano furtiva a chi poteva accorgersi di lui. Era un genio.

Quattro, cinque prelievi. Niente di voluminoso, oggetti piccoli ma di valore, immaginò Viola, sfilati con una tale destrezza che i proprietari nemmeno lo percepivano. Il gioco di prestigio durò in tutto tre minuti, poi il ragazzo si allontanò camminando lento, in maniera da non destare il minimo sospetto.

Viola si staccò dal capannello e lo seguì. Fingendo di immortalare le bellezze architettoniche del quartiere, lo aveva ripreso con la fotocamera, registrandone le gesta prodigiose.

Svoltato un angolo, Manuel accelerò l'andatura. Scivolava tra la folla come un felino, la testa incassata nelle spalle e il passo svelto, confondendosi nella calca variopinta come un animale che si aggira in una fitta vegetazione di cui conosce ogni singola foglia.

Viola faticava a stargli dietro, e per qualche istante credette di averlo perso prima di scorgerlo di nuovo tra la ressa.

Dopo circa un chilometro, il ragazzo si fermò nei

pressi di un cassonetto in una stradina poco frequentata. Si guardò intorno e, quando fu certo che non ci fosse nessuno affacciato a una finestra o seduto fuori da qualche porta, estrasse la refurtiva.

Al riparo di una rientranza, Viola continuava a inquadrarlo nell'obiettivo della reflex. Senza smettere di lanciare occhiate a destra e a sinistra, tirò fuori le banconote e gettò i portafogli nell'immondizia. Non toccava né le carte di credito né i documenti. Solo i soldi. Dopo pochi attimi, si mosse procedendo senza fretta. Entrò in una pasticceria e riemerse con un sacchetto. Aveva un'espressione indecifrabile, che a Viola trasmetteva un vago senso di angoscia.

Continuò a tallonarlo per quasi un quarto d'ora. Piscopo sembrava tranquillo, non lo sfiorava nemmeno il dubbio di avere qualcuno alle costole, non si voltò mai e non cambiò direzione di colpo, come chi ha paura di essere pedinato. Poi arrivò dove voleva.

Si fermò all'improvviso, tanto che Viola, girando l'angolo, per poco non gli finì addosso. La ragazza indietreggiò di un passo e si infilò in un androne, fissando Manuel che si accodava a una breve fila davanti a un cancello. Quando una guardia privata aprì, lasciando passare le persone in attesa, lei alzò gli occhi e comprese d'un tratto la malinconia e la tristezza che aveva colto prima sul volto del giovane.

Quello era l'ingresso di una struttura sanitaria.

Viola seguì i visitatori all'interno, senza distogliere lo sguardo da Manuel.

XXXI

Pardo aveva concordato con Sara di controllare il circondario prima della visita alla vedova di Virgilio Maddalena. Sapeva che quella era una sua piccola fissazione da poliziotto, ma bussare impreparati alla porta della donna, che magari disponeva di amicizie nelle alte sfere, e poteva allertare chissà chi, risultava rischioso. Avevano una sola occasione e nessuna autorità ufficiale; la signora avrebbe potuto benissimo sbatterli fuori e tenere la bocca cucita. Era meglio sentire i vicini di casa e i negozianti di zona per capire che genere di persona fosse: magari saltava fuori un appiglio, da sfruttare per stabilire un contatto.

Sara lo aveva ascoltato, impassibile; poi aveva alzato le spalle e gli aveva concesso mezza mattinata per informarsi in maniera discreta, stando attento a non insospettire la vedova e a non perdere così l'effetto sorpresa. Il tempo stringeva. In realtà la donna era in preda ad altre preoccupazioni. Aveva trascorso un'altra notte nell'archivio di Massimiliano, alla ricerca di dati sensibili sul defunto magistrato: e per l'ennesima volta era stato un buco nell'acqua.

L'assenza di un dossier su Maddalena era ancora più inquietante della mancanza di notizie su Lombardo. Se il rapporto con l'ex cancelliere poteva anche non riguardare il lavoro ed essere di carattere personale – ipotesi tanto improbabile da rasentare l'impossibilità – era però da escludersi in modo assoluto che al magistrato, ben noto ai tempi in cui Massimiliano era in prima linea e anche dopo la fondazione dell'unità, non fosse riservata una corposa documentazione. Sara aveva immaginato di trovare una sezione grande quanto un intero scaffale, montagne di carte da spulciare per ore, alla ricerca di eventuali collegamenti tra il PM e Lombardo, e invece non era emerso nulla di nulla.

Ormai era chiaro che Massimiliano aveva eliminato tutto ciò che riguardava i due; la circostanza confermava che tra loro ci fosse una connessione.

L'intreccio che univa un magistrato un tempo sulla breccia, un funzionario del tribunale caduto in rovina e il capo di una struttura segretissima dei Servizi, tutti e tre scomparsi e consegnati al silenzio dell'oblio, la sconvolgeva. Non riusciva a individuare una sola ragione per cui il suo uomo, che aveva una devozione totale per quel lavoro, ed era scrupoloso ai limiti del maniacale nel catalogare prove e riscontri di ogni evento riferibile alla sua attività, avrebbe occultato simili informazioni. Massimiliano era acuto, meticoloso, incorruttibile. Ed era sempre stato sincero con lei, in particolare quando, negli ultimi anni, rievocare il passato era l'unico conforto nelle lunghe conversazioni che avevano tra un ciclo di terapie e l'altro.

La casualità che l'aveva spinta a indagare, la disperazione di Fusco ormai prossimo alla morte avevano contribuito a mostrarle l'esistenza di un velo che avvolgeva la memoria del suo compagno. E Sara era certa che non avrebbe avuto pace, se non avesse scoperto cosa c'era sotto.

Dunque aveva permesso a Pardo di fare qualche domanda in giro nel quartiere altolocato in cui risiedeva Gisella Maddalena. Non voleva correre il rischio di imbattersi in un ostacolo imprevisto. Anche se, per quanto fosse restia ad ammetterlo, l'ispettore conosceva il proprio mestiere, e avrebbe architettato un modo per convincere la vedova a riceverli.

Davide optò per un approccio professionale. L'esperienza gli aveva insegnato che in zone come quella regnava la diffidenza rispetto alla capacità delle forze dell'ordine di sorvegliare i patrimoni con misure adeguate. Fosse stato per gli anziani, ricchi abitanti di quelle vie eleganti e pulite, ogni singola pattuglia della polizia e l'intero corpo dei carabinieri avrebbero dovuto effettuare perenni ronde sul posto, e scongiurare che i sanguinari predoni delle periferie approfittassero della recente apertura di nuove linee della metropolitana per invadere le loro case e derubarli di tutto. Sempre per esperienza poteva affermare che in quelle strade decorose il numero di malviventi era identico alle altre parti della città. Ma aveva anche imparato che era inutile ribadire una simile ovvietà: lì nessuno gli avrebbe dato credito. Si poteva, però, sfruttare quella stessa paura ed esibire il tesserino in giro per fingere di essere impegnati in un'azione a tutela della pubblica sicurezza.

Pardo sentì un paio di commessi di negozio, un edicolante e due baristi, poi si recò dal custode dello stabile in cui era domiciliata la vedova.

Il portinaio era piuttosto vecchio e incolore, per certi versi simile all'androne che costituiva il suo habitat. Emerse a fatica da una minuscola guardiola, gli occhi miopi e sospettosi su un sorriso falso.

Pardo si qualificò e lo avvertì che stava conducendo un'indagine informale nei paraggi. Chiese chi abitava nel palazzo, ottenendo dall'uomo, che si chiamava Giuseppe Cavallaro, una sommaria descrizione degli inquilini.

«Ispetto', sono quasi tutti anziani. Famiglie ce ne stanno poche, i figli non li vuole più nessuno.»

Pardo finse di prendere nota su un taccuino:

«E c'è qualcuno che vive solo? Sapete, sono i soggetti più esposti a truffe, furti e rapine».

Cavallaro si grattò il mento. «Be', al primo piano c'è il cavalier Ronconi, ma è sempre murato in casa e non apre a nessuno. E la signora Bortolotti al terzo, però è molto spesso in compagnia delle figlie, fanno a gara perché vogliono entrambe l'appartamento. Comunque, secondo me la signora le seppellisce tutt'e due, sta una bellezza.»

Davide, che non brillava per la sua pazienza, sbuffò:

«Cavalla', vi ho rivolto una domanda precisa, se qua c'è qualcuno che vive da solo. Non mi interessano i pettegolezzi piano per piano».

L'uomo si mise sull'attenti, assumendo un buffa postura:

«Scusatemi, ispetto'. Be', proprio da solo non mi risulta. Forse il Ronconi... Ah, ci sarebbe pure la vedova Maddalena, all'ultimo piano. Ma la escludo perché Anjali, la domestica indiana, vive con lei. Ispetto', non penso che la signora corra dei rischi».

Pardo era attentissimo:

«Ah, no? E invece sì, Cavallaro. E voi che siete il custode dovreste saperlo che è proprio l'ultimo piano il più insidioso, perché i ladri o i truffatori possono agire tranquilli senza preoccuparsi della gente di passaggio. Raccontatemi di questa...» S'interruppe fingendo di scorrere gli appunti. «... signora Maddalena. E qual è il cognome?»

Il custode ci cascò con tutte le scarpe:

«Ah, no, ispetto', è Maddalena il cognome. Si chiama Gisella, ed è la vedova di un magistrato, il dottor Virgilio, che ci ha lasciati l'anno scorso. Un gran signore, piuttosto vecchio. Era in pensione e se n'è andato nel sonno, pace all'anima sua. Però un bel modo di morire, secondo me il migliore. Non è così?».

Pardo lo fissò, duro:

«Ci vogliamo perdere in chiacchiere su come è meglio trapassare, Cavallaro? La signora sta all'ultimo piano, quindi, come vi ripeto, è a rischio. Parlatemi di lei».

L'altro annuì. «Che donna, ispetto'. Che donna. Molto cortese, sempre disponibile a dare una mancia quando capita qualche lavoretto... Sono qua da trent'anni lei e il marito, io ero ragazzo e avevo appena preso servizio nel palazzo. Niente figli, erano inseparabili. Da quando è vedova, è riservatissima, non riceve visite, quindi non credo sia in pericolo.»

Davide ruggì:

«Cavalla', permettete che giudichi chi ne capisce. Per esempio, di recente ricordate qualcosa da segnalare che potrebbe porre a repentaglio l'incolumità della signora?».

L'idea di Pardo era semplice: un qualsiasi episodio riconducibile all'attività di polizia avrebbe giustificato una visita formale alla vedova, fingendo si trattasse di un'indagine che in qualche modo la riguardava. Così avrebbe potuto portare con sé Sara e mettere le due donne una di fronte all'altra.

Il custode corrugò la fronte. «No, ispetto', qui nello stabile non è capitato proprio un bel niente.»

Pardo sospirò, e proprio mentre stava considerando un'alternativa, Giuseppe riprese:

«Cioè nello stabile, no, ma qua fuori sì».

«E che è successo?»

«La signora porta fuori il cane, Babù, una barboncina decrepita. Ci pensa lei, perché non si fida di nessuno. E proprio ieri l'ha avvicinata un ragazzo, vicino a quell'aiuola là di fronte. Io ho visto tutto. A essere sinceri, ispetto', non mi pareva che tenesse brutte intenzioni. L'avevo già notato perché era seduto su una panchina all'ombra, tirava un vento fresco molto fastidioso e io mi ero riparato in guardiola. All'improvviso ho sentito un urlo terribile, come quello di una sirena. Sono corso fuori, ed era proprio la signora Maddalena.»

Davide era attentissimo:

«Cioè, la signora gridava? Il ragazzo l'aveva aggredita o aveva cercato di derubarla?».

L'uomo si strinse nelle spalle:

«Ispetto', per la verità a me non sembrava. Certo, la vedova strillava come un'ossessa, ma non credo che fosse troppo spaventata».

«E dopo?»

Giuseppe allargò le braccia:

«Dopo c'è stato un fatto ancora più insolito. Il ragazzo, che era più meravigliato di me, le ha sputato in faccia. Proprio così, *puh*, con disgusto. Certo, un bruttissimo gesto, non lo nego, ma quel grido... entrava nel cervello, ispetto'. Davvero fastidioso. Lui ha sputato, e la sirena si è interrotta. Quindi ha girato sui tacchi e si è allontanato, senza nemmeno correre. E non potete immaginare la signora...».

Pardo grugnì:

«E allora, Cavalla'?».

L'altro sorrise, come se fosse sul punto di recitare il finale di una barzelletta:

«Si è asciugata la faccia e ha ripreso a passeggiare col cane. Poi è rientrata, mi ha salutato ed è andata all'ascensore. Così, come niente fosse, senza un commento. Non è strano, ispetto'?».

«Certo che lo è. E siete sicuro che non era un tentativo di truffa o rapina?»

L'uomo scosse il capo:

«Ne sono certo. Il giovane non aveva l'aria furtiva, era come se... aspettasse la signora. Come se ci volesse parlare, insomma. E se devo dirvi la mia, ma ho visto la scena da lontano, non aveva l'aspetto del delinquente. Dopo tanti anni di questo mestiere, uno ci fa l'occhio».

Nella testa di Pardo continuava a frullare un'idea. Poi, quasi folgorato da un'illuminazione, tirò fuori dalla tasca un foglio piegato in quattro e lo aprì:

«Cavalla', date un'occhiata, il ragazzo assomigliava a questo?».

Giuseppe cavò gli occhiali da presbite dalla giacca e studiò con attenzione la fotocopia del documento di Manuel Piscopo. Poi sorrise ammirato:

«Madonna che efficienza, ispetto'. È lui. Ma come ci siete riusciti? Li tenete schedati tutti i furfanti che battono la zona?».

Pardo rifletté qualche istante, poi disse:

«Ci vediamo presto, Cavallaro. Voi nel frattempo non dovete riferire a nessuno, neanche alla signora, della nostra chiacchierata. Mi raccomando, Cavalla'. Altrimenti sarete accusato di inquinamento delle prove, chiaro?».

L'uomo impallidì tornando sull'attenti:

«Chiaro, ispetto'. E chi vi conosce a voi?».

XXXII

La mente di Viola lavorava veloce.

Senza perdere di vista Manuel Piscopo che camminava nel corridoio dell'ospedale con le spalle un po' curve e il sacchetto della pasticceria in mano, si tolse il cappellino e lo infilò nello zainetto insieme alla macchina fotografica. Con un gesto rapido si sciolse la coda, alzando gli occhiali sulla testa. Completata la metamorfosi, cercò di rimanere a una distanza che le consentisse di osservare il ragazzo evitando di essere scoperta nel caso si fosse voltato di colpo. Quindi s'intrufolò nel reparto e seguì Manuel fino all'ingresso di una stanza di cui appuntò il numero. Preferì non indugiare sulla soglia, si limitò a sbirciare all'interno, e vide che c'era una persona nel letto accanto alla finestra. Poi proseguì. Non notò se c'erano altri degenti. A un tratto si fermò e tornò indietro. Adesso sapeva con precisione dove andare.

Viola conosceva quella struttura sanitaria, perché ci era stata diverse volte. Sua zia Adelaide era infermiera coordinatrice del Pronto soccorso, una specie di istituzione, più importante di un direttore sanitario. La ragazza si diresse senza esitazioni dov'era certa che l'avrebbe trovata, al ponte di comando dal quale dirigeva oltre centoventi tra infermieri e operatori inquadrati con le più svariate posizioni contrattuali.

Era la sorella del suo defunto padre, una donna energica e fin troppo espansiva, ma di grande sensibilità e intelligenza. Viola era la sua nipote preferita, ma potevano incontrarsi solo in ospedale perché la presenza di Rosaria, la cognata, nello stesso chilometro quadrato le provocava gravi problemi di respirazione. Spesso la ragazza fingeva di avere degli impegni, prendeva il piccolo Massimiliano e lo portava dalla zia, che in quell'insolito luogo, dove di fatto viveva non avendo una famiglia, trovava il tempo e il modo di intrattenerlo neanche fossero in un parco giochi.

Quando Viola entrò nel suo ufficio, Adelaide le chiese sorpresa:

«Ehilà, sei scappata di casa? E il piccolo?».

La ragazza sorrise, consapevole che le domande sarebbero continuate a raffica anche in assenza di risposte. «Ciao, zia. Tranquilla, tutto a posto, Massi ha ancora qualche linea di febbre, è a casa con mamma.»

La donna sobbalzò. Era di corporatura massiccia, e aveva una chioma tinta di un improbabile giallo oro. «Sei pazza a lasciarlo con l'Arpia? E se dovesse mangiarlo?»

Viola ridacchiò. «No, anzi, non puoi capire quanto le piace il ruolo della nonna. Figurati, addirittura lo coccola, a volte. Crede che io non me ne accorga...»

Adelaide sentì un brivido lungo la schiena:

«Madonna santa, l'Arpia capace di calore umano... Dev'essere uno spettacolo atroce, povera creatura, per questo ha la febbre. Ma tu perché sei qua?».

Viola le chiarì le circostanze, anche se fu interrotta di frequente dal viavai degli infermieri che ricevevano disposizioni sulle prime cure da riservare ai pazienti. Adelaide ascoltava attenta, impartendo ordini e indicazioni in tono secco e con assoluta competenza.

Quando Viola concluse il racconto, la zia annuì più volte, mordendosi le labbra come sempre quando cercava una soluzione. Poi disse:

«Ti risparmio le menate sulla privacy, sei grande e ti occupi di informazione, quindi immagino che tu abbia ben chiare le conseguenze a cui andrei incontro se saltasse fuori che ho divulgato notizie sui ricoverati. E do per scontato che questa faccenda sia davvero importante per te, altrimenti non affideresti tuo figlio all'Arpia per metterti a pedinare un ladruncolo. Immunologia clinica, hai detto? Stanza 9, letto accanto alla finestra. Chiamo la collega, aspettami fuori».

Trascorsero dieci minuti in cui Viola ebbe modo di speculare sulla vita e sulla morte, assistendo al frenetico transito di barelle spinte in fretta verso le sale operatorie, tra le lacrime di amici e parenti. Poi vide arrivare trafelata una versione bruna di sua zia, e intuì che la caposala di Immunologia clinica aveva risposto alla convocazione.

Dopo qualche secondo Adelaide si affacciò e la invitò a raggiugerle. «Lei è Anna, del reparto che sai. Premessa: questa conversazione non è mai avvenuta. L'ho garantito alla mia amica, siamo colleghe da trent'anni.»

Poi rivolse un cenno all'altra, che cominciò a parlare:

«Da quanto ho capito, ti interessa Carla. Carla De Rosa, quarantun anni, una cliente affezionata. Ha la sclerosi sistemica, purtroppo».

Adelaide sospirò, scuotendo la testa.

Viola domandò:

«E che cos'è?».

Anna, che sarebbe stata anche bella, se non avesse avuto le sopracciglia perennemente aggrottate, rispose:

«Una brutta bestia. Una malattia rara del tessuto connettivo. La pelle, insomma, si ispessisce e si ritrae. È una patologia molto dolorosa e non esistono cure. Almeno, non ancora».

Carla De Rosa, pensò Viola mentre cercava di mettere in relazione le informazioni di cui disponeva. La casa famiglia, chiusa per il problema di salute di uno degli operatori. Quindi chiese ad Anna:

«E puoi dirmi qualcosa del ragazzo che oggi era qui a trovarla? Si chiama Manuel, Manuel Piscopo».

L'infermiera sorrise. «È l'unico che viene da lei, il che è abbastanza strano, perché Carla è la paziente più dolce, buona e gentile che abbiamo. All'inizio supponevo che fosse il figlio. Oppure un parente. Poi abbiamo compreso che tra loro c'è altro, un legame...» Lanciò un'occhiata ad Adelaide, quasi in cerca d'aiuto; poi riprese:

«Noi lavoriamo col dolore. La sofferenza stravolge la gente, toglie la voglia di fingere, assorbe ogni energia: così emerge chi siamo davvero, senza più inganni. Tutto qua, fine del discorso».

Viola voleva essere sicura di aver afferrato il senso di quelle parole:

«Mi sta dicendo che la donna e il ragazzo stanno insieme?».

Anna si strinse nelle spalle:

«Ti sto dicendo che hanno un rapporto intenso, che di sicuro lui è innamorato pazzo di lei e lei gli vuole molto, molto bene. Ma soffre, quindi non so stabilire se il sentimento sia condiviso. Di certo non si vorrebbe mostrare a lui in quelle condizioni, l'ho sentita io stessa in più occasioni pregarlo di non tornare. Eppure ogni giorno, quando si avvicina l'orario delle visite, e lui non manca mai né tarda di un minuto, Carla si cambia, si guarda allo specchio e si sistema i capelli. Quindi secondo me sì, stanno insieme, o quantomeno anche lei prova dei sentimenti».

Viola era disorientata:

«Ma avrà il doppio dei suoi anni, no? E se ho ragione, lo ha anche tirato su!».

Le due infermiere si guardarono con un sorriso indecifrabile; poi Anna disse in tono dolce:

«E allora? Tu sei giovane, e hai questi pregiudizi? Per la nostra età dovremmo essere noi ad averli, ma lavorando qui ti assicuro che queste stronzate te le scordi. Lui è un bel ragazzo e ha un futuro davanti, ma viene qui ogni santo giorno a vivere, a resistere e a lottare. Non lo sfiora nemmeno l'idea di mollarla al suo destino, nonostante lei abbia una malattia incurabile. Ed è convinto di poterla salvare».

Viola piegò la testa di lato, incuriosita:

«Scusi, ma se la malattia è incurabile, il ragazzo come pensa di poterla aiutare?».

Anna rispose:

«In realtà, la patologia è rara e incurabile *adesso*. Però, esistono studi avanzati e protocolli di ricerca. Il ragazzo vuole a tutti i costi che Carla venga selezionata per una di queste terapie sperimentali; pare che abbiano ottenuto alcuni risultati. Me l'ha raccontato proprio lei, perché sta tentando di dissuaderlo. Discutono sempre di questo, sono diventati un po' la favola del reparto».

Viola era concentratissima. «Ma perché lei non vuole provarci?»

L'infermiera scosse il capo. «Ragazza mia, mica è facile entrare in uno di quei protocolli. È complicato, la lista è lunga e scelgono loro, mica il malato. Lui sostiene che un modo c'è, ma servono un sacco di soldi, e Carla teme che Manuel combini un guaio per procurarsi il denaro. Lui si sforza di salvare lei, e lei di proteggere lui. Fanno una tenerezza che strazia il cuore.»

«Grazie, Anna. Le giuro che nessuno saprà di questa conversazione, e che l'ho disturbata soltanto per il bene di Carla e Manuel.» Dopo un rapido bacio alla zia, Viola se ne andò di corsa.

XXXIII

«Sono fottuto» disse l'ispettore Davide Pardo. Proferì queste parole con lo stesso tono, piatto e spassionato, che avrebbe usato per esprimere una banale considerazione sul meteo. «Mi licenzieranno, e stavolta me lo merito. Ma non perderò solo il lavoro, mi beccherò anche una denuncia: per abuso d'ufficio, uso improprio del tesserino, concussione, abigeato e chissà che altro. E finirò in mezzo ai delinquenti che io stesso ho sbattuto in galera. Mi daranno il benvenuto in vari modi, compresa la violenza sessuale. Sarà orribile.» Teneva lo sguardo fisso davanti a sé, elencando quelle rosee prospettive come se recitasse una litania.

Sara, che gli camminava a fianco, cercò di riportarlo a una più mite realtà:

«Sta' tranquillo, nessuno lo verrà a sapere».

Con la stessa piatta intonazione, l'uomo rispose:

«E invece lo scopriranno. La vecchia è la vedova di un magistrato che era in prima linea negli Anni di piombo, un pezzo da novanta. Conoscerà tutti, dal presidente della Repubblica al papa. Anzi, avrà già segnalato la mia foto con tanto di nome e grado, te lo dico io. Vedrai che quando usciremo dal portone, troveremo una squadra dell'Antiterrorismo pronta a prelevarmi».

Sara valutò l'ipotesi:

«Non credo. Se dovesse accadere, però, non dovrai preoccuparti per Boris. A lui penseremo noi».

L'ispettore si voltò a fissarla con le pupille iniettate di sangue:

«Ascolta, Morozzi, la belva è l'ultimo dei miei problemi. Immaginarla mentre crepa di fame nell'appartamento che ha usurpato, e che si trasformerà nella sua tomba, è la mia unica consolazione».

La donna provò a cambiare discorso:

«Notizie di Fusco?».

«Vado da lui ogni giorno. Non ha quasi più forze, si alza a fatica. Lo tiene vivo solo la speranza che riusciremo a risolvere il caso della sorella. Ed è una speranza malriposta, perché brancoliamo nel buio. Mi sento più in colpa ad alimentare questa illusione che a non averlo aiutato a incontrare Lombardo in tempo.»

«Non è ancora finita. Basterebbe un colpo di fortuna.»

Si fermarono davanti al portone del palazzo liberty.

Pardo tirò un lungo respiro come il condannato che si avvia, rassegnato, al patibolo. «Mi licenzieranno e finirò in galera» mormorò. Poi varcò l'androne seguito da Sara.

Alla donna non sfuggì che il custode, un uomo brizzolato, avanti negli anni, appena vide Davide, ostentò indifferenza, fingendo di leggere un giornale.

L'ispettore lo ignorò e si diresse verso l'ascensore.

Sul pianerottolo dell'ultimo piano c'era un unico ingresso. Suonarono il campanello, si sentì ciabattare all'interno e la porta si aprì. Un viso arcigno dalla pelle bruna, che sormontava un corpo massiccio, ricoperto da una lunga tunica azzurra, li studiò con sospetto. Né un buongiorno né una domanda. Niente.

Davide esibì il tesserino. «Sono l'ispettore Pardo della polizia di Stato. La signora Maddalena può riceverci?»

A Sara non sfuggì che l'altro, con un mezzo colpo di tosse, aveva abbassato il tono della voce mentre dichiarava le generalità: era terrorizzato all'idea di lasciare tracce della sua sortita nello stabile.

La domestica non sembrava persuasa, e continuava a sbarrare l'ingresso fissando Pardo con aria diffidente. Poi, alle sue spalle, una voce sottile chiese:

«Chi è a quest'ora, Anjali? Aspettiamo qualcuno?».

La donna si spostò di lato, senza distogliere lo sguardo dall'ispettore, e al suo fianco si materializzò un'anziana, piccola e canuta, vestita di nero.

Pardo ne approfittò:

«La signora Maddalena? Ci perdoni, siamo della polizia. Dovremmo conferire con lei».

«Ah, sì? Favorisca il tesserino, prego.»

Tutti gli sforzi con cui Pardo aveva cercato di occultare la propria identità si rivelarono di colpo inutili. Davide sospirò e si costituì.

La vedova inforcò un paio di occhiali da lettura ed esaminò il documento, verificandone in controluce l'autenticità della filigrana. Dopo averlo memorizzato, lo restituì al poliziotto sempre più in preda allo sconforto. A quel punto si interessò a Sara. «E lei chi sarebbe?»

L'altra rimase in silenzio, senza muovere un muscolo, finché la vedova non spostò lo sguardo su Pardo.

«Una collega, di grado inferiore» rispose Davide. «La mia qualifica è sufficiente. Possiamo entrare, signora?»

Gisella Maddalena ribatté, serafica:

«Preferisco di no. Che è successo? Io non ho chiamato nessuno».

Pardo, in imbarazzo, disse:

«Ci hanno informato di un episodio che la riguarda. Ci risulta che sia stata avvicinata qui di fronte da un giovane malintenzionato e...».

Proprio in quel momento, sulla soglia dell'appartamento comparve la barboncina decrepita, dal colore smunto, che annusò l'aria con un'espressione identica a quella della domestica. Poi, di colpo, si avventò su Pardo azzannandolo alla gamba. La padrona e Anjali non mostrarono il minimo rammarico, né si presero la briga di richiamare l'animale che, continuando a ringhiare, restò appeso ai pantaloni di Davide. Oppresso dall'angoscia per essere lì in veste ufficiale ma sprovvisto di motivi validi, il poliziotto preferì non reagire. Neanche Sara si scompose, rimanendo concentrata sulla vecchia. In pratica, nessuno si curò dell'aggressione.

«Io non ho sporto alcuna denuncia, ispettore» puntualizzò la vedova con voce pacata ma ferma. «Le assicuro che dispongo di ottime conoscenze. Se avessi avuto bisogno di un intervento delle forze dell'ordine, non avrebbero certo mandato lei a soccorrermi. Comunque, grazie dell'interessamento.»

Sara notò che gli occhi della signora erano sfuggenti e che la lingua passò per due volte, rapida, sul labbro superiore.

Mentre tentava di scrollarsi la barboncina di dosso, Pardo insistette:

«Stiamo indagando su alcune bande di giovani malviventi che si aggirano nel quartiere, signora. A volte scelgono una vittima, provano ad avvicinarla e...».

La vedova lo interruppe, brusca:

«Le ripeto che non mi serve il vostro aiuto, ispettore. Quel ragazzo era innocuo, mi sono impressionata un po' perché mi ha colta di sorpresa. Tutto qui».

Per la prima volta, Sara parlò:

«Lei lo conosce. Non è così, Gisella?».

L'uso del nome proprio, le maniere confidenziali e l'asserzione decisa ebbero lo stesso effetto di un colpo di pistola esploso sul pianerottolo.

La reazione della vecchia fu comunque di una freddezza ammirevole. «No, ignoro chi sia. Come del resto ignoro chi sia lei, signora. Non mi pare che ci siamo presentate né tantomeno che ci sia la confidenza per chiamarmi col mio nome di battesimo.»

Una serie di movimenti, che sarebbero passati inosservati a chiunque, restarono impressi nella mente di Sara, come se le due donne avessero già chiacchierato in passato per ore. Un pugno si strinse e si riaprì, e le dita percorsero una manica sfiorando il polso. Prima un sopracciglio scattò verso l'alto, poi la fronte si aggrottò. Il tono della voce si alzò a metà di una frase. Era più che sufficiente.

Anjali ruggì, cercando di chiudere la porta:

«La signora adesso è stanca. Basta scocciare».

Ancora impegnato nel corpo a corpo con la barboncina, Davide, quasi piagnucolando, tentò un ultimo approccio:

«Noi lavoriamo per la vostra sicurezza, e riteniamo che...».

Gisella Maddalena non lo lasciò finire di nuovo:

«Qui nessuno è in pericolo, ispettore. E in mancanza di altre evidenti ragioni, la invito a non disturbarmi più. Buonasera».

Un attimo prima che la domestica chiudesse il battente, Sara si inserì:

«Magari il ragazzo non c'entra col presente ma col passato. Non potrebbe essere una vecchia conoscenza del suo defunto marito?».

Gisella serrò le labbra e socchiuse gli occhi, come sopraffatta dall'ira. «Ma lei chi è? E come osa associare Virgilio a quel... a quel teppista?»

Sara sorrise. «Ah, adesso è un teppista, mentre fino a un secondo fa era innocuo e lei non sapeva chi fosse... Interessante.»

La donna era sbiancata di colpo, e si era portata una mano tremante alla bocca.

Anjali sembrava sul punto di esplodere, quando Sara riprese:

«Il ragazzo non l'ha aggredita, ma le ha sputato addosso. Un gesto simile esprime disprezzo, signora. E il disprezzo non è una moneta riservata a chi non si conosce e nemmeno a chi, come lei, ha un'età che dovrebbe valerle il rispetto degli altri. O era un poco di buono, e in quel caso avrebbe dovuto assalirla, o voleva parlarle e lei non l'ha consentito. Perché la cercava, signora Gisella?».

La vecchia, bianca come un cencio, lo sguardo vitreo e le narici frementi, non rispose.

Mentre la barboncina non mollava la presa e l'ansia per l'imminente licenziamento lo invadeva, Pardo ruppe il silenzio con voce stridula porgendo alla domestica un biglietto:

«Questo è il mio numero. Per qualsiasi cosa, potete contattarmi e...».

«Andate via. Subito!» ringhiò Anjali.

Come obbedendo a un comando in codice, il cane si staccò a malincuore dai pantaloni di Pardo, l'orlo ormai ridotto a brandelli, e scomparve nell'appartamento, un istante prima che la porta si richiudesse sbattendo e il rimbombo echeggiasse nella tromba delle scale.

XXXIV

Quella sera, a casa di Viola, gli animi erano dominati da passioni contrastanti.

Come al solito Sara assomigliava a una sfinge, o a una divinità orientale scolpita nella pietra. Se ne stava seduta, le mani intrecciate in grembo, lo sguardo fisso nel vuoto davanti a sé. Sembrava assente o persa dietro chissà quale pensiero, eppure era attentissima.

Viola, al contrario, era come tarantolata. Aveva il viso arrossato per l'entusiasmo, e le parole le uscivano dalla bocca come scariche di mitraglia. Era fiera dei risultati ottenuti. Quello che doveva essere un semplice pedinamento aveva portato alla scoperta di informazioni preziose.

Pardo, infine, era il ritratto dell'angoscia. Vagava per la stanza con Massimiliano in braccio, succhiandosi i baffi. Aveva gli occhi arrossati sotto la fronte aggrottata, e un muscolo gli guizzava sulla guancia destra.

Si erano scambiati le novità, e adesso erano tutti in preda a sentimenti diversi.

Pardo si rivolse a Sara, senza smettere di muoversi:

«Vorrei capire, sempre se sarai così gentile da spiegare a un comune mortale come ragionate voi menti sovrumane, per quale motivo hai preso di punta quella vecchia stronza. L'hai solo irritata, e così ora lei si è cucita la bocca. Di sicuro mi avrà già rovinato con una telefonata di rimostranze ai piani alti. Avrà chiamato un secondo dopo che il maledetto cane mi ha mollato i pantaloni». Terminò la frase lanciando un'occhiata sconsolata all'indumento ridotto a brandelli.

Sara rispose con la pazienza che un insegnante comprensivo riserva a un alunno un po' tardo:

«Ti ho già ripetuto che non avrebbe detto niente comunque, e ti assicuro che non telefonerà a nessuno».

«Ah, sì? E perché sei così certa? Hai piazzato una microcamera nel polsino della vecchiaccia? Oppure hai infilato un microfono direzionale tra le chiappe della bestia, mentre era occupata a masticare la vigogna dei calzoni migliori che avevo?»

Viola commentò:

«Caspita, se questi erano i migliori, figuriamoci gli altri...».

Davide si voltò verso di lei inviperito:

«Ti avverto che non è serata! E non accetto lezioni di stile da una che si è travestita come un'inglesina in vacanza».

Sara cercò di stemperare i toni:

«Gisella Maddalena se ne starà tranquilla, vedrai, perché era diffidente, persino impaurita. E tratteneva a stento la rabbia che le provocava il senso di impotenza. Aveva tutto scritto in faccia, nei gesti, nell'espressione. Ce l'ha a morte con quel ragazzo, ma per qualche motivo è costretta a mantenere il silenzio. Se protestasse per la nostra visita, dovrebbe chiarire troppe cose, e non le conviene».

Il poliziotto spalancò la bocca, la richiuse e la riaprì: «E certo, una grattata d'orecchio, una smorfia o un tic dovrebbero bastare a persuadermi che ho ancora una vita e una carriera? Non è un po' poco, cazzarola?».

Viola intervenne:

«Allora, Pardo, intanto non gridare, perché spaventi il bambino. Poi ti ricordi, sì, che tutto questo ambaradan l'abbiamo messo in piedi perché ti sei comportato di merda con un tuo amico? Ti stiamo aiutando, insomma. Io ho mobilitato un ospedale intero, e costretto due infermiere a compiere una mezza dozzina di reati. E tu, manco un grazie».

Sara cercò di ricondurre la conversazione sui fatti principali:

«Sei stata bravissima, Viola. Adesso su Manuel Piscopo abbiamo scoperto tanto. Ma ci mancano due elementi fondamentali: capire perché è andato a trovare Lombardo in ospedale e perché ha cercato di prendere contatto con la vedova Maddalena, il cui marito a sua volta ha avuto un colloquio riservatissimo con Antonino in prigione».

Davide ridacchiò. «Che, per inciso, è l'unica questione a contar davvero. Di tutta la storia strappalacrime dell'amore tra il ragazzo e l'assistente sociale malata ci dispiace, per carità, ma non è che ce ne freghi poi tanto. No?»

Viola non era disposta ad accettare che l'altro sminuisse il suo trionfo:

«Eh no, caro mio. È importante eccome: adesso sappiamo che Piscopo ha bisogno di soldi. Di molti soldi. E siccome è un ladro e anche fenomenale, come documentano le mie riprese, per procurarsi il denaro non avrebbe scrupoli a delinquere».

Pardo la fronteggiò a muso duro, senza smettere di cullare con tenerezza Massimiliano, che giocherellava coi suoi capelli:

«Intanto, se *io* non mi fossi procurato la copia del documento di Piscopo da mostrare al portiere, adesso non saremmo al corrente della relazione tra il ragazzo e la vedova. Magari, a forza di innamorarsi di donne attempate, si sarà preso una sbandata pure per l'infame cariatide e le avrà proposto un primo appuntamento».

Sara annuì:

«Ecco, sì, questo è fondamentale. Bisogna scoprire cosa vuole Piscopo da Gisella, e di certo non possiamo interpellare Virgilio Maddalena e Antonino Lombardo».

Pardo simulò un'espressione di profondo stupore. «Molto brava, miss Sherlock. Splendida intuizione. Magari potremmo organizzare una bella seduta spiritica. Oppure torniamo dalla vecchia, la sequestriamo e torturiamo lei, la domestica indiana e il cagnaccio finché non cantano.»

«Potremmo tentare con Piscopo» suggerì Viola. «Perché non lo incontriamo? Forse sarà meno reticente della signora.»

Davide quasi urlò:

«Ma non ti rendi conto che quello è un borseggiatore da strapazzo? O sei così accecata dalla favola struggente con l'assistente sociale, che adesso pensi sia un eroe? Se ne starà zitto, te lo garantisco. L'unica che può sbrogliare la matassa è la vedova, di cui abbiamo già apprezzato la cortese disponibilità. Per me, dobbiamo fermarci qui».

Viola non credeva alle proprie orecchie:

«Cioè, sei così vigliacco e attaccato a quel miserabile tesserino da arrenderti proprio adesso che siamo sulla pista giusta?».

Sara intervenne:

«Esagerate entrambi. Non è vero che siamo a un punto morto, perché conosciamo l'identità di due persone in possesso delle informazioni che ci servono; e non è vero che abbiamo la soluzione in tasca, perché queste due persone non vogliono parlare con noi».

Il poliziotto ghignò:

«E quindi, come intendi muoverti?»

«Viola non ha torto: dobbiamo provare col ragazzo. Anche se scegliesse di tacere, dalle sue reazioni potremmo ricavare qualche elemento interessante. E al massimo, insisteremo con la vedova. Non ci resta che procedere per tentativi.»

Pardo brontolò:

«Massì, procediamo pure per tentativi, mentre il povero Fusco si spegne senza che Ada abbia avuto giustizia. Dovremmo rassegnarci, invece. Sono passati trent'anni, ormai non salta fuori più niente. E forse i morti vanno lasciati in pace».

Viola gli lanciò un'occhiataccia:

«Arrenditi tu, se vuoi. Io a questo punto voglio scoprire perché Lombardo ha ricevuto in carcere la visita di un magistrato in pensione e in ospedale quella di un ragazzo innamorato di una donna che è in fin di vita. E andrei in fondo anche se l'omicidio della sorella di Fusco non c'entrasse per niente».

Davide adagiò nella culla Massimiliano, che si era addormentato. Quando toccava il bambino, i suoi gesti erano di una premura che rasentava la devozione. «Va bene, proviamo col ladro. Tu però in cambio domani chiami il pediatra, e me lo passi. Se non ci penso io, a questa creatura, non ci pensa nessuno.»

XXXV

La decisione arrivò alla fine di un acceso dibattito.

Viola sosteneva di essersi conquistata il diritto di precedenza, perché era stata lei a pedinare Piscopo e a scoprire la storia di Carla De Rosa. Inoltre, ne era certa, la presenza di Pardo, uno sbirro nemmeno troppo sensibile, avrebbe spinto il giovane a chiudersi a riccio, compromettendo l'esito del confronto.

Da parte sua, Davide aveva chiarito a muso duro che, da che mondo è mondo, un poliziotto è il più adatto a far sciogliere la lingua a un delinquente; e in ogni caso, senza un minimo di autorità, che lui era l'unico in grado di esibire grazie al suo tesserino, Piscopo l'avrebbe liquidata con un'alzata di spalle, proseguendo per la sua strada.

Sara ascoltò entrambi, poi considerò che la copertura di Viola poteva tornare utile in futuro e che sarebbe stato meglio non bruciarla; e comunque, la mattina dopo, era prevista la visita del pediatra, perciò lei e Pardo se la sarebbero cavata da soli. Questione di priorità.

Si piazzarono ai lati del portone che dava sul vicolo, uno a destra e l'altra a sinistra, confusi tra la variopinta folla che, come un fiume in piena, percorreva la viuzza. Sara si chiedeva spesso come riuscisse tutta quella gente a passeggiare per strada, senza la minima fretta, il naso all'insù e un mezzo sorriso stampato sulla faccia, sia nei giorni feriali sia in quelli festivi, sempre in sintonia con il mondo e con la stagione. Era bello da vedere, ma anche straniante. Quella città, pensava la donna invisibile, era speciale anche per l'apparente spensieratezza con cui i suoi abitanti prendevano la vita.

Il giovane uscì più o meno alla stessa ora del giorno precedente, secondo quanto aveva riferito Viola. Pardo e Sara non ebbero difficoltà a riconoscerlo. Aveva l'aria dimessa e un po' stralunata da studente fuorisede, e i capelli, ricci e neri, erano così folti da sembrare un cespuglio. Si immerse nella calca passando davanti a Sara. Lei lo seguì e Davide si mosse per ultimo, attento a rimanere a qualche metro di distanza da entrambi.

Senza rallentare l'andatura, Manuel con un paio di guizzi fulminei alleggerì una borsa e una tasca posteriore dai portafogli, che gettò subito a terra dopo averli svuotati. Prevedendo la reazione di Pardo, Sara rivolse un cenno al poliziotto per dissuaderlo dal prendere iniziative.

Qualche minuto dopo, Piscopo si fermò nei pressi di un bar. Esitò per qualche istante, e alla fine si decise a entrare. Dall'esterno Sara non lo perse di vista mentre si sedeva a un tavolino, ordinava a un cameriere, e cominciava a smanettare col cellulare.

In quell'istante, Pardo raggiunse la donna e, senza guardarla, commentò:

«Ma ti rendi conto, 'sto delinquente? Due borseggi in un minuto. È un mago! Quelli non si sono accorti di niente. E io devo pure starmene zitto».

Sara lo invitò a calmarsi:

«Di che ti stupisci? Viola ci ha detto quello che fa. Comunque, questo mi pare il momento giusto. Vado io, poi nel caso...».

«Eh, no, cara. Andiamo insieme. I patti erano questi. Devo riferire a Fusco per filo e per segno.»

La donna sospirò rassegnata, ed entrò nel locale.

Manuel ci mise qualche secondo ad accorgersi della presenza di Sara, in piedi davanti a lui. Continuò a digitare sul display, un vago sorriso sulla faccia, che gli si spense quando alzò gli occhi e la vide. Di colpo, il suo viso tradì tutti i segnali della diffidenza: labbra serrate, fronte corrugata, lieve inclinazione del capo. Non manifestava paura, più che altro una congenita sfiducia nei confronti degli altri.

La donna pensò che un'espressività così pronunciata lo rendeva un libro aperto per chi, come lei, era abituato a leggere il linguaggio del corpo. Poi chiese:

«Ciao, Manuel, posso sedermi?».

La confidenza di quella sconosciuta non sorprese il giovane, che rispose secco:

«No, e anzi è meglio che cambi aria. Chiunque tu sia».

Sara si sforzò di essere più convincente:

«Ho solo un paio di domande per te, magari i nostri interessi coincidono, e potremmo...».

Manuel si alzò di scatto. «Sai che c'è? Me ne vado io. Pagami il cornetto e il caffè, se i nostri interessi coincidono. Ciao ciao.»

Il ragazzo, però, non riuscì a muovere un passo, perché il manone di Pardo, materializzatosi alle sue spalle, lo inchiodò di nuovo sulla sedia con un brusco strattone:

«Ehi, quanta fretta. E che maleducazione! Non ci si rivolge così a una signora. Non ti hanno insegnato le buone maniere?».

Gli occhi neri di Manuel si spostarono da Pardo a Sara, valutando le possibili vie di fuga, quindi tornarono su Davide, che si era accomodato in modo da averlo sempre a tiro. Il giovane era abituato a modificare i suoi piani in base al mutare delle condizioni, così comprese al volo che non poteva più sottrarsi al dialogo con quei due, e assunse un'espressione beffarda. «D'accordo, ma almeno offritemi la colazione e ditemi chi cazzo siete.»

Pardo allungò di nuovo la mano e strinse con forza il polso di Manuel, strappandogli un lieve lamento. «Allora, giovanotto, tanto per evitare equivoci: chi siamo noi non è rilevante. Importa chi sei tu, invece. Cioè un ladruncolo da quattro soldi che, nella migliore delle ipotesi, può aspirare a un paio d'anni in appello, ammesso che abbia la condizionale. Ti abbiamo pure immortalato in un bel servizio mentre eserciti la tua professione. Per inciso, stai una chiavica perché non sei per niente fotogenico. Quindi la tua prima preoccupazione dovrebbe essere di non finire in galera. È chiaro?»

Il ragazzo spalancò gli occhi, fingendo meraviglia:

«Accidenti, è arrivato Batman! Me la sto facendo sotto. Ora posso avere l'onore di sapere che volete da me, o dobbiamo continuare con questa commedia?».

Pardo era sul punto di tirargli un ceffone, ma Sara lo bloccò con un gesto. «Ascolta, Manuel, ci servono delle informazioni di cui potresti essere in possesso. Non devi accusare nessuno, e nessuno rischia di finire nei guai, a cominciare da te. Allora, possiamo parlarne?»

Il cameriere arrivò col vassoio, gettò un rapido sguardo a Pardo e chiese al ragazzo:

«Tutto a posto, Manuel? Stai bene, sì?».

Il giovane annuì sorridendo. «Tranquillo, Miche'. Con me non ci stanno mai problemi. Poi, col caffè che fate qua, che mi può succedere?»

Pardo restituì l'occhiataccia al cameriere, che se ne andò indietreggiando piano, senza smettere di fissare il poliziotto.

Piscopo si rivolse a Sara, masticando il cornetto:

«Avanti, signora, ma ricordati che domandare è lecito, rispondere è cortesia. E io, con chi non ha neppure la gentilezza di presentarsi, non devo per forza essere cortese».

«Lombardo» scandì la donna. «Antonino Lombardo.» Il nome era un amo, al quale si augurava che il giovane abboccasse.

In effetti, la risposta in termini di espressione arrivò, eccome. Manuel smise di masticare, gli occhi si spalancarono per ridursi un attimo dopo a due fessure, la mano sinistra ebbe un fremito, si chiuse a pugno per poi riaprirsi. Il naso lungo si arricciò e si distese. Sara colse con chiarezza l'impercettibile alterarsi della respirazione. Sorpresa, rabbia e paura si accavallarono in sequenza su quel viso come attori su uno schermo cinematografico.

Dopo qualche attimo, il ragazzo sembrò recuperare il controllo. Ingoiò il boccone, bevve un sorso di caffè e si asciugò le labbra senza mai guardare Sara in faccia, poi disse:

«Non ho la minima idea di chi sia, e non mi interessa nemmeno. Credo che abbiate sbagliato persona».

Sara si sporse verso di lui. «Fidati, Manuel. Noi siamo dalla tua stessa parte. Prima di morire, Lombardo voleva incontrare un tizio che ci sta a cuore. Poi c'è la vedova di un magistrato, che tu hai provato ad avvicinare. Noi dobbiamo sapere qual è il legame tra queste persone, che cosa voleva comunicare Lombardo al nostro amico, e per quale motivo tu andavi a trovarlo.»

Il giovane ormai era sulla difensiva, ma le circostanze elencate da Sara lo sorpresero comunque. La donna invisibile lesse la sua incertezza, e persino un filo di indecisione. Si morse il labbro inferiore, prima di optare per il mantenimento della distanza. «Quante belle favole, signora. Però ti ripeto che hai sbagliato persona.» Si alzò.

Pardo si mise in piedi a sua volta, sovrastandolo.

Il ragazzo, più basso di una decina di centimetri, lo spinse via.

Sara trattenne Davide. «Lascialo, tanto ci incontreremo ancora.»

Il giovane sogghignò:

«Tutto è possibile nella vita, ma tenderei a escluderlo».

Arrivato sulla porta, si arrestò. Tra le mani stringeva un portafogli, di cui stava ispezionando il contenuto con divertita curiosità. «Ispettore Pardo Davide. Uno sbirro, ovvio. E pure miserabile. Solo quindici euro, che tristezza.» Poi lasciò cadere l'oggetto e, mentre Davide allibito si toccava la tasca vuota della giacca, uscì dal locale.

XXXVI

Troppa luce oggi, pensò il ragazzo. Maledetto sole. Sfilò dalla tasca un paio di occhiali scuri e li inforcò. Era sempre stato convinto che un naso lungo presentasse dei vantaggi: per esempio, si disponeva di un'ampia superficie su cui decidere dove appoggiare le lenti. Stavolta mise il ponte della montatura in una posizione intermedia tra la punta e la radice, tanto teneva sempre la testa bassa e lo sguardo a terra.

Camminò svelto ma senza correre: per allontanarsi dal bar, non per squagliarsela. Capirai che m'importa, rifletté: io scappo sempre, in qualsiasi direzione vada. Solo che non si può fuggire da se stessi. È quello il problema.

Il poliziotto e la donna dai capelli grigi volevano sapere del vecchio. Di lui e della vedova. Cercavano informazioni chissà per conto di chi e chissà perché.

Il ragazzo ignorava quale segreto il vecchio si fosse portato nella tomba. Conosceva dei frammenti della sua vita, questo sì; e forse i due del bar erano interessati proprio a quelli, che poi magari erano tutte cazzate, le favole di un povero vecchio ammalato.

Scansò un barbone, percepì il fetore di alcol del suo alito, indugiò sulla mano tesa.
Il vecchio.
E ricordò.

La partita era combattuta. Si giocava per soldi, quindi scorreva il sangue. In senso letterale. Perché si entrava coi gomiti alti, e nei contrasti il piede non si tirava mai indietro. Già in due, uno per squadra, erano usciti piangendo.

Tutto intorno alla rete metallica era pieno di gente, perché partite come quella valevano il doppio, se finiva a mazzate. Il quartiere era così.

A terra cemento, pietre, persino cocci di bottiglia: dopo novanta minuti, il portiere sembrava un pugile al tappeto, e a volte ci pensava un attaccante a spaccargli i denti o a rifilargli una bella testata in qualche mischia in area, così, solo per intimidirlo.

Ma se uno nasce portiere, è portiere per sempre. Ha una vena di follia e non soffre la solitudine. È diverso dagli altri: possiede i superpoteri, ed è l'unico che può usare le mani. Non segna, la gloria non gli interessa, chi se ne fotte della gloria, vale molto di più strozzare l'urlo in gola agli avversari, spegnere i sorrisi, avvelenare la loro giornata. Ma se uno nasce portiere, è portiere per sempre. E tifosi non ne tiene, perché si urla di gioia per quelli che la buttano dentro, non per quelli che stregano un attaccante.

Lui era portiere. Da sempre, dall'inizio. Per quella vena di follia, e perché non temeva la solitudine.

Si accorse del tizio tra il pubblico perché se ne stava in disparte, dal suo lato del campo. E nel secondo tempo si avviò lento, camminando con un po' di fatica, verso la sua porta. Non seguiva le traiettorie e i rimbalzi del pallone. Si limitava a fissarlo.

Lui giocò, e non ebbe paura. Giocò e spense entusiasmi, scansando i complimenti dei compagni, perché non gli interessavano. Follia e solitudine.

Alla fine era sporco di sangue, in faccia e sulle mani, nemmeno sapeva se era il suo. Mentre gli altri se la prendevano con l'arbitro, con dio o con entrambi, lui ritirò la quota della vincita e lasciò il campo di quella battaglia.

Il tizio lo seguì per parecchio, quasi fino alla casa. A un certo punto lui si voltò e chiese: «Che cazzo vuoi? Sei un rattuso ricchione?».

L'altro scuoteva la testa e lui provò un disagio che non si spiegava.

«Era portiere pure mio figlio» mormorò il tizio. «Era proprio bravo. Diceva che in porta si sentiva felice. Io non lo capivo. "Ma non saresti più contento a segnare?" gli chiedevo. "No" mi rispondeva. "Non capisci, papà. Io sono il portiere."»

Lui riprese a camminare, con il tizio dietro. Era vecchio, ma la faccia, la faccia era la stessa che ogni mattina gli restituiva lo specchio. Il naso lungo, gli occhi profondi. Uguali. Si fermò di nuovo e domandò con gentilezza: «Dove giocava, tuo figlio?».

«Dove capitava» disse il vecchio. «Per strada, nei cortili, ovunque, finché ha potuto.»

«Poi?»
«Ha smesso.»

Manuel affrettò il passo, doveva sbrigarsi; se tardava, non lo lasciavano entrare.

Si chiese se i due tipi del bar fossero sbirri. Be', uno lo era di certo. Anche se pareva in imbarazzo, come se non fosse in veste ufficiale. Ne aveva incontrati di poliziotti, gente che preferiva arrotondare con le mazzette o finire a libro paga di qualcun altro, magari uno della squadra avversaria. Nemici dalle otto alle diciassette, soci dalle diciassette alle otto. Del resto, si deve pur campare, no? Ecco, l'uomo era un po' così. Ma non gli era sembrato un corrotto, piuttosto uno che per qualche motivo non può esibire il tesserino. Quella curiosa era lei, la donna coi capelli grigi. La si notava a stento, e se l'era trovata accanto al tavolino come se fosse sbucata dal nulla. Poi aveva parlato e… La voce e gli occhi lo avevano rapito. C'era mancato poco che le dicesse del vecchio.

Lo ritrovò ancora, fuori dalla scuola. E di nuovo al campo. E sotto la casa, tre volte. Rimaneva in silenzio, lo osservava. Lui se ne sarebbe fregato, o lo avrebbe sfottuto; oppure avrebbe coinvolto quattro o cinque dei peggiori, quelli grossi, che lo avrebbero pestato lasciandolo a terra senza respiro, magari morto, tanto era malconcio e zoppicava pure, un paio di calci e sarebbe crepato. Ma c'era il problema dello specchio, e di come il vecchio gli raccontava del figlio. Al passato. Un altro che stava tra i pali, perché era nato portiere, e forse si divertiva a spegnere i sorrisi.

Lui però si divertiva anche con Sebastiano 'o Fesso, chiamato così perché ripeteva sempre che se non fosse venuto al mondo fesso, sarebbe stato miliardario; del resto fotteva i portafogli come nessuno in città. Che significava nessuno sulla faccia della Terra. La città quello teneva: il caffè, la pizza e lo scippo. Quindi, se eri il meglio in quel posto eri il meglio ovunque.

Lui ci rideva e scherzava con Sebastiano, che però aveva smesso di rubare perché aveva sei figli e se lo pigliavano e finiva in galera, chi gli dava da mangiare alle creature? Così lui era diventato molto più bravo. Si organizzava con gli amici e giravano, ridevano, sfioravano e controllavano chi di loro aveva alzato più borsellini. Se Sebastiano era fesso, lui lo era mille volte di più.

Il vecchio lo seguiva da lontano. Aveva lo sguardo vuoto, ma lui conosceva lo specchio e intuiva che non era contento se li vedeva giocare a chi svuotava più tasche. Invece gli piaceva quando parava, anche se usciva dal campo sporco di sangue.

Una volta lo aspettò dietro un angolo col coltello, e lo minacciò: «Adesso o mi dici chi cazzo sei e che vuoi da me, o sparisci».

La donna dai capelli grigi era sfuggente, ragionò Manuel dirigendosi verso l'ospedale. E aveva una strana urgenza negli occhi. Magari quello che stava cercando era davvero importante.

Ma perché avrebbe dovuto aiutarla e ammettere di conoscere il vecchio o la vedova, o entrambi? Chissà che avrebbero pensato. Chissà che avrebbe creduto, la donna.

Lui però era abituato a contare solo su se stesso. Poteva scegliere tra ciò che gli conveniva e ciò che non gli conveniva. E aprire la bocca con quei due non gli avrebbe procurato alcun vantaggio.

Poi doveva concentrarsi su Carla. Perché un uomo deve prendersi cura della sua donna, per forza. Non poteva permettersi distrazioni. Non c'era tempo. Era quello che gli aveva raccomandato il vecchio. E lui gli aveva anche voluto bene.

Il vecchio non badò al coltello e lo fissò con gli stessi occhi che lo guardavano ogni giorno allo specchio. «Non voglio niente» rispose. «Io da te non voglio niente. Ma siamo rimasti solo noi due.»

«Come sarebbe? Che significa?»

«Mio figlio era un bravo ragazzo» continuò il vecchio. «Era solo un po' debole, come la madre. Ci somigliavamo molto.»

Lo specchio, pensò lui, ma non disse niente. Invece domandò: «E ora dove sta?».

«Se n'è andato. Ha deciso così, e se era quello che desiderava, è stata la soluzione migliore. Era un poco pazzerello. Ed era solo. Follia e solitudine. Se uno nasce portiere, è portiere per sempre. Tua madre era la sua ragazza. Non sono stati insieme per molto. Mio figlio non ce l'ha fatta. E neanche lei. È così?»

Lui restò in silenzio, ma era come se avesse risposto.
«Lo vedi, siamo rimasti io e te? Ti ho cercato e ti ho trovato. Ti ho spiato per tanto tempo, e tu non ti sei accorto di me. Ma adesso devo parlarti. Per forza, tra poco non ci potremo vedere più.»
«Perché?» chiese lui.
«Devo andare in prigione. E non credo che ne uscirò.»

Chissà perché non ci sono mai riuscito, pensò Manuel camminando nella luce intensa del sole.

Chissà perché dopo qualche tempo, quando mi mandò a dire dov'era, sono andato a trovarlo. Chissà come aveva scoperto della casa famiglia. Mi parlò con voce gracchiante mentre quegli occhi bruciavano per la febbre, la solitudine, e i ricordi. Quegli occhi che avevano tagliato la sua vita in due, dal momento in cui avevano visto il figlio impiccato, quando dopo tutti gli sforzi compiuti per salvarlo era rimasto solo un cadavere rigido e freddo.

Chissà se si era pentito e se, potendo tornare indietro, avrebbe compiuto scelte diverse.

Chissà perché non sono mai riuscito a chiamarlo nonno, pensò Manuel mentre il sole lo abbagliava. E si sistemò gli occhiali sul naso, per nascondere le lacrime.

XXXVII

Ancora una volta superarono l'impasse grazie a Viola. Sara ne fu felice perché conosceva la tendenza della ragazza a deprimersi; rischiava di spegnersi, in assenza di stimoli che la distraessero dalla cura di Massimiliano.

Viveva una situazione per certi versi speculare a quella di Pardo, che al contrario tendeva a concentrare sul bambino tutte le proprie attenzioni. Aveva persino preteso di conferire col pediatra, che l'aveva rassicurato circa la febbricola del bambino, attribuibile a una banale infreddatura. «Lei è il padre?» aveva domandato il medico. «Di più» aveva risposto l'ispettore piccato; poi, pessimista com'era, aveva dubitato della diagnosi, riproponendosi di svolgere ulteriori accertamenti.

Concluso il dibattito sullo stato di salute del bimbo, e preso atto che la loro indagine si era arenata, Viola disse:

«Dunque, se la vedova e Piscopo non si decidono con le buone, dobbiamo metterli alle strette in qualche modo».

Pardo, misurando per l'ottava volta in due ore la temperatura di Massimiliano, rispose scontroso:

«Bella idea. Potremmo rapirli e seviziarli. No, perché ormai mi manca solo questo per finire in galera. Non ho nemmeno potuto dare conforto al povero Fusco, aggiornandolo su qualche nostro progresso. Sta sempre peggio. Quindi che soluzione proponi?».

Viola scrollò le spalle:

«Non pretendo di persuadere Schopenhauer, qui, a prendere la vita con entusiasmo, per carità, ma vorrei che ragionassimo sui punti deboli di Manuel e della signora, e sugli elementi che potremmo sfruttare a nostro vantaggio».

Sara sospirò:

«Con la vedova non ci sono margini. Sono sicura che abbia paura. Anzi, è proprio terrorizzata da un segreto che custodisce, e questo la rende ancora più diffidente. Invece la De Rosa, l'assistente sociale, potrebbe essere la crepa nella corazza di Manuel. Lui si comporta da guappo e fa di tutto per apparire aggressivo, ma in fondo è un sentimentale. Il linguaggio del corpo non mente».

Pardo commentò, aggressivo.

«E certo, adesso dobbiamo pure porci il problema dello scippatore sensibile che forse, o forse no, intendiamoci, ha ricevuto le confidenze di un detenuto morente, tipo l'abate Faria, che forse, o forse no, possiamo collegare a informazioni riservatissime di cui forse, o forse no, è in possesso una vecchia pazza con un cane più vecchio e pazzo di lei. Dài, su, stiamo brancolando nel buio».

Viola lo ignorò, e si rivolse a Sara sorridendo:

«Esatto, il nodo è Carla De Rosa, che Piscopo visita ogni giorno in ospedale. L'unico obiettivo del ragazzo è che lei entri in quel protocollo sperimentale. Allora mi chiedo, e ti chiedo: per quale motivo uno che deve procurarsi in fretta molti soldi tenta di avvicinare la vedova Maddalena venendo cacciato in malo modo e correndo il rischio di essere arrestato?».

Suo malgrado, Pardo si fermò a considerare quel ragionamento:

«La sta ricattando. Ma come?».

La ragazza alzò le spalle:

«Questo lo ignoro. Quanto a beni intestati, però, la vedova risulta facoltosa. Ho un amico all'Agenzia delle Entrate. Non ha un patrimonio immenso, per carità, ma è ricca. I quattrini da dare al ragazzo ce li avrebbe di certo».

Sara intervenne:

«Ma lei non vuole scambiare una sola parola con Piscopo. Perciò, o lui non ha niente in mano per spillarle il denaro, oppure...».

Pardo concluse:

«O magari la vecchia non sa, e nemmeno vuole sapere, cosa ha da dirle il ragazzo. E scommetto che c'entra con qualche rivelazione di cui Lombardo ha messo al corrente Piscopo, e col motivo che ha spinto Virgilio Maddalena ad andare a trovare Antonino in galera».

Viola gli sorrise come se il poliziotto fosse un imbecille che ce la sta mettendo tutta. «Bravo! Quindi riduciamo i vari fattori al comun denominatore, e concentriamoci su Manuel.»

Sara annuì, seria. «Bisogna convincerlo. E l'unica che può aiutarci è la De Rosa. Ma come...»

Viola batté le mani entusiasta:

«Forse ho la soluzione. Se mia zia Adelaide chiede un favore alla sua collega, possiamo incontrare Carla domani, prima dell'orario di visita, meglio se in un posto diverso dalla stanza, per evitare orecchie indiscrete. Le spieghiamo la faccenda, calchiamo sull'eventualità che il ragazzo combini qualche sciocchezza per rimediare i soldi che servono per le sue cure sperimentali. Solo lei può far cambiare idea a Manuel».

Pardo scosse la testa:

«No, no e no! Guarda che questa ci denuncia. Poi perché dovrebbe privarsi dell'unica possibilità che ha di guarire? Se il ragazzo rinunciasse al ricatto o a qualsiasi piano che ha architettato, la De Rosa sarebbe condannata, non lo capite? Non otterremo niente in questo modo».

Sara rifletté sulla proposta di Viola, ma anche sulle ragioni di Pardo, che erano valide. Perché Carla avrebbe dovuto assecondarli?

Tu sei una luce, amore mio. Illumini tutto, anche quelle parti di me che non conoscevo: alcune sono bellissime, altre terribili; e persino le più insignificanti assumono un'importanza diversa, grazie a te. Al di là di quello che vedi, di ciò che sai o saprai di me e del mio passato, non dimenticare che sei stata tu a mostrarmi chi sono davvero, senza più ombre, come sotto il sole di mezzogiorno. Tu sei la mia luce immensa.

«Può funzionare, Viola, sì. Il motivo è l'amore, per quanto non siamo sicuri di quello che Carla provi per Manuel. Salvarlo da se stesso e dalle conseguenze dei suoi atti potrebbe contare per lei persino più della sua stessa vita. Se lo ama, ci aiuterà.»

Viola sorrise, felice dell'approvazione di Sara. «E questa volta io devo esserci per forza. Mia zia non ci ascolterebbe, altrimenti.»

Pardo sbuffò:

«Meglio, così mi risparmio l'ennesima denuncia e resto qui col mio ometto, perché è al sicuro solo con me. Che sia chiaro».

XXXVIII

Attraverso l'addestramento e lo studio, Sara aveva affinato all'estremo le proprie capacità. Sapeva leggere le espressioni, i gesti e il linguaggio del corpo. E le bastò uno sguardo per interpretare i segni che aveva davanti. Un sopracciglio appena inarcato, il mento un po' sollevato, il pugno sul fianco, un piede leggermente in avanti rispetto all'altro tradivano curiosità. Le labbra strette e il capo inclinato da un lato manifestavano iniziale diffidenza. La schiena dritta, i capelli tinti di un biondo oro e il gesto secco con cui li ravviava raccontavano di una donna per certi versi sfrontata.

In quarant'anni di carriera, Adelaide aveva imparato a cogliere la sostanza al di là delle apparenze. I capelli grigi e l'assenza di trucco indicavano disinteresse per forme e finzioni. L'igiene e il corpo tonico significavano una cura per la propria persona che prescindeva dal giudizio degli altri. Gli occhi intensi che non sfuggivano, il busto eretto e l'assenza di espressioni di circostanza attestavano la franchezza dei modi.

Il reciproco esame durò circa trenta secondi, con grande imbarazzo di Viola, che osservava ora l'una ora l'altra muovendo la testa come l'arbitro di una partita di tennis. Poi le due donne sorrisero e si tesero la mano.
L'infermiera disse:
«Ecco la nonna giusta per Massimiliano. Viola mi aveva spiegato che eri l'esatto contrario dell'Arpia. Quella, sotto la messa in piega, ha solo segatura. Piacere di conoscerti».
Sara ricambiò la stretta:
«È un piacere anche per me, Viola non sbaglia nel valutare le persone e non sarà un caso che tu sia l'unica che le piace della sua famiglia».
Adelaide ammiccò alla nipote. «Anche perché siamo rimasti in pochini... Ma veniamo al dunque: adesso vi accompagno nella sala infermieri di Immunologia clinica, dov'è ricoverata la De Rosa. Anna, la mia collega, ha accennato a Carla che due mie amiche vogliono parlarle. Mi raccomando: non può stancarsi o agitarsi. È affetta da una terribile patologia degenerativa che le causa un'enorme sofferenza. Avete mezz'ora, poi Anna la riporta in stanza, che abbiate finito o meno. Chiaro?»
Sara annuì con convinzione, mentre Viola rispose:
«Grazie per questo immenso aiuto, zia. Ti assicuro che agiamo così per il bene di...».
Continuando a fissare Sara, Adelaide interruppe la ragazza:
«Tesoro, io non ho chiesto niente e non voglio sapere niente. Se mi sono fidata di te prima, devo fidarmi anche

adesso. Ma sono obbligata a tutelare la paziente, perché della sua salute è responsabile Anna. D'accordo?».

La sala infermieri di Immunologia clinica era un ambiente pulito e allegro, pieno di soprammobili e disegni colorati: assomigliava più alla segreteria di una scuola elementare che a un ospedale. Le accolse Anna, la caposala, che sorrise a Viola. Poi chiamò un'infermiera, giovane e graziosa, che le fece accomodare e uscì. Rientrò qualche minuto dopo, spingendo una sedia a rotelle su cui se ne stava una donna con un plaid sulle gambe che le copriva anche gli avambracci.

Il viso presentava le innegabili tracce di una trascorsa bellezza. Gli occhi erano scuri e profondi, gli zigomi alti, i capelli biondo miele, i lineamenti raffinati e regolari; la malattia, però, stava cancellando tutto. La pelle tesa costringeva la donna a lottare contro una smorfia involontaria. Lo sforzo doveva essere immane. La fronte e le guance erano lucide e raggrinzite, e gli occhi avevano assunto un taglio obliquo.

L'infermiera sorrise e la rassicurò:

«Carla, ripasso tra mezz'ora. Se vuoi tornare in stanza prima, fammi chiamare e arrivo subito. Hai capito?».

La donna ricambiò il sorriso annuendo. Attese che l'altra lasciasse la stanza, quindi si rivolse alle due sconosciute:

«Salve. A che devo questa visita inattesa?». Il tono era tranquillo, curioso, privo di inquietudine.

Viola scambiò un cenno d'intesa con Sara:

«Signora, le sembrerà tutto molto strano e premetto

che, se non volesse aiutarci, comprenderemmo. Sappiamo che sta soffrendo e ci dispiace molto, ma è possibile che qualcuno a cui tiene stia per cacciarsi in una brutta situazione, e così abbiamo preferito disturbarla, piuttosto che consentirlo».

L'espressione di Carla cambiò d'improvviso, e una terribile angoscia si dipinse sul suo volto:

«Manuel. Gli è successo qualcosa, non è vero? Vi prego, ditemelo subito!».

Sara fu pervasa da due emozioni contrastanti: da un lato provò rammarico per aver causato un simile turbamento, dall'altro quella reazione la rassicurò sull'esito dell'incontro. Viola, pensò, era un piccolo genio del male. Poi rispose:

«Sì, Carla, siamo qui per Manuel. Non si preoccupi, sta bene e non si è ancora messo nei guai: ma potrebbe accadere molto presto».

La De Rosa si voltò a guardarla e disse:

«Se siete venute da me, significa che c'è ancora tempo. Ma, prima di tutto, voglio sapere chi siete».

Sara si aspettava quella domanda, e aveva già deciso di essere sincera, per quanto possibile. «In passato lavoravo per un'unità dei Servizi, ora sono in pensione. Viola è una mia giovane amica, fa la fotoreporter ma non esercita. Siamo venute a conoscenza di una questione delicata, che vorremmo raccontarle, se acconsentisse ad ascoltarci.»

La donna annuì, e Sara con concisa pacatezza la mise al corrente dei fatti. Le parlò di Pardo e di Fusco, senza accennare all'omicidio di Ada, indugiando invece sulla malattia terminale dell'ex poliziotto; le disse di Lombardo, dei suoi possibili segreti, della richiesta di incontrare Angelo prima di morire, e del collegamento col magistrato Virgilio Maddalena, l'unico oltre a Manuel ad aver visitato Antonino quando era detenuto; non omise nemmeno il tentativo del ragazzo di avvicinare la vecchia e la reazione della donna. «Insomma, abbiamo motivo di credere che Manuel intenda ottenere dalla vedova i soldi necessari per... per alcune cure di cui lei, Carla, ha bisogno. C'è l'eventualità che questo progetto si concretizzi in maniera illecita. Ma la signora Maddalena dispone di conoscenze importanti e potrebbe rovinarlo.»

Carla, che aveva ascoltato in silenzio senza perdersi neppure una sillaba, disse:

«E perché siete qui? Dubito che c'entri la filantropia».

Le due donne avevano previsto quell'obiezione.

Fu Viola a replicare. «Dobbiamo scoprire quali informazioni Lombardo intendeva rivelare a Fusco. Sta morendo, e crediamo che meriti di andarsene sereno. Siamo convinte che Manuel sappia tutto, anche quale fosse il collegamento tra Lombardo e Maddalena. Non ha commesso reati, ma è determinato a trovare il denaro per lei e temiamo che possa combinare qualche sciocchezza. Vorremmo impedirglielo.»

Sara intervenne con dolcezza:

«Ma Manuel non ha voluto parlarci, Carla. Ha persino negato di conoscere Lombardo, e invece siamo certi che sia stato a trovarlo in ospedale. Vorremmo solo che lei ci aiutasse a scoprire la verità, o che almeno provasse a convincerlo ad aprirsi con noi. Prima di tutto, per il suo bene».

La De Rosa tacque, il respiro corto, gli occhi fissi su Sara. Le labbra tese le lasciavano scoperte le gengive in un ghigno innaturale.

Tirò fuori a fatica un braccio da sotto la coperta, e lo alzò davanti a sé come fosse un oggetto inanimato. Le dita adunche, piegate ad artiglio, grigiastre e immobili, assomigliavano a un'orrenda scultura in pietra. La mano era rinsecchita, scheletrica. L'epidermide ispessita, traslucida, le nocche arrossate e malsane.

Viola rabbrividì.

Carla mormorò:

«La vedete questa mano? È così che è cominciata».

XXXIX

È cominciata così, circa un anno fa. E da allora non si è più fermata.

È doloroso, sapete? Molto doloroso. Si perde la sensibilità, sembra che il sangue smetta di scorrere. È come se qualcuno ti torcesse le dita sempre più forte. Una tortura inspiegabile che non dà tregua.

Ti chiedi perché. Perché proprio a me? Le cause non sono genetiche, e non esistono spiegazioni. Allora perché proprio a me? Nessuno conosce il motivo.

Io ero quasi felice. Ma ignoravo di esserlo, presa da mille problemi. Non credevo che fosse lecito essere se stessi. Le convenzioni sociali mi sembravano insormontabili. Ora, invece, le trovo buffe e, se potessi tornare indietro, sai come me la godrei quella felicità, che risate in faccia a tutto e a tutti... Chi se ne frega dei vostri giudizi! Invece non si può, e bisogna soltanto rassegnarsi.

Io amo Manuel. Potrebbe essere mio figlio, e in qualche modo lo è. Ci siamo incontrati in una casa famiglia; io ero la responsabile, lui un orfano. Il mio ruolo mi imponeva di essere una figura materna, funziona così. Lo so, è orribile innamorarsi di un figlio. Quindi suppongo di essere stata un fallimento nella mia professione.

Ma Manuel non era un bambino, e io non l'ho cullato. L'ho conosciuto che era un ragazzo. Anzi, credetemi, era già un uomo. Io non so se avete mai provato un sentimento che la ragione vi costringe a negare. Ti senti lacerato, mentre due voci urlano dento di te. Una che continua a ripetere: "Sei pazza, non ti rendi conto delle conseguenze, ti rovinerai e lo rovinerai". E l'altra che ribatte testarda: "Non importa, lui è un uomo e tu sei una donna, la pelle desidera, il cuore non mente".

Non potete immaginare quante volte mi sono sottratta. Quante volte sono fuggita rimanendo immobile, nascondendomi dietro un sorriso, una battuta, una scrollata di spalle. Lui mi corteggiava maldestro e tenero com'è, e io mi sentivo quegli occhi enormi e disperati addosso, sulla schiena, sulla bocca. Mi chiamavano, quegli occhi. Mi supplicavano, mi imploravano. E io scappavo.

Manuel ha molti talenti e mille risorse. Certo, è cresciuto combattendo con le unghie e con i denti; viene da un posto che non perdona, in cui la sensibilità è sempre scambiata per debolezza. E la debolezza, in periferia, è un peccato mortale. Per sopravvivere giorno dopo giorno, ha dovuto usare le sue abilità nel verso sbagliato.

Di sicuro avete scoperto come si mantiene. Anche se nega, per me è un libro aperto, e dietro quella vaghezza nasconde segreti. Sul suo lavoro è sempre evasivo. E voi non sareste qui, se lui vivesse in modo onesto.

Non lo biasimo. Il mondo gli è crollato addosso due volte. La prima quando è morta la madre, una donna disperata. La seconda quando io mi sono ammalata.

Sì, stavamo insieme.

Avevo ceduto al cuore, mettendo da parte la ragione. Chissà, forse sentivo arrivare la malattia; forse immaginavo che, da un giorno all'altro, avrei perso la possibilità di essere felice. Penso a questo nelle inutili, infinite ore che trascorro qui dentro, fissando il soffitto. Forse è stata la vendetta per quella felicità, o la punizione per un rapporto contro natura.

Avevamo affittato una piccola casa nei vicoli, dove nessuno si interessa agli affari degli altri, e si bada solo a tirare avanti. Ci siamo stati poco, nemmeno sei mesi: ma è stato il periodo più bello della mia vita.

Poi le dita hanno cominciato a ingrigirsi.

Mi hanno spiegato che si chiama fenomeno di "Raynaud". All'improvviso le terminazioni della mano cominciano a formicolare, perdono sensibilità e iniziano a far male al contatto col freddo o a causa di alterazioni emotive. Dopo diventano bluastre, e poi bianche. Questa patologia, si è scoperto, era solo il sintomo di un male più grande, perché poi mi hanno diagnosticato la sclerosi sistemica. Sono seguiti il bruciore di stomaco, la difficoltà a deglutire, la respirazione affannosa. E un dolore insopportabile che si estende a tutto il corpo. Alla fine, la faccia si deforma, a quel punto desideri di morire il prima possibile.

Non c'è cura per la sclerosi sistemica. Colpisce troppo poca gente, e le case farmaceutiche non investono in ricerche lunghe e costose, se non c'è da guadagnarci. Perché i malati sono un mercato. Ci avete mai pensato? Io no.

Mi sono rassegnata, è stato facile. Non ci ho messo molto, forse dentro di me ho sempre saputo che non sarei vissuta a lungo. Sono rimasta orfana anch'io, ma da piccola, mi ha cresciuta una zia che mi ha consentito di studiare. Poi se n'è andata anche lei. Sono abituata alla morte e a considerare l'esistenza un passaggio veloce.

Io mi sono rassegnata, Manuel no. È convinto che troveranno la cura, così io tornerò da lui e saremo di nuovo felici.

Ho provato a spiegargli che è impossibile, che non saremmo comunque in tempo, che la mia malattia è a uno stadio avanzato. Vorrei che smettesse di venire, che si risparmiasse questo strazio e non respirasse quest'aria terribile. Vorrei che non soffrisse più, che la finisse di sperare, che guardasse avanti, perché lui un futuro ce l'ha. Ma è testardo. Troppo testardo.

Non mi stupisce che abbia deciso di trovare i soldi per quel maledetto protocollo.

Io credo che sia un imbroglio. E forse lo sospetta anche Manuel. È testardo, sì, ma intelligente. È anche realista, e non si lascia trascinare dall'ottimismo.

L'ultima volta che ne abbiamo discusso, gli ho detto che lo stanno prendendo in giro, che quelle cure sperimentali sono una truffa. Allora lui mi ha guardata con i suoi occhi profondi e mi ha chiesto: «Perché, hai un'alternativa?».

No. Io non ce l'ho un'alternativa. Posso solo lenire il dolore con gli analgesici in vena e sperare di morire nel sonno. Questa è la mia alternativa.

Manuel non parla volentieri di Lombardo, e sono sicura che, se non avesse questa folle idea di salvarmi da un male incurabile, neanche me l'avrebbe confidato che andava a visitare una persona detenuta. Me l'ha raccontato da poco, evasivo come al solito. È il suo carattere, ed è inutile fare domande.

Anche se adesso sono stanca, e tra poco scivolerò in un sonno senza sogni, voglio ancora parlare con voi.

Lombardo era il nonno di Manuel. Il padre di suo padre, che non lo ha mai riconosciuto e si è suicidato prima che la madre finisse male anche lei, uccisa dalla droga o dall'alcol.

A volte scherza sul suo sangue, Manuel. Sostiene di essere condannato, ma non è vero. Il destino non esiste. Quanti ne ho visti di predestinati che hanno avuto una vita diversa da quella che sembrava già scritta, nel bene o nel male.

Lombardo lo ha conosciuto tardi, credo che lo abbia cercato quando ancora stava nella casa famiglia, poi non si sono sentiti per un po', ma alla fine si sono ritrovati.

Della vedova mi ha parlato poco. Secondo lui, potrebbe convincerla ad aiutarci. Ha accennato soltanto a una lettera, e a una vecchia storia. Ma è stato vago. E quando è vago, io mi preoccupo.

Perciò è plausibile che stia per cacciarsi in qualche guaio. Preferirei che mi togliessero i farmaci e mi lasciassero crepare tra i dolori, piuttosto che vedere Manuel mentre si rovina la vita per colpa mia. Perché, vi ripeto, lui un futuro ce l'ha. Deve dimenticarsi di me, deve godere del sole, del mare e del vento. Deve avere figli e nipoti, deve piangere e deve ridere. Quant'è bello, quando ride.

Lo convincerò a incontrarvi. Non so nulla di voi, ma non ho altri di cui fidarmi. Spero che siate sincere. Lasciatemi un numero, vi contatterà lui.

Non ho paura di morire. Sarei contenta di vivere, ma non ho paura di morire.

Voglio solo salvare l'uomo che amo. Da se stesso.

M'importa solo di quello.

XL

Sara si dispose ad attendere la telefonata di Manuel Piscopo, se mai fosse arrivata. Solo il ragazzo poteva svelare il frammento di verità che, sommato a quello in possesso della vedova, avrebbe consentito di risolvere il caso di Ada. Ma a essere onesti, dare un volto e un nome all'assassino della ragazza non era il principale motivo che spingeva la donna invisibile a indagare sui rapporti tra Antonino Lombardo e Virgilio Maddalena. La determinazione di Sara era dettata dal bisogno di chiarire il ruolo di Massimiliano in quella faccenda.

In un lontano pomeriggio di pioggia, era stato l'istinto, il suo incredibile talento nel leggere le passioni celate dietro alle espressioni, a permetterle di cogliere la tensione, persino una punta di paura, sulla faccia dell'uomo che aveva amato, mentre parlava con Lombardo per strada, nei pressi della sede dell'unità. Sara non aveva più visto una simile ansia su quel viso, che avrebbe guardato milioni di volte, imparando a distinguerne ogni sfumatura.

Il disagio e l'inquietudine che aveva provato allora erano rimasti sepolti in lei, muti, rimossi, dimenticati, eppure latenti, finché non erano tornati a galla per colpa dell'inconsapevole Pardo e del suo incontro con Fusco.

Poi Sara si era imbattuta nelle lacune dell'archivio nascosto in cantina. Se l'assenza di un dossier su Lombardo alimentava dubbi, la mancanza di un incartamento su Maddalena – un magistrato che si era occupato di terrorismo e criminalità organizzata, pur senza subire conseguenze, ed era incorso in un procedimento disciplinare – risultava inconcepibile e generava sospetti. Sara si sarebbe aspettata di trovare un'ampia raccolta di materiale sul PM che ne documentasse la carriera, le inchieste di cui era stato titolare, gli orientamenti politici, le vicende private e professionali. Invece non c'era nulla.

Mentre la notte allungava le sue dita all'interno della cucina dove per venticinque anni aveva riso, pianto e chiacchierato con Massimiliano, si chiese chi fosse stato davvero il suo compagno. Perché non si era mai confidato? Perché aveva taciuto circostanze così rilevanti per lui? A ossessionarla non era il desiderio di scoprire un segreto che sembrava impenetrabile. Era passato tanto tempo, e i pochi sopravvissuti di quella storia, come Fusco e la vedova Maddalena, non sarebbero campati ancora per molto. Erano rimaste delle domande, ma le risposte interessavano a pochi. No, non era per questo che voleva sapere.

Era per la porta che Massimiliano aveva serrato. E per il suo silenzio. Pur non intaccando il sentimento che Sara aveva nutrito e nutriva per lui, il vuoto di quelle omissioni incrinava una convinzione che, commettendo un errore palese, aveva considerato inscalfibile: la certezza di conoscere tutto dell'uomo che amava.

Infine, c'era un'evidenza più eloquente di ogni altro indizio: l'impercettibile esitazione di Andrea quando lei aveva pronunciato il nome di Antonino Lombardo. Lo aveva stanato, ne era sicura. Ma perché Catapano era al corrente di ciò che lei ignorava? E perché ancora adesso, dopo tante lacrime e tanto dolore, riteneva di dover mantenere il riserbo su quell'ombra che offuscava la vita di Massi?

Perciò doveva capire, per cacciare un fantasma, l'idea di aver abbandonato un figlio per un uomo diverso da quello che lei credeva; e, in fondo, anche per placare la sofferenza negli occhi di Angelo, e aiutare Carla a conservare il calore di un amore nato storto e cresciuto come l'erba cattiva, tuttavia puro e sconfinato come pochi. Era per questo che doveva sapere.

Prendendo una tazzina e mettendo il caffè sul fuoco, si interrogò su chi fosse stato in realtà Massimiliano Tamburi.

Andrea Catapano percepiva la notte alla finestra. Era una delle piccole, immense soddisfazioni che gli procurava la cecità, alla fine, erano molte più di quante la gente potesse supporre. Il buio, per le persone normali, era solo tenebra: l'abbraccio dell'oscurità capace di incutere timore per i pericoli e le insidie che poteva celare. Lui, invece, si godeva il buio sulla pelle, come se fosse immerso nella luce di una giornata di sole. Perché Andrea Catapano aveva il vantaggio di orientarsi senza incertezze quando gli altri procedevano a tentoni.

Aveva sempre ragionato in termini di vantaggio, mai di privazione o difetto: ascoltare senza essere sentito, vedere senza essere visto, ricordare senza essere ricordato. Il privilegio di possedere informazioni che altri non possedevano.

La mente dell'uomo che al davanzale respirava il buio andò a Sara. Mora non sapeva, ma in quel caso, lui non era in vantaggio. Si chiese per quanto ancora sarebbe stato possibile custodire il segreto. Gli era ben nota l'abilità della donna di carpire, al di là di ogni finzione, i pensieri più intimi e le intenzioni più recondite. Il punto però era un altro: lui aveva ancora l'obbligo di tenere fede alla consegna? Doveva rispettare la promessa che lo impegnava?

La memoria volò rapida indietro negli anni, riavvolgendo impietosa il nastro di un'esistenza consumata nell'oscurità, fermandosi ai giorni in cui, attraverso spesse lenti e senza discernere i particolari, le forme e le sagome avevano ancora un senso per i suoi occhi.

Si ritrovò nell'ufficio del capo, un pomeriggio di pioggia battente che sembrava sul punto di scardinare gli infissi opachi della falsa agenzia di import-export dietro cui si mimetizzava l'unità.

Rivide quell'uomo, che aveva venerato, che lo aveva scelto quando ormai Andrea era stato messo da parte, regalandogli così una nuova vita, e che lui aveva amato di un amore muto e disperato. Udì di nuovo il timbro della voce, identico a quello inciso sui suoi nastri, ma privato della sicurezza, dell'allegria, della forza e della determinazione che aveva sempre mantenuto, anche nelle situazioni più delicate e complesse.

Il Tamburi che ricordò, mentre il buio della notte di aprile gli sfiorava la pelle, era disperato, sull'orlo di un pianto che aveva spezzato il cuore di Andrea. Non lo aveva mai amato tanto come in quel momento, in cui avrebbe desiderato lenirne la pena con un abbraccio di tenerezza e di devozione.

«Capisci, Andrea?» gli aveva detto. «Se non accettassi, sarei perduto. E voi insieme a me. L'unità chiuderebbe, e del nostro lavoro non rimarrebbe traccia. Lui sa tutto. E ci metterebbe un attimo a informare chi immagini, poi anche agli altri. Ci sbatterebbero sui giornali e sarebbe finita. Come devo comportarmi?»

La memoria restituì ad Andrea le parole con cui aveva tentato di rassicurarlo: «Sono solo minacce, capo. Se rendesse pubblica la storia, si distruggerebbe, non potrebbe negare di essere responsabile di un insabbiamento. Non è un pazzo suicida».

Massimiliano aveva scosso il capo, le mani sulla faccia: «Fingi di non comprendere. Lui è rovinato comunque, la sua carriera è al capolinea. Vuole soltanto salvarsi il culo, conservare quello che ha guadagnato dopo il cambio di bandiera. Che non è poco».

Catapano intuiva con chiarezza i piani degli altri. Così, per salvaguardare il bene più prezioso, aveva risposto che sarebbe stato egoistico restare integerrimi distruggendo quello per cui avevano combattuto. Aveva garantito a Massimiliano che nessuno avrebbe mai sospettato niente, e che, se avessero cancellato tutto, non ci sarebbero stati altri danni.

Tamburi era rimasto in silenzio. Poi si era voltato e aveva raggiunto la finestra.

D'istinto, il cieco assunse la stessa posizione al cospetto della notte, le braccia strette al petto, le spalle un po' curve.

Ricordò, nella nebbia della vista ormai prossima a svanire, la schiena del capo che sussultava, come se stesse singhiozzando.

«Mora» sussurrò piano, sovrapponendo le parole a quelle pronunciate dall'amico tanti anni prima, «Mora non dovrà saperlo mai.»

Attraverso gli anni, Catapano avvertì ancora la stessa immotivata fitta di gelosia che aveva provato mentre la pioggia martellava sui vetri.

«Perché» aveva detto Massimiliano, «non potrei rinunciare a quella luce che le brilla negli occhi quando mi guarda. Le donne sono diverse: non accettano di considerare le mille conseguenze di una decisione. E ti garantisco, Andrea, che se ci fosse la possibilità di salvare anche solo una di quelle vite spezzate, non sceglierei in questo modo. Mi credi, no?»

La voce di Catapano echeggiò attraverso innumerevoli giorni e innumerevoli notti: «Sì, capo, ti credo. Ma devi accettare di abbandonare quello che ormai è andato, per preservare il resto. Perciò devi agire così. Anzi, *dobbiamo*, perché io ti aiuterò».

«Davvero?» aveva domandato Massimiliano. «Perché senza di te mi mancherebbe la forza.»

Andrea rammentò il senso di dolce potere, il tremito che scaturiva dalla consapevolezza di compiere un gesto di amore profondo. «Sì, ti aiuterò» aveva risposto. Ed era stato al suo fianco mentre praticavano l'arte di cui erano maestri: rimodellare la realtà, occultandone le parti che dovevano essere dimenticate.

Pian piano, la notte si arrendeva al silenzio. Il cieco pensò a Mora, al suo odio per le finzioni e gli inganni, all'abilità straordinaria con cui leggeva nella testa degli altri. Era sicuro che quando si erano incontrati al bar lei aveva colto da qualche sua impercettibile titubanza la verità che gli infestava la mente; forse aveva notato una lieve alterazione del respiro, oppure un microscopico tremito del mento. Era stato allora che aveva cominciato a prepararsi all'istante in cui sarebbe tornata a chiedergli conto di ciò che ignorava.

Si chiese se Massimiliano lo avrebbe sciolto dall'antico patto.

Passò qualche minuto a farsi accarezzare dal buio di aprile, in cerca di una risposta che non arrivò. E alla fine stabilì che avrebbe detto poco se Mora aveva capito poco, e tutto se la donna aveva compreso tutto. Era una questione di onestà nei confronti del proprio passato.

Perché lui era l'unico che aveva visto l'anima di Massimiliano Tamburi.

XLI

Quando Sara arrivò a casa di Viola, la ragazza stava litigando con Pardo.

I battibecchi tra i due erano diventati frequenti, e seguivano sempre lo stesso copione: la ragazza inveiva gridando e l'ispettore subiva, con la testa bassa e gli occhi persi nel vuoto, succhiandosi i baffi.

«Adesso devi dirmi quando ti ho dato il permesso di prendere questa iniziativa. E non girarci attorno, porca miseria!»

Davide rimase in silenzio, senza distogliere lo sguardo da un punto imprecisato davanti a sé.

Viola riprese:

«E hai anche tradito la mia fiducia, sostenendo che potevo lasciarlo con te senza problemi! Peraltro sapevi che ero impegnata in una faccenda di cui potevo occuparmi solo io, dato che l'infermiera che ci ha procurato il colloquio è mia zia! Allora, vuoi spiegarmi che diavolo ti è saltato in mente?».

Sara domandò, sconcertata:

«Ma che è successo? Pardo, che hai combinato?».

L'uomo non mosse un muscolo, salvo quelli che gli servivano per tormentarsi il labbro superiore.

Viola continuò a urlare:

«Hai presente quando è rimasto con Massi perché noi siamo andate all'ospedale? Be', torno e il bambino dorme. "Tutto bene?" gli chiedo. E lui: "Sì, certo". Poi se ne va, io cambio il piccolo e gli trovo un buco sul braccio! Ti rendi conto?! Un bu-co!».

La donna aggrottò la fronte senza capire:

«Che significa *un buco*?».

«Sara, non cominciare anche tu, adesso! C'era un foro sotto un cerotto. E adesso quello se ne sta là muto come un pesce!»

Sara si rivolse a Davide, indurendo appena la voce:

«Pardo, adesso ci spieghi perché c'è un buco sul braccio di mio nipote. Sbrigati». Non aveva alzato il tono, ma l'imperativo era di quelli inderogabili.

Il poliziotto sembrò riaversi, e replicò con aria di sfida:

«Se nessuno si preoccupa che questa creatura ha la febbre da giorni, allora devo provvedere io. Tutto qua».

Viola ringhiò:

«Ho chiamato il pediatra, dannazione! Ha detto che è un'infreddatura, che Massi presto starà meglio, e…».

Pardo la interruppe senza smettere di fissare il vuoto:

«Quello è un vecchio rimbambito. Così ho pregato un amico infermiere di passare per un prelievo».

Viola era esasperata:

«E non ti ha sfiorato l'idea di avvisarmi, cazzo? Io sono la madre. La ma-dre! Perché questo concetto non ti è chiaro? E tu... tu non sei niente! Non sei uno zio, non sei il nonno e, soprattutto, non sei il padre!».

L'ispettore abbassò la testa, come se avesse ricevuto uno schiaffo. Si alzò e uscì.

Prima che Sara potesse fermarlo, il telefono squillò.

Quando arrivarono al reparto di Immunologia clinica, furono bloccate all'ingresso perché erano in corso le pulizie.

Viola chiese di Anna, la caposala, che era stata già avvisata da Carla.

La donna le accompagnò nella sala infermieri, invitandole ad attendere.

Dopo qualche attimo, apparve Carla. Stava sulla sedia a rotelle e dietro di lei, a spingerla, c'era Manuel.

La donna, che sembrava più pallida e affaticata del giorno prima, disse:

«Abbiamo avuto una lunga discussione. Non voleva incontrarvi, ma io sono stata irremovibile: rifiuterò qualsiasi cura, compresi gli antidolorifici, finché non risponderà alle vostre domande. Sopravvivo solo grazie a quei farmaci, e stamattina ho deciso di non assumerli. È un ricatto, ne sono consapevole, ma non ho altra scelta».

Il ragazzo aveva le labbra strette e le mascelle serrate. Sara riconobbe i segni di una furia repressa a stento.

Carla riprese, ansimando:

«Sto troppo male e, se resto qui, rischio di svenire. Poi davanti a me Manuel potrebbe mentire, anche se ha promesso di non farlo. E lui mantiene la parola fin da quando era un ragazzino. Quindi adesso Anna mi accompagnerà a letto. Quando tutto si sarà risolto per il meglio, lascerò che m'infili l'ago della flebo, e finalmente dormirò. D'accordo?».

Manuel la supplicò:

«Ti prego, Carla. Non costringermi, non è giusto».

«Invece, lo è.»

Lui ripeté, disperato:

«Non puoi mettermi spalle al muro, maledizione! È pericoloso che altri sappiano i... i nostri progetti. E poi, chi sono queste due? Hai una minima idea? Magari dopo che apro la bocca, mi denunciano, e a quel punto come potrò aiutarti?».

Carla gli sorrise: vedere lo sforzo che le costò quel semplice gesto e tutto l'amore che esprimeva strinse il cuore a Sara e Viola. Quindi la malata chiamò Anna.

L'infermiera arrivò nel giro di pochi minuti. Gli occhi erano colmi di preoccupazione e si affrettò a portare via la De Rosa.

Piscopo squadrò le due donne con ostentato disprezzo. «Sarete contente, spero, fiere di sfruttare i sentimenti e la sofferenza di una che vale molto più di voi due messe insieme. Vi vergognate, almeno?»

Sara scosse piano la testa:

«No, non ci vergogniamo, perché prima abbiamo provato con le buone, e ci hai ignorato. E perché a qualche chilometro da qui c'è un uomo che si sta spegnendo tra i tormenti, e tu per egoismo nascondi le informazioni che potrebbero regalargli un po' di pace».

Viola aggiunse:

«E non abbiamo certo suggerito noi a Carla di sospendere gli antidolorifici. Dovresti comprendere invece quant'è grande il suo sacrificio, e permetterle di morire in pace».

Il ragazzo reagì con tanta veemenza che Viola si ritrasse di scatto. «Carla non muore, hai capito? Lei vivrà, perché la salverò io. Non mi credete, eh? Mi considerate solo un ragazzino, uno che si lascia imbrogliare, uno in cerca di soldi da perdere dietro a un'illusione. Ma io mi sono documentato, e ti assicuro che Carla non muore. Non ripeterlo mai più, puttanella, sennò ti scanno con le mani mie.»

Sara intervenne:

«Tu te ne stai buono e tranquillo, invece, altrimenti finisci dritto in prigione. L'hai dimenticato che abbiamo un'ampia documentazione sulle tue attività, ladruncolo da strapazzo? Non l'abbiamo raccontato a Carla perché abbiamo compassione per lei. Quindi ora hai la possibilità di vuotare il sacco; dando una bella prova di te alla tua donna, che finalmente potrà riposare, e insieme potrai risparmiarti la galera. Perciò, decidi. Il tempo a tua disposizione sta scadendo».

Viola lanciò a Sara un'occhiata di stima, anche se era rimasta colpita dalla durezza con cui si era rivolta al ragazzo.

Ci fu un lungo momento di silenzio, durante il quale la donna invisibile osservò Manuel con serafica calma, mentre l'altro schiumava di rabbia serrando i pugni.

Alla fine il ragazzo cedette, rassegnato:
«Che volete sapere?».
Sara annuì, soddisfatta, e si sedette. «Parlaci di Antonino Lombardo. E non omettere niente.»

XLII

Quindi volete sapere del vecchio.

Carla ve l'ha già detto che era mio nonno. Il padre di mio padre, per l'esattezza. Anzi, a essere precisi, il padre del tizio che si è scopato mia madre; doveva essere talmente fatta da dimenticare pure di proteggersi da una gravidanza indesiderata. E doveva essere fatto pure lui.

Sì, perché i miei erano due tossici. Forse è per questo che io non ho mai nemmeno toccato una canna: non mi va di finire come loro. Carla vi avrà spiegato che per molto tempo ho sentito la condanna del sangue. Lo ripete ogni volta che parla di me. Be', anche se con lei non l'ho mai ammesso, alla fine mi ha convinto che i predestinati non esistono, e siamo liberi di scegliere. Io non voglio che il mio destino sia segnato. Il vecchio, invece, è stato padre sul serio. Per tutta la vita. Ogni sua decisione, ogni errore che ha commesso, persino i guai in cui si è cacciato, sono stati sempre e soltanto in funzione del figlio, che a me manco mi ha voluto riconoscere. Quando si dice seguire l'esempio...

Comunque, non mi sono perso granché. Non ha realizzato niente di buono, come mia madre. Lei però era povera, lui no. E per la roba si è venduto tutto quello che poteva raccattare, un vero aspirapolvere. Alla fine s'è ammazzato. Il vecchio mi ha raccontato una dozzina di volte del giorno in cui lo ha trovato appeso al lampadario. E scoppiava sempre in lacrime. Vi rendete conto? Stava morendo in galera, dove l'avevano sbattuto per colpa di mio padre, e ancora si disperava quando ricordava com'era morto.

Io figli non ne voglio. E non perché Carla è molto più grande di me o perché è malata, no: non ne voglio per non ridurmi come il vecchio. Perché per sopravvivere bisogna imparare a regolarsi, e lui mi ha insegnato che un figlio può ucciderti.

Il vecchio non l'ho mai chiamato "nonno". Mi sembra una parola da bambini, come le favole, la pastina in brodo o le passeggiate mano nella mano ai giardinetti. Ma mi ero affezionato a lui. Gli somigliavo molto, avevamo la stessa faccia, era impressionante, sembrava di guardarsi in uno specchio che mostrava come sarei diventato. Ma non era solo per questo. Era che lui a me *si aggrappava*. Ero l'unico motivo per cui tirava avanti, proprio io che sono abituato a cavarmela da me e non sopporto di dipendere da nessuno. Tranne che da Carla, perché lei è speciale.

Il vecchio si era rovinato per pagare i debiti del figlio, e l'hanno mandato al fresco dopo che l'altro si era impiccato da anni. Incredibile, no? Invece succede, perché tra avvocati, prove testimoniali e ricorsi in appello, i tempi della giustizia sono questi. Io credo che a lui della galera non fregasse poi molto, era già malato e non gli mancava più di tanto quel mondo che lo aveva escluso senza pietà. Ma c'ero io, e per me si tormentava.

Non volevo che soffrisse, perciò andavo in ospedale. Lui, però, aveva una specie di radar, e si accorgeva subito se avevo qualche preoccupazione. E siccome ce l'avevo, a furia di insistere, ho accennato a Carla.

Ha voluto che gli dicessi tutto, per filo e per segno, più di una volta. Poi, un giorno, ha cominciato a confidarsi. E forse sarebbe stato meglio se avesse tenuto la bocca chiusa.

Era stato cancelliere del tribunale. Sembra un mestiere da niente, invece è una posizione che consente di organizzare maneggi su maneggi e tirar su dei soldi. E lui, disgraziato, ne aveva sempre bisogno.

Un giorno il figlio chiese del denaro ai tipi sbagliati, gente che comandava sulla città, quando a spartirsela erano in tre o quattro. Controllavano l'usura, lo spaccio e tutto il resto. Quella volta il vecchio non fu in grado di saldare il debito, e poco dopo mio padre sparì dalla circolazione. Allora lui lo cercò ovunque finché qualcuno non lo informò che se l'erano portato via loro. Non c'erano più speranze, insomma.

Gli dissi che a quel punto sarebbe stato meglio se si fosse rassegnato, che se non ci sono più margini, tanto vale mollare. E sapete che mi rispose il vecchio? Che se hai un figlio non molli mai; e che se si fosse arreso, io non sarei nato. Aveva una maniera tutta sua di ragionare.

Comunque, incontrò quella gente, di notte, rischiando che l'ammazzassero, e buttassero il corpo in mare, in una discarica o lo ficcassero in un pilone della tangenziale. Invece gli proposero un accordo: poteva azzerare il debito, ma avrebbe dovuto eseguire i loro ordini. Altrimenti erano morti, lui e pure il figlio.

A questo punto della storia, il vecchio ogni volta taceva. Secondo me si vergognava, non voleva ammettere di aver accettato la proposta, qualunque fosse. Ma io lo avevo capito.

Da allora lavorò per quella gente, a tempo pieno. Erano anni particolari, quelli non andavano per il sottile ed erano pronti ad accoppare chi si metteva di traverso. Gli introiti della droga erano enormi, e chiunque voleva guadagnarci. Se un pubblico ministero accettava di voltarsi dall'altra parte, di battere una pista invece di un'altra, o di ignorare un rapporto di polizia, c'erano quattrini per tutti. E un cancelliere era perfetto per contattare un magistrato e informarlo, coi dovuti modi, che da qualche parte lo aspettava un bel regalo.

Fu così che il vecchio ripianò i debiti del figlio. Era stato coinvolto in un affare grossissimo, eppure non l'hanno mai beccato per quello. L'hanno condannato per altro, niente al confronto. C'è da ridere, no?

Il magistrato corrotto era questo Maddalena, Virgilio Maddalena. È probabile che non fosse l'unico, ma contro di lui il vecchio aveva una prova, la lettera di un boss, uno dei più potenti, che era fissato con le intercettazioni: era così terrorizzato che qualcuno potesse registrare la sua voce, da usare solo bigliettini per comunicare.

Be', una volta il vecchio riceve un messaggio in cui il boss comunica a Maddalena dove sta la sua parte. Lui nasconde il foglio in un vecchio libro, in attesa di contattare il PM. In ballo c'era una grossa cifra, perché il processo era importante: bisognava escludere una prova che poteva costare l'ergastolo. Ma il volume con dentro la lettera sparisce. E salta fuori che il figlio se l'è venduto per comprarsi la dose. Incredibile, no? Quell'idiota ne ha combinata un'altra delle sue.

A questo punto il racconto del vecchio diventava sempre confuso. Cominciava a piangere, come se i ricordi gli spezzassero il cuore. Chissà che brutta scena riviveva ogni volta… Ma qualsiasi sbaglio ha commesso, non è colpa sua. Ha avuto solo una vita di merda.

Comunque alla fine, quel messaggio lo ritrova. E la transazione, diciamo così, va in porto.

Da allora erano passati molti anni, eppure il vecchio era sicuro che Maddalena fosse terrorizzato dalla possibilità che la faccenda tornasse a galla. E l'unica prova della corruzione ce l'aveva proprio lui, il vecchio. Mi rivelò dove la custodiva quando gli spiegai di Carla e del protocollo di ricerca.

Non volevo andarci nell'appartamento del vecchio. Tutti quei dettagli sul figlio appeso al gancio del lampadario e sulla corsa all'ospedale mi impressionavano: per questo, quando mi offrì di abitare lì da lui, rifiutai e cercai una casa in affitto. Ma siccome dovevo salvare Carla, be', superai la paura.

Adesso ce l'ho io la lettera, ma quella non ve la do. Mi serve, perché anche se Maddalena è morto, può essere che quella stronza della vedova i soldi li scucia in ogni caso: se minaccerò di spiattellare ai quattro venti che il marito era un venduto grazie al quale un assassino è rimasto a piede libero. Il problema è che la vecchia non vuole nemmeno ascoltarmi, neanche se ho fatto il nome di Lombardo davanti a lei.

Ma ci riuscirò, sapete? Ci riuscirò, perché Carla deve guarire. Lei è il mio unico amore.

Ora, per piacere, vi scongiuro di andare da lei a dirle che siete soddisfatte e che non volete altro. Deve prendere gli antidolorifici, poi potrò guardarla riposare.

Non avete idea di quanto sia bella, quando dorme.

Non avete idea.

XLIII

Davide non volle incontrare Sara a casa di Viola, com'era prevedibile. Il poliziotto passò a prenderla in macchina all'angolo dei soliti giardinetti. Da lì si mossero per raggiungere il luogo del successivo appuntamento.

La donna aggiornò Pardo sul racconto di Manuel.

Lui ascoltò in silenzio, guidando tranquillo. Quando Sara ebbe terminato, commentò:

«Tutto abbastanza chiaro. Ma nulla di nuovo sull'omicidio della sorella di Fusco. Piscopo vi ha solo riferito che Lombardo recuperò la lettera nascosta nel libro che il figlio aveva venduto per sbaglio, e questo lo collega alla libreria antiquaria, ma non alla scomparsa e alla morte di Ada. In pratica, abbiamo scoperto *quasi* tutto, ma niente di particolare sul delitto».

«Non è proprio così. Conosciamo la reazione emotiva di Lombardo quando parlava del messaggio per Maddalena, e sappiamo che il magistrato era preoccupato dall'eventualità che la storia saltasse fuori. Però non siamo sicuri che Manuel sia stato sincero.»

Pardo sogghignò:

«Certo, certo. Ma le due persone che potrebbero aiutarci a sbrogliare la matassa, cioè Lombardo e Maddalena, sono al camposanto; Piscopo è un delinquente, e forse anche un bugiardo; la vedova del PM ha duecento anni, a occhio e croce, e comunica attraverso una barboncina psicopatica. Concorderai che le possibilità di arrivare alla verità prima che Fusco tiri a sua volta le cuoia sono piuttosto scarse».

Sara lo fissò preoccupata. «Pardo, mi spieghi che ti succede? Di solito la vedi nera, è vero, ma adesso il tuo pessimismo ha assunto proporzioni cosmiche.»

L'ispettore rispose, torvo:

«A essere sinceri, sono stanco, Morozzi. Stanco di ricevere calci in faccia da tutti, persino dal mio cane, senza meritarmelo. Io desideravo un'esistenza normale, come quella degli altri, che ce l'hanno e si lamentano pure. L'hai sentito con le tue orecchie, no?, io non sono niente».

La donna protestò:

«Dài, Davide, lo sai che carattere ha Viola. È sola. A volte Massimiliano la opprime e a volte è lei che si considera inadeguata. Ha avuto una reazione sproporzionata a un'iniziativa che comunque non toccava a te. Questo spero lo ammetterai».

Il poliziotto scosse la testa. «No, no. Viola ha ragione. Chi sono io per stabilire se un pediatra ha torto e servono ulteriori accertamenti? La verità è che mi comporto come quegli animali che si appropriano di cuccioli che non sono loro, perché non ne hanno o non ne possono avere. Ieri ho avuto pena di me stesso. Non mi era mai capitato prima.»

«Addirittura? Stai esagerando, Davide, tu non...»

L'ispettore alzò una mano, staccandola dal volante. «Sì, mi sono compatito. Mi sono guardato con distacco, e ho capito che sono un uomo senza doti, senza una donna e senza una carriera. Che cos'ho io, me lo spieghi? Un Bovaro che detesto e che mi tratta come uno zerbino, due sconosciute che all'improvviso, e secondo nessuna logica, ho eletto a surrogato di famiglia, e un bambino che non è mio e del quale mi preoccupo senza sosta. Ti pare giusto?»

Sara provò a sdrammatizzare:

«Eddai, Pardo, non farne una tragedia! Anche noi ti siamo affezionate, e Massimiliano ti adora. È solo un momento di nervosismo e...».

L'uomo continuò imperterrito, come se stesse discutendo con se stesso:

«E allora proprio stanotte, mentre stavo sul divano, perché quello stronzo di Boris ha deciso di occupare il letto in diagonale, ho preso una decisione. Devo costruirmi una vita mia. Viola ha ragione. Non sono il padre e nemmeno lo zio di Massimiliano. Non avevo il diritto di chiamare il mio amico infermiere per quel prelievo, e non ho il diritto di decidere il colore dei vestitini o la marca del latte che beve. Dovrei persino evitare di vederlo, Massimiliano. E anche te e la madre. Se siamo impegnati in un'indagine, come questo caso vecchio di cent'anni da risolvere, bene. Altrimenti, ognuno per conto suo».

Dalla postura, dall'espressione e dal tono di voce, Sara ci mise un attimo a intuire che Davide stava cercando di convincere se stesso e che non ce l'aveva con lei, così evitò di replicare.

Il poliziotto era un fiume in piena:

«Quindi stamattina ho scritto un messaggio ad Arianna, la dirigente della Penitenziaria che mi ha proposto di sdebitarmi invitandola a cena. Pensavo scherzasse, e che avrebbe ritrattato, ero già pronto a insistere, a telefonare, persino a piazzarmi sotto il suo ufficio. Volevo dirle: Perché no? Che cosa non va in me? È mai possibile che, appena voglio portare una donna fuori, devo subire l'umiliazione di un rifiuto? Ero pronto a ogni evenienza, insomma».

Sara valutò con attenzione se interloquire o meno, ma poi non resistette:

«E allora?».

Pardo si voltò leggermente verso di lei con un'espressione sgomenta sul viso:

«Ha accettato subito. Ha prenotato sabato alle nove alla Taverna Rossa. Io per poco non rispondevo: E perché sì? Mi sembrava di essere Troisi in quel film».

Sara si sforzava di trattenere una risata. «Be'? E non sei contento?»

L'altro riflettè per quasi due minuti, al termine dei quali arrivarono a destinazione, poi mise il contrassegno della polizia sul parabrezza e si rivolse alla donna invisibile:

«Non lo so. All'improvviso ho la spiacevole sensazione di aver commesso una cazzata. Una gran cazzata. Secondo te?».

Sara soppesò le parole. «No. È una bella notizia. Poi una cena non è impegnativa, e se non funziona puoi sempre sparire. Noi, che siamo la tua famiglia, restiamo ad aspettarti. Stai tranquillo.»

Pardo la fissò a lungo, cercando di capire se lei lo stesse sfottendo. Poi sospirò. «Muoviamoci. Ma sia chiaro: se quella barboncina di merda mi morde ancora, le sparo in testa con la pistola d'ordinanza. Ti avviso.»

«Meglio di no. Stiamo ricomponendo un puzzle e, per dare conforto al tuo amico Fusco, la vedova è il tassello fondamentale.»

Davide guardò in su, verso l'ultimo piano del palazzo:

«Quello che mi chiedo è perché dovrebbe parlare con noi se ha cacciato Piscopo urlando come un'ossessa. Ignora persino per quale motivo il ragazzo la vuole avvicinare».

Sara scosse la testa. «Non è detto. Manuel le ha menzionato il nome di Lombardo quando è andato da lei la prima volta. Può essere che la vedova sia al corrente del tipo di rapporto che legava il marito ad Antonino, e perciò sta attenta a non avere contatti col ragazzo. Magari, però, ignora l'esistenza della lettera. Dobbiamo puntare su questo.»

Il poliziotto strinse le labbra:

«Sì, dobbiamo tentarle tutte e ricorrere a qualsiasi mezzo. Torniamo anche da quel delinquente di Piscopo, se è necessario. Non voglio che Fusco muoia così. Preferisco inventarmela io una soluzione del caso».

Sara sorrise. «Oh, eccolo il mio ispettore, adesso ti riconosco! Andiamo, dài. E ti ricordo che hai detto "qualsiasi mezzo", compreso accettare che un cane ti sbrani i pantaloni. L'importante è agire con tatto: una testimone reticente non ci serve a nulla.»

XLIV

Il portinaio aveva imparato la lezione, e finse di non vederli quando attraversarono l'androne del palazzo diretti all'ascensore. Suonarono all'appartamento dell'ultimo piano, e dopo qualche istante l'uscio si aprì.

Da uno spiraglio strettissimo, apparve un occhio della domestica indiana, che li squadrò con diffidenza. «Che volete? Andate via, la signora non...»

Prima che Sara potesse attaccare il discorsetto che aveva preparato, Pardo assestò una manata alla porta spalancandola; con un colpo secco lo spigolo centrò Anjali in piena faccia. «Senti, bella, io sono la polizia e non sei tu a stabilire dove entro e dove non entro. Anzi, già che ci sei: mostrami il permesso di soggiorno, il contratto di lavoro, i versamenti dei contributi, la tessera sanitaria e le dichiarazioni dei redditi. Così stasera avrò da leggere per addormentarmi.»

Massaggiandosi la fronte, su cui stava comparendo un bel segno violaceo, la donna cambiò espressione, e da bellicosa divenne supplichevole. «Non volevo essere maleducata, ci sono tanti delinquenti in giro, e la signora dice: "Non fidarti di nessuno". Ma adesso ho capito, siete quelli dell'altra volta, accomodatevi. Volete un caffè?»

Pardo grugnì un monosillabo, mentre Sara si chiese quale particolare gli fosse sfuggito quando si era raccomandata di usare un po' di tatto. Non riuscì a rivolgere al poliziotto neppure un cenno per invitarlo a essere più educato perché, proprio in quel momento, dal nulla si materializzò la barboncina infernale che aveva ridotto a brandelli i pantaloni di Davide. Appena notò l'ispettore, l'animale si avventò famelico sulla stessa gamba che aveva attaccato in occasione della precedente visita.

Pardo colse un movimento con la coda dell'occhio e assunse la posizione adeguata. Appena il cane balzò in direzione della caviglia, l'ispettore si produsse in una plastica sforbiciata da consumato centravanti e, calciando di collo pieno, scaraventò il cane contro la parete.

Con un disperato guaito, la bestia rotolò al suolo e si diede alla fuga, continuando a emettere un verso in falsetto che avrebbe spezzato il cuore di chiunque non avesse già avuto modo di apprezzarne l'indole pestilenziale.

Sara dovette ammettere che il litigio con Viola e la conseguente decisione di cambiare vita avevano trasformato Pardo in un uomo diverso. Sembrava aver accantonato, o quantomeno accettato come inevitabile, la paura di incorrere in una denuncia e nel licenziamento; adesso pareva determinato a raggiungere l'obiettivo travolgendo, invece di aggirare, ogni ostacolo si fosse frapposto tra lui e la meta.

Sara e Davide superarono l'ingresso dell'appartamento e si ritrovarono in un salottino.

Gisella Maddalena li aspettava in piedi. Indossava una vestaglia, e ai piedi calzava delle pantofole, era scarmigliata e aveva la fronte corrugata. «Ma che accidenti sta succedendo? Come osate irrompere a questo modo in casa mia? Anjali, telefona subito alla polizia.»

Pardo replicò:

«Sono un pubblico ufficiale, signora. Perciò la smetta di starnazzare e ascolti la mia collega. L'avverto: se non collabora, le arresto la domestica per irregolarità che di sicuro emergeranno dai suoi documenti nonché per oltraggio e resistenza. È la sua parola contro la mia».

La donna sgranò gli occhi, spostando lo sguardo allucinato dall'uno all'altra. «Ma... è inaudito! Io ho amicizie importanti, che...»

Sara la interruppe:

«... che siamo certi negheranno di averla persino incontrata per caso, se divulghiamo quello che abbiamo in mano. Dopo, il suo cognome suonerà come un insulto».

La donna invisibile era sicura che quelle frasi così secche e dirette avrebbero suscitato nella vecchia sgomento, sconforto, paura; forse aggressività e ira.

Invece fu lei a rimanere stupita, perché Gisella Maddalena le rivolse un sorriso beffardo, in cui non c'era la minima traccia di timore. «Di nuovo la storia di Lombardo, è così? Me l'aspettavo da quando quel delinquente si è presentato qui a suo nome, la prima volta.

L'ho cacciato, ma a quanto pare ha parlato con voi. Be', *signora*, non mi importa niente di quello che avete da dire. Mio marito è morto, ed era un magistrato integerrimo e onestissimo, amato da tutti. Una menzogna è solo una menzogna: mi basta un minuto per spazzarla via, insieme a chi l'ha inventata.»

Sara, però, non era tipo da tollerare una minaccia. «Avrebbe ragione se non esistessero inconfutabili prove materiali di un'avvenuta corruzione, che attestano persino le modalità di consegna del denaro. In più, suo marito ha incontrato Lombardo in prigione, confermando così di avere un qualche legame con lui. Quindi no, signora, non ci metterebbe un minuto a cancellare la faccenda. È molto più probabile che sia la faccenda a cancellare lei.»

Pardo ridacchiò:

«Morozzi, ti adoro quando diventi una belva».

Gisella impallidì, e si accasciò su una sedia. La mano, che teneva chiuso il bavero della vestaglia, tremava come il labbro inferiore. «Sta vaneggiando» balbettò. «Non può esserci una prova di ciò che non è mai avvenuto.»

Sara ribatté, con calma:

«Era appunto quello che voleva riferirle Manuel Piscopo, quando lei l'ha sbattuto fuori da casa sua. Il ragazzo è il nipote di Antonino Lombardo, ed è in possesso di una lettera che documenta come suo marito sia stato corrotto per compromettere l'esito di un processo, incassando una grossa tangente».

Calò un silenzio attonito.

Anjali continuava a massaggiarsi la fronte con aria perplessa.

La barboncina sembrava svanita nel nulla.

Alla fine la vecchia recuperò il controllo. «Non mi interessa. Anche ammesso che abbiate ragione, questa faccenda riguarda mio marito, e lui non c'è più. Io non c'entro, non vedo proprio perché dovrebbe toccarmi. Vi denuncerò per calunnia, poi starà a voi dimostrare che il documento è autentico.»

Fu Pardo a sorprendere tutti, inclusa Sara:

«Non ha considerato il sequestro dei beni».

Gisella domandò:

«Che significa?».

Davide si strinse nelle spalle. «Be', per quel tipo di reati non è prevista la prescrizione. Ogni magistrato che si rispetti le bloccherebbe il patrimonio. Basterebbe che qualcuno sostenesse di aver subìto un danno dall'impropria decisione del PM Virgilio Maddalena. Sarebbe un bello scandalo, non credi, Morozzi? Un boccone prelibato per i miei amici giornalisti che mi devono un favore.»

Scacco matto, pensò Sara vedendo disfarsi ogni parvenza di distacco sul volto della vedova. Ce l'avevano in pugno, e il nuovo Pardo non le dispiaceva affatto.

Gisella tacque per qualche attimo, poi mormorò:

«Che volete da me?».

Sara rispose, tagliente:

«Prima di tutto, la verità. Vogliamo sapere perché suo marito andò da Lombardo in carcere, quando ormai era in congedo da anni, i dettagli di quel colloquio, qual era la natura dei loro rapporti e se sono rimasti in contatto. E c'è anche dell'altro che le dirò alla fine, se saremo soddisfatti».

Dopo un lungo silenzio, la donna cominciò a parlare.

XLV

Io sono stata l'ombra di mio marito per tutta la vita.

Ci siamo conosciuti da adolescenti, ed era davvero un'altra epoca. Avevamo tanti ideali, volevamo contribuire alla ricostruzione del Paese, e la guerra era una ferita ancora aperta. Lui studiava sempre: sognava di diventare magistrato, e ci riuscì.

Quanto è cambiata quella professione da allora... Adesso i giudici scrivono romanzi, vanno in televisione e concedono interviste. Firmano articoli sui giornali, partecipano a tavole rotonde, vengono eletti parlamentari e sono celebrità. Ai nostri tempi era considerato disdicevole per chi indossava la toga avere un'immagine pubblica, ogni energia era dedicata alla professione.

Virgilio aveva talento. Era uno dei migliori e non si fermava mai. Lavorava venti ore al giorno col massimo impegno. Per lui esisteva solo l'indagine in corso, persino con me non parlava d'altro.

Poi arrivarono gli Anni di piombo, le formazioni armate, i giovani che si ammazzavano per strada. Il clima era pesante. Gli furono affidate inchieste eccellenti, e lui non si risparmiava. Era stimato, benvoluto. La sua carriera si annunciava promettente, ricca di prospettive.

Aveva anche cominciato a frequentare certe persone fuori dalla Procura. Credo che fossero uomini dello Stato, forse agenti dei Servizi. Qualcuno veniva sotto casa, e lui scendeva a incontrarlo. Si scambiavano carte e informazioni. Su quei contatti era sempre vago, ma aveva gli occhi che gli brillavano e mi diceva: «Il nostro futuro sarà bellissimo, Gisella. Te lo assicuro. Stiamo collaborando con chi garantisce la sopravvivenza della Repubblica».

Sono della provincia di Benevento, dove mio padre possedeva un mobilificio che si era affermato come una delle principali imprese della zona. Io, mamma e i miei fratelli pensavamo che uno stabilimento così grande, in una realtà tanto arretrata, fosse intoccabile, come papà. Invece ci sbagliavamo.

Lo scoprimmo quando era troppo tardi, e nel modo peggiore: il giorno in cui mio padre scappò lasciando un biglietto di scuse. Aveva accumulato debiti per diversi milioni, una cifra enorme. Scoprimmo anche che non eravamo gli unici a dare credito alla solidità dell'azienda.

Il problema non furono le banche, e nemmeno le montagne di cambiali protestate. Il vero incubo cominciò quando ci cercarono gli strozzini, prima con le minacce, poi con le intimidazioni e alla fine con le botte. Virgilio avrebbe voluto, e dovuto, sollecitare i suoi colleghi perché perseguissero quei criminali. Ma sarebbe saltato fuori tutto, il mio nome sarebbe stato infangato. E l'infamia sarebbe ricaduta su di lui. Il suocero di un PM di spicco che fuggiva inseguito dai creditori, la famiglia della moglie sul lastrico, i cognati in rapporti d'affari con i criminali: era uno scandalo che mio marito non avrebbe potuto sopportare. In quel periodo non era come oggi, che quasi ci si vanta di avere debiti.

Prendemmo l'unica decisione che ci rimaneva: pagare. Dilapidammo tutti i risparmi, chiedemmo altro denaro in prestito. E così finimmo in miseria.

Virgilio non era più lo stesso, e in ufficio iniziarono i guai. Non si può conservare la lucidità, se l'angoscia costante di coprire gli assegni ti opprime la mente. Gli tolsero i casi più importanti, e per lui fu un dolore immenso. Sprofondò nella depressione, perse ogni stimolo. Io mi sforzavo di tirarlo su, ma era impossibile: ripeteva che, a occuparsi di reati da strada, si sentiva come il capitano di un transatlantico che si ritrova a pilotare un rimorchiatore in un porto.

Poi accadde un imprevisto: gli assegnarono un'indagine su quella che sembrava la normale rapina a una gioielleria in una zona periferica. C'era stata una sparatoria, e il figlio del titolare, poco più che ventenne, era stato ucciso. Quel crimine passò inosservato, o quasi.

Ma Virgilio era in gamba, ve l'ho detto. Squarciò il velo di omertà e accertò che a organizzare la rapina e ad ammazzare il giovane era stato il figlio minore di un boss di primo piano, che controllava i giri dello spaccio in mezza città. Il ragazzo era una testa calda, e aveva voluto il suo battesimo del fuoco. Solo che gli era scappata la mano.

Non era un'inchiesta facile, perché il quartiere era terrorizzato e nessuno avrebbe mai osato raccontare ciò che aveva visto. Virgilio, però, riuscì a scovare un testimone che non era disposto a farsi intimidire. Mio marito avrebbe ottenuto una condanna all'ergastolo per il colpevole e sarebbe tornato in pista.

Fu allora che Lombardo lo avvicinò per conto del boss. In tribunale, tutti sapevano che il cancelliere aveva continuo bisogno di denaro per il figlio drogato. Virgilio a stento lo salutava, e fino a un paio d'anni prima non gli avrebbe permesso neppure di bussare alla porta del suo ufficio. Tutto era cambiato, però.

Gli offrirono un mucchio di denaro. Ma mio marito non aveva intenzione di vendersi l'anima, almeno non a buon mercato, e strappò il doppio.

Lombardo avrebbe trattenuto una percentuale, e quindi insisteva perché l'affare si concludesse. Venne qui a casa un paio di volte. Era un tipo sgradevole, il nipote è identico a lui. Quando mi è spuntato alle spalle, giù in strada, ho urlato d'istinto ma, a mente fredda, credo proprio di essermi comportata nel modo giusto.

La trattativa fu breve, quelli accettarono subito. Evidentemente il prezzo doveva essere equo. Il testimone sparì, e l'imputato fu assolto per insufficienza di prove.

È come rinunciare alla verginità. Si infrange una specie di barriera, oltre la quale non ci sono più ostacoli. Poi capitò ancora, ancora e ancora. Conveniva a tutti.

Diventammo ricchi, e io lo sono rimasta. Ma Virgilio non rise mai più, nemmeno quando andò in pensione, dopo essere uscito indenne da un procedimento avviato da un giovane collega, al quale un collaboratore di giustizia aveva raccontato una favola a proposito di un magistrato un tempo in prima linea contro il terrorismo. A mio marito bastò una telefonata, e il collega ricevette un avviso che era meglio non ignorare. Il procedimento fu bloccato. Funziona così.

Virgilio andò da Lombardo quando scoprì che era malato. Non dormì per diverse notti, era terrorizzato all'idea che, prossimo alla fine, avrebbe rivelato i vecchi segreti. Io provai a dissuaderlo, a convincerlo che non era prudente, che qualcuno avrebbe potuto insospettirsi per quella visita. Non ci fu verso: la paura era più forte della cautela.

Non mi interessa della reputazione, credetemi. Ormai sono vecchia e sono morti tutti. Ma non voglio che di quel ragazzo così coraggioso e puro di cui mi sono innamorata resti solo il ricordo della perdita di dignità. Non è giusto e non lo accetto.

Perciò, eccovi accontentati: questo è tutto quello che so. E adesso spiegatemi che altro volete per darmi quella maledetta lettera.

E chiudiamola qui.

XLVI

La chiamata di Manuel arrivò sul telefono di Sara il pomeriggio del giorno successivo. Il ragazzo si limitò a fissare un appuntamento nel bar dove si erano incontrati la prima volta, due ore dopo la fine dell'orario di visite presso il reparto di Immunologia clinica in cui era ricoverata Carla. Seguì una precisazione inaspettata:

«Portati pure il poliziotto scemo, per favore».

Omettendo l'epiteto usato da Piscopo, Sara convocò Pardo, che si presentò al locale in leggero anticipo. L'umore di Davide non era cambiato:

«Adesso che vuole da noi? Ormai ha ottenuto quello che cercava, no?».

Sara si strinse nelle spalle. «Magari è solo per ringraziarci. O per raccontarci di come ha chiuso la trattativa con la vedova.»

«A oggi, abbiamo chiarito diversi punti e sistemato la situazione della De Rosa, ma sull'omicidio di Ada sappiamo poco, quasi niente. E Fusco, poveretto, morirà senza un minimo di conforto. Rimane in sospeso anche il problema dei miei rapporti con tua nuora e tuo nipote, che per inciso mi auguro stia meglio.»

Sara sorrise. «Ieri la febbre era scesa, sì. Magari il pediatra aveva ragione. Siamo contenti, no? E comunque Viola è d'accordo che, appena saranno pronte, gli mostrerà le analisi a cui lo hai sottoposto. Per quanto riguarda Fusco, non è ancora finita. Continueremo a indagare. Ho allertato anche i vecchi colleghi dell'unità.»

Prima che Davide potesse ribattere con una considerazione sarcastica, Manuel si materializzò, occupando con un movimento sinuoso la terza sedia libera al tavolo intorno al quale si erano accomodati.

«Buonasera» disse.

Il poliziotto, che non se n'era accorto, sobbalzò. «Ma cazzarola, perché compari di soppiatto come un dannato fantasma?»

Il giovane sogghignò. «Con dei poliziotti sempre all'erta, possiamo dormire sonni tranquilli. I delinquenti sono spacciati.»

Pardo ringhiò:

«I delinquenti veri non ci sfuggono, non preoccuparti. Con le mezze tacche come te, invece, non vale la pena applicarsi».

Sara tagliò corto:

«Allora, com'è andata con la vedova? Si è comportata secondo gli accordi?».

Di colpo il ragazzo diventò serio:

«Sì, le ho mostrato la fotocopia del messaggio, come mi avevi consigliato tu. È rimasta a osservarla per cinque minuti, sorrideva neanche fosse il biglietto di un corteggiatore. Magari le ricordava i bei tempi».

Pardo sbuffò:

«Ha realizzato che non le conveniva ignorare ancora la questione, se voleva preservare la memoria di quel corrotto del marito».

Manuel riprese:

«Il bonifico è stato effettuato, centomila euro sul conto della società che seleziona gli ammalati da inserire nella sperimentazione terapeutica. Tre ore fa hanno inoltrato la comunicazione a Carla e all'ospedale. Ci siamo. Adesso sto portando la lettera alla vecchia, e il cerchio si chiude».

Sara disse:

«Non scordarti che abbiamo garantito per te. Quindi, in futuro, niente ricatti e non fare altre copie della lettera. Ci siamo intesi?».

Le labbra di Manuel si piegarono in una smorfia. «Sì, certo, la mia parola è una. Volevo solo che Carla entrasse in quel protocollo. Del resto, ti assicuro, me ne frego.»

Pardo sogghignò. «Ecco qua l'uomo famoso per la sua specchiata onestà.»

Manuel replicò, soave:

«Dài, uno di questi giorni ti preparo un disegnino e così capisci anche tu. Comunque non sono qui per questo».

«E allora perché?» domandò Sara.

«Ho tre informazioni per voi, così risolvo anch'io la faccenda come si deve. Uno: credo sia giusto che la vediate prima che venga distrutta.» E tirò fuori dalla tasca interna del giubbotto nero un foglio ingiallito, che stese con attenzione sul piano del tavolo. Era stato ripiegato così tante volte, che sembrava sul punto di lacerarsi.

Una grafia elementare aveva scritto poche righe.

Il regalo per Maddalena, quello che tanto desiderava, cioè cento invece di cinquanta, è in una valigia nel posto che sai. Ritiratela insieme, poi entro un giorno l'avvocato deve avere conferma che la testimonianza non è ammessa. Spiegalo bene a Maddalena. Altrimenti, non solo mi riprendo il regalo, ma ha finito di ballare. Per sempre.

R.C.

Sara e Pardo lessero, poi si scambiarono un'occhiata.

La donna rifletté con amarezza su tutto il sangue versato prima e dopo che il contenuto di quell'ambigua comunicazione fosse recapitato al destinatario. Una lettera, pensò lei, dice sempre qualcosa. Anche a distanza di trent'anni.

Manuel riprese il foglio e lo ripose con cura in tasca. Poi proseguì:

«Due: ancora non so di preciso chi siete e di che vi occupate. Di sicuro non siete poliziotti, o almeno non agite da sbirri. Ho intuito che risolvete i vecchi casi, non secondo la legge, però, più che altro secondo la giustizia. E questo mi piace molto».

Pardo protestò:

«Senti, qua un poliziotto c'è eccome, e la legge va rispettata sempre. Quindi, non permetterti di...».

Piscopo lo ignorò e proseguì, rivolgendosi a Sara:

«E siccome al momento non ho un lavoro, volevo che mi tenessi presente, se ci fosse bisogno di uno con un po' d'intelligenza e una certa sveltezza, perché siete un po' sprovvisti sul versante maschile del gruppo».

Davide strabuzzò gli occhi:

«Sfotte pure, 'sto delinquente? Guarda che non ti ho sbattuto dentro solo perché la signora, qui, intercede per te. Sennò te la insegnavo io la...».

Sara non lo lasciò concludere:

«Mi hai anticipato, Manuel. Secondo me tu hai molti talenti, e ci potresti essere utile. Stai tranquillo, avrai presto nostre notizie».

Davide scosse il capo, esasperato:

«Eh, no, questo è un errore, Morozzi! Ci manca solo che coinvolgiamo un criminale nelle nostre iniziative, che sono già poco ortodosse, e non dubito che di questo passo un giorno o l'altro ci ritroviamo tutti in manette. Perciò niente novità, se permetti. Sarebbe gravissimo, perché io ho una carriera».

Piscopo si voltò verso di lui, sorridendo:

«Ed eccoci alla terza questione. Da quando mi avete contattato per dirmi che la vecchia accettava lo scambio, ho riflettuto su come sdebitarmi. Perché io regali non ne accetto, e mi pareva giusto ricambiare».

Pardo rispose, a muso duro:

«Ascolta, abbiamo agito così soltanto per la povera

signora Carla, che pare sia una donna eccezionale, non certo per uno che...».

Il ragazzo continuò imperterrito, sempre con un sorriso dolce:

«E allora mi è venuta in mente la storia del tuo amico, ispettore: quello che il vecchio avrebbe voluto incontrare, se la memoria non mi inganna».

Davide, suo malgrado, domandò:

«E allora?».

«Non ho idea di che volesse il vecchio da lui. Con me non si apriva mai molto, e del passato mi raccontava solo quello che era necessario. Però mi sono ricordato di un dettaglio, che forse può tornarvi utile.»

Sara era concentratissima. Dalla postura, dall'espressione e dal tono di voce di Manuel intuiva che, nonostante l'apparente disinvoltura, il ragazzo era incerto se rivelare quel particolare di cui era a conoscenza. Aveva bisogno di un incentivo. «Per noi sarebbe davvero fondamentale ricevere quest'informazione, Manuel.»

Il giovane fece un gesto d'assenso col capo. «Ho saputo che era morto il giorno dopo l'ultima visita in ospedale, quando sono tornato a trovarlo. Me lo hanno detto in reparto, e amen. Mentre stavo andando via, mi ha fermato un infermiere. Aveva gli occhi... mi sembrava una brava persona, insomma. Chissà perché.»

Pardo ironizzò:

«Le brave persone si riconoscono tra loro. Stiamo in una botte di ferro».

Il ragazzo si alzò. «Vabbe', lasciamo perdere. Magari è una stronzata. Buona fortuna.»

Sara lanciò un'occhiataccia a Pardo, e strinse il braccio di Manuel. «Devi scusarlo. Lo hai notato anche tu che non è troppo intelligente, però è buono. Concludi, per favore.»

Il poliziotto aprì la bocca per protestare, ma la richiuse con uno scatto dopo aver incrociato lo sguardo di Sara.

Manuel esitò, poi riprese:

«E insomma, 'sto tizio mi chiede: "Tu sei un parente, vero? Eri l'unico che veniva a trovarlo, e vi assomigliavate come due gocce d'acqua". Io, e ancora non mi spiego perché, gli ho risposto che era mio nonno. Col vecchio quella parola non l'avevo mai usata, non volevo dargli soddisfazione, e poi l'ho chiamato così con uno sconosciuto. Strano, no?».

Sara sorrise, e il ragazzo continuò:

«Allora l'infermiere mi ha detto: "Stanotte c'ero solo io. Quando ha sentito che stava per morire, ha suonato il campanello. Era sedato e non mi è chiaro come ci sia riuscito. Comunque ce l'ha fatta, io l'ho raggiunto in stanza e…"». Manuel combatteva con la commozione. Era evidente dal rossore del viso, dalla mascella che si serrava e da una ruga che gli era comparsa sulla fronte. «Insomma, pare che il vecchio gli ha raccontato una storia di molto tempo prima, che riguardava una ragazza.»

Pardo si sporse in avanti, al colmo della tensione:

«Di quale ragazza parlava? E che ha aggiunto l'infermiere?».

Manuel scosse il capo. «Non gli ho domandato altro, perché se il vecchio non si è mai confidato con me, significa che non voleva che lo sapessi. E io non posso tradirlo.»

Davide si voltò verso Sara, sconvolto:

«Ma... ma come? Morozzi, l'hai sentito? Poteva scoprire il tassello che ci mancava per arrivare alla verità, così Fusco moriva in pace, e lui non ha chiesto».

Il giovane socchiuse gli occhi. «No, non è affar mio. Tocca a voi. L'infermiere si chiama Pasquale Esposito, e vi aspetta. L'ho già avvertito. Io non voglio che mi riferiate nulla: era mio nonno, preferisco ricordarlo così. Adesso siamo pari.»

Quando raggiunse la soglia, si fermò, si girò verso Pardo e disse:

«Stavolta quaranta euro. Sei stato più degno, ispettore. Bravo». Lasciò cadere a terra il portafogli di Davide e uscì dal locale.

XLVII

Non si trattava dello stesso ospedale dov'era ricoverata Carla. Questo si trovava vicino al mare, in una periferia degradata che era stata una zona industriale quando c'erano ancora le fabbriche, e adesso era un quartiere senza identità, triste e sospeso come una mancata promessa.

Per arrivarci, Sara e Pardo passarono davanti alle mura del carcere, e pensarono entrambi, ma senza dirselo, che quello era stato l'ultimo tragitto compiuto da Lombardo prima di morire. E non era certo stato un cammino verso la libertà. Antonino aveva avuto un'esistenza infelice, aveva pagato per gli errori commessi e anche per altre colpe che potevano pesargli sulla coscienza. Era l'unico parente che Manuel aveva conosciuto, a parte la madre, e questo spiegava perché il ragazzo si fosse rifiutato di sapere altre terribili verità sul passato del nonno.

All'ingresso, Sara e Pardo chiesero dell'infermiere Esposito Pasquale, specificando che era in servizio in Rianimazione. Furono invitati ad aspettare su una panchetta addossata a una parete scrostata, in un corridoio nel quale, a causa di una porta automatica difettosa, tirava una fastidiosa corrente.

Attesero una decina di minuti. Quando cominciarono a preoccuparsi che Esposito non volesse incontrarli, un uomo corpulento con indosso una tuta arancione uscì da un ascensore.

Tese la mano e si scusò:

«Abbiate pazienza, il collega si è scordato di avvisarmi. Se non lo incrociavo per caso, manco mi avvertiva. Sono Esposito Pasquale. Prego, accomodatevi da questa parte».

Li precedette attraverso uno stretto passaggio interno e una piccola anticamera fino a una stanza confortevole con al centro un tavolo e delle sedie. Su una mensola c'erano un fornello elettrico e una moka, di fianco a un lavandino. Senza informarsi se i due sconosciuti gradissero del caffè, Esposito cominciò ad armeggiare con la macchinetta. «Mi perdonerete, qua non ci stanno tazzine di porcellana o zuccheriere, dovrete accontentarvi dei bicchierini di carta: ma vi assicuro che, per chissà quale magia, quello che esce da questo ferro vecchio e mezzo scassato ha un sapore sublime. Forse dipende dal posto.»

Sara scambiò un'occhiata con Pardo e attaccò:

«Signor Esposito, ci hanno riferito che...».

L'uomo si voltò mentre avvitava la moka. «No, dottore', andiamo male. Prima di tutto, io sono Pasquale, qua non ci sta nessun signore e, se mi chiamate Esposito, non vi rispondo perché non sono abituato. Poi, concedetemi un secondo che metto questa sul fuoco e sono a disposizione.»

In pochi minuti finì, quindi si accomodarono tutti e tre intorno al tavolo. Esposito aveva un viso gioviale, con uno sguardo aperto e molto intelligente. Era sulla cinquantina e doveva averne viste di tutti i colori, ma l'espressione attenta e curiosa tradiva un entusiasmo da ragazzino.

Pardo cominciò:

«Pasquale, anzitutto grazie per averci ricevuto. Siamo qui perché un caro amico purtroppo è allo stadio terminale di una malattia terribile, e...».

Esposito alzò la mano:

«Scusate, dotto'. Io non lo voglio sapere chi siete o perché vi interessa quello che ho da raccontarvi. Non sono affari miei, io sono un infermiere, non un prete o un magistrato. Il mio ragionamento è un altro».

«E quale sarebbe?» domandò il poliziotto.

L'uomo si alzò, versò il liquido scuro nei bicchierini e li allungò a Sara e Pardo. Dopo aver bevuto un piccolo sorso, Davide esclamò sconcertato:

«Madonna santa, ma è spettacolare!».

L'infermiere sorrise, fiero:

«Avevo ragione, dotto', è il caffè più buono del mondo. Un raggio di luce in mezzo a tutta questa sofferenza. Allora, vi stavo spiegando: io lavoro in Rianimazione da trent'anni. Ci capitai all'inizio della professione, e non ho più voluto cambiare. Molti colleghi chiedono di essere trasferiti: questo è un reparto pesante, ci vuole competenza ed estrema attenzione. Non bisogna distrarsi mai, si rischia di incappare in qualche guaio perché, al minimo errore, il paziente può morire. Stanno come sull'orlo di un burrone, e basta un soffio. È chiaro, no?».

Pardo era spazientito e voleva arrivare al dunque, ma Sara aveva compreso che, finché non avesse illustrato le ragioni delle sue confidenze, Esposito non si sarebbe fermato. Quindi lo assecondò:

«E allora lei perché è rimasto?».

L'infermiere sorrise soddisfatto:

«Perché qualcuno deve accompagnarli, dottore'. Qualcuno deve stare accanto a chi se ne va. Neanche i poveri o i delinquenti devono morire soli. Almeno uno che ti tiene la mano alla fine della vita ci vuole. Non vi pare?».

Pardo annuì. «Infatti noi abbiamo un amico che...»

Pasquale riprese imperterrito:

«Così è successo a Lombardo Antonino, che è spirato poco prima dell'alba, quando c'era soltanto il sottoscritto. È stato strano. In effetti non avrebbe dovuto nemmeno accorgersene, il dottore gli aveva somministrato un pesante sedativo affinché il trapasso fosse indolore. Ma quello che teneva nel cuore era più forte di quello che teneva in corpo: ed è riuscito a chiamarmi prima di andarsene. Aveva bisogno di alleggerirsi l'anima».

Davide insistette:

«E di che ha parlato?».

Esposito sorrise ancora:

«Le ultime parole di chi sta abbandonando questo mondo sono un'eredità. Anzi, come quelle di Lombardo sono una lettera non scritta. Io, in questi casi, da infermiere divento postino. E secondo coscienza, consegno la lettera ai parenti. Stavolta volevo recapitarla al nipote, che è venuto il giorno dopo. Ma lui non ha accettato di ascoltare. E se devo essere sincero, lo capisco.»

Sara domandò:

«E perché?».

«È una storia terribile, dottore'. Davvero terribile. A volte le persone in punto di morte inventano, o descrivono una specie di sogno. Altre è tutto confuso, sono deliri senza capo né coda. Ma ci sono occasioni come questa, in cui a esprimersi non è il moribondo, che nemmeno terrebbe la forza, ma proprio la coscienza. Una voce che viene dall'inferno, come se l'anima si fosse mossa in anticipo.»

All'improvviso, nell'ambiente saturo del profumo del caffè appena preparato, calò un gelo spettrale.

Pardo si agitò sulla sedia, e lanciò un'occhiata a Sara. Quello sguardo sottintendeva che forse era preferibile restare all'oscuro, rinunciare, e che Fusco, in fondo, poteva morire in modo più degno continuando a ignorare quello che era successo alla sorella.

Il viso di Esposito esprimeva rassegnazione e pena, ma anche tenerezza, conforto, pietà.

Sara si sporse in avanti:

«Pasquale, noi stiamo tentando di risolvere un mistero vecchio trent'anni. Tutti quelli che erano coinvolti non ci sono più, Lombardo era l'ultimo. Lei conosce il peso di certi segreti, ma può comprendere anche quanto è terribile spegnersi nel tormento, senza risposte che possano spiegare eventi atroci, regalando un poco di serenità. Lei aiuta chi muore tenendogli la mano, allora ci aiuti a stringere quella di una persona a cui non rimane più tempo».

Esposito tirò un lungo sospiro. «Mi avete capito bene, dottore'. E io per questo vi riferisco le ultime parole di Lombardo Antonino, quando il suo corpo era già morto e l'anima parlava dall'inferno.» E da quel momento, raccontò al presente.

XLVIII

È morto, dottore'. Ve lo posso assicurare. E non solo perché gli organi hanno ceduto, e ora sono le macchine a provvedere al posto del cuore, dei polmoni e del fegato. Basta osservarlo, per capire che è morto.

Il corpo, sotto il lenzuolo, è secco e rigido. La faccia, color del cuoio, è quella di una mummia, le orbite sono infossate, la bocca assomiglia a un taglio.

Io voglio verificare, perché è impossibile che abbia suonato il campanello. Controllo il monitor. Magari è rotto, mica sarebbe la prima volta. Ma appena mi avvicino, una mano che sembra un artiglio mi afferra un braccio.

È fredda, dottore', uguale alle ossa di uno scheletro. Sono le dita di un morto, quelle. A un altro gli piglicrebbe un infarto, sicuro al cento per cento, ma io sto qua da trent'anni, e non mi succede niente. Più spaventosa dell'arto rinsecchito, degli occhi socchiusi e delle pupille rovesciate all'indietro è la voce.

Sì, perché il cadavere attacca a parlare. E parla normale, dottore', come noi adesso. Anzi, non proprio così, perché nel tono non c'è alcuna emozione, quasi leggesse una lettera.

Io ascolto, come al solito con la massima attenzione, perché conosco l'importanza di quei momenti. Sono l'addio alla vita, e se ti trovi lì, hai il dovere di non dimenticare niente.

Dice Lombardo che se ne sta in macchina, mentre la ragazza aspetta l'autobus. È disperato, perché non tiene il coraggio di farle del male, ma lei ha visto un messaggio che non doveva vedere, e le è rimasto impresso il nome del magistrato, anche se crede che sia quello di una donna. Allora lui ha chiamato a quelle persone, dice proprio «quelle persone», e lo hanno rassicurato che non c'è problema, però deve portare la giovane in un posto preciso sulla Domiziana, poi provvederanno loro a risolvere la questione.

Dice Lombardo che non sa come muoversi, perché la ragazza non accetterà certo di andare con lui, non è proprio il tipo che dà confidenza a un estraneo, anche se si sono già incontrati in libreria.

Intanto che sta là chiuso in macchina, sforzandosi di trovare una soluzione, si ferma un ragazzo su una Ducati di grossa cilindrata e attacca bottone con la ragazza. Lombardo intuisce che i due si conoscono. Lei, però, è a disagio, si guarda attorno, vorrebbe che arrivasse l'autobus.

Dopo qualche minuto, il motociclista diventa insistente. La ragazza si spazientisce e gli risponde male. Lui sembra innervosirsi. Un fioraio esce dal suo chiosco, li nota, quindi torna dentro per servire una cliente.

Io non capisco come Lombardo riesca a essere così preciso nelle sue condizioni; poi penso che è morto, e che quella storia viene dall'altro mondo. Non ho paura, provo solo una pena infinita.

Dice Lombardo che in quel momento decide di tentare. Si avvicina, abbassa il finestrino e la saluta: «Salve, signorina. Serve un passaggio?». La ragazza teme che il motociclista ritorni, così accetta d'impulso: apre lo sportello e monta in auto. Dice il cadavere che lui sperava si rifiutasse, eppure al tempo stesso desiderava con tutte le sue forze il contrario. Io non comprendo, ma non devo comprendere: devo solo ricordare.

Lombardo parte. Domanda alla ragazza dove vuole che la accompagni, e lei gli dà un indirizzo in periferia. Lui guida. E guida. A un certo punto, la giovane gli chiede dove sta andando, perché non le sembra proprio che quella sia la strada di casa. Allora Lombardo accelera, e comincia a correre, in silenzio, fissando la strada. Non c'è traffico e spinge sull'acceleratore.

La ragazza è terrorizzata, a quella velocità non può gettarsi fuori dalla macchina, e se prova ad aggredirlo, lui perde il controllo e si schiantano. Così inizia a piangere, e piange e piange. Dice Lombardo che quei singhiozzi, simili ai guaiti di un cucciolo, lo tormentano ogni notte da trent'anni, e spera di non sentirli più, adesso che è tempo di morire.

Consegna la ragazza a "quelle persone", senza proferire parola. Lei è docile, anche se ha il viso rigato di lacrime e continua a emettere quel lamento animale.

Dice Lombardo che il giorno dopo lo portano dove l'hanno nascosta. Lo convincono che può stare tranquillo, ma per quanto riguarda l'incontro in libreria e il rapimento alla fermata, deve sbrigarsela lui. Loro su quello non possono intervenire e, se qualcuno l'ha notato, dovrà accollarsi l'omicidio.

Dice Lombardo che allora si rivolge al magistrato, del resto è stato costretto a combinare quello scempio per difenderlo, perché la ragazza aveva letto il suo cognome sul foglio. Il PM ascolta, poi telefona a un vecchio amico, uno con cui ha anche collaborato in passato, per motivi di lavoro. Gli raccomanda di andare da lui, e spiegargli tutto. Lombardo obbedisce.

La ragazza sparisce nel nulla come se non fosse mai nata. Nessuno indaga, nessuno cerca, nessuno trova. Nessuno sa.

Dice Lombardo che invece lei è sempre con lui, ogni notte, da trent'anni.

Poi la stretta della mano intorno al mio braccio si allenta, e la voce si interrompe.

Sul monitor, la linea della frequenza cardiaca è piatta.

XLIX

Pardo si recò da solo a casa di Fusco.

La decisione era stata di Sara. Il poliziotto avrebbe voluto che lei lo accompagnasse, magari per spiegare, col suo modo tranquillo e pacato, la terribile sequenza di eventi che aveva portato alla morte di Ada. Ma la donna riteneva che l'incombenza toccasse a Davide. Doveva chiudere il cerchio che Angelo aveva aperto quella mattina al bar, quando gli aveva chiesto aiuto; altrimenti, tutti i loro sforzi per risolvere il mistero di trent'anni prima sarebbero serviti a poco.

A Pardo era parso che Sara fosse turbata. Anche se non aveva lasciato trasparire emozioni, l'ispettore si era accorto che, durante il racconto di Esposito, lei aveva avuto un lieve sussulto, e c'era stato un impercettibile cambiamento nel tono della sua voce. Erano state reazioni minime, ma per una come Sara, abituata a schermarsi grazie alla cortina di un autocontrollo inscalfibile, equivalevano a un pianto improvviso. Davide non aveva intenzione di approfondire, ma adesso era certo che scoprire l'assassino di Ada non doveva essere l'unico motivo per cui la donna dai capelli grigi si era interessata a quella faccenda. Era probabile che ci fosse dell'altro.

Su Fusco, però, aveva ragione. Spettava a lui soltanto parlargli, ed era giusto così, anche se quella consapevolezza non rendeva più lieve il peso che lo opprimeva. Stava per rivelare a un uomo che aveva coltivato un lutto per tutta la vita che la sorella gli era stata strappata per una tragica casualità.

Fusco aprì in vestaglia. Trascinava un'asta munita di rotelle, alla cui sommità era fissato il flacone di una flebo; un tubicino scompariva sotto una manica dell'ex poliziotto. Rispetto al loro ultimo incontro aveva subìto un ulteriore peggioramento: il colorito era grigiastro, poche ciocche di capelli pendevano dalla sommità del cranio, un velo di barba ricopriva il volto scavato e i baffi ormai incolti sembravano uno sberleffo. Su collo e mani risaltavano delle chiazze violacee e degli ematomi sottocutanei. Gli occhi, che non avevano mai smarrito la vivacità e la determinazione, adesso erano acquosi e velati, forse a causa dell'effetto degli antidolorifici, o magari erano solo rassegnati all'imminente conclusione della battaglia.

A Pardo si strinse il cuore.

Angelo seguì lo sguardo dell'amico fino alla flebo, e disse:

«Sì, mi permettono di gestire la terapia da qui. Quella per il dolore, è ovvio. Alle cure per la malattia ho rinunciato». Si girò e si allontanò dall'ingresso dell'appartamento, senza nemmeno invitare Davide ad accomodarsi.

L'ispettore chiuse la porta e gli andò dietro.

Il sole filtrava dalle tapparelle semichiuse, illuminando un ambiente sciatto e impolverato. L'aria era impregnata di odore di farmaci, cibo stantio e solitudine.

L'ispettore si ritrovò in un salotto con una vecchia poltrona sistemata davanti a un televisore acceso al volume minimo. Una credenza era ingombra di scatole di medicinali e flaconi, alcuni pieni, altri vuoti, uguali a quello che stava erogando liquido nella vena di Fusco. Al centro della stanza c'erano un tavolo, con sopra gli avanzi di un pasto, e quattro sedie, una delle quali scostata.

«Scusa il disordine, Pardo. Negli ultimi tempi, non ricevo molte visite.»

Davide avvicinò una sedia alla poltrona, sulla quale con grande fatica si accasciò l'altro dopo aver piazzato l'asta con la flebo a una giusta distanza.

Fusco appoggiò la testa allo schienale, fece un sospiro di sollievo e socchiuse le palpebre. «Ti sono grato per le telefonate dei giorni scorsi, Pardo. Sono state le uniche conversazioni con qualcuno che non fosse un medico o un'infermiera. Per carità, sono tanto cari, ma quel tono di perenne compatimento non lo sopporto più. D'altronde, tra poco toglierò il disturbo, e si affanneranno a confortare un altro moribondo.»

Davide protestò, a disagio:

«Ma no, figurati, una vecchia pellaccia come te supererà anche questa, ne sono certo. Anzi, mi sembra che stai proprio meglio rispetto all'ultima volta».

Angelo rise, emettendo un suono rasposo e gutturale, che si spense in un colpo di tosse. «Non hai mai imparato a mentire. Ti ho sempre apprezzato per questo. Ma temo che non ci vedremo più. Ho deciso di ingurgitare una scatola intera di quelle pillole là, vedi? Così mi concederò un bel sonno. Credo sia un modo degno di concludere il mio viaggio.»

Davide lo fissò inorridito:

«Oh, Fusco, ma sei impazzito? Non esiste! Le cure ti aiuteranno, la scienza va avanti, non devi arrenderti!».

L'ex vicecommissario scosse appena il capo:

«Cazzate, parole vuote. Sono almeno cinque anni che me le ripetono e, a essere sinceri, neanche ci bado più. Invece voglio approfittare che sei qui per ringraziarti, Pardo. Ti sei occupato del caso di mia sorella come nessuno prima d'ora. Mi dispiace di averti insultato per la questione di Lombardo, ci avevo sperato in quell'incontro, ma di sicuro sarà stata una sciocchezza. Magari voleva ottenere qualche beneficio in cambio dell'ennesima bugia. A volte ci provano. Quindi, consìderati a posto con la coscienza, non mi hai tolto niente».

Pardo si sentì invadere dalla commozione. Ora doveva parlare. Per l'ennesima volta, si domandò se per l'amico fosse meglio conoscere la verità, oppure rimanere con i suoi dubbi e risparmiarsi la sofferenza di quella rivelazione. «No, Fusco. Non era una sciocchezza quello che Lombardo aveva da dirti. L'ho scoperto insieme a Morozzi.»

L'altro spalancò gli occhi, sorpreso. Poi li richiuse e sistemò la testa al centro dello schienale, dove si era formato un avvallamento nel tessuto liso. Alla fine sussurrò:

«Voglio sapere, regalami un poco di quiete».

Non lo so se avrai pace, pensò Pardo. Davvero, non lo so.

E cominciò a ripercorre gli avvenimenti. Se la prese comoda, spiegando come lui e Sara avevano proceduto passo dopo passo. Raccontò di Manuel, di Carla, della vedova Maddalena, e di una verità che prendeva forma un pezzo alla volta, restando sfuggente fino a quando tutto aveva cominciato a delinearsi in un quadro che forse sarebbe stato preferibile non vedere.

Fusco lo ascoltava a occhi chiusi, nessuna espressione sul volto, le mani chiazzate e grigiastre sui braccioli della poltrona. Un paio di volte, Pardo credette che si fosse assopito e si bloccò, ma l'uomo a ogni pausa ripeteva: «Vai avanti».

Allora l'ispettore si soffermò sulla lettera, su come ogni cosa girasse attorno a quel messaggio conservato in un vecchio libro che era stato venduto e ricomprato. Un foglietto di carta su cui erano state vergate poche righe dal contenuto ambiguo, una comunicazione che sembrava diversa da ciò che era in realtà, indirizzata da un esponente della criminalità organizzata a un magistrato caduto in disgrazia, tramite un ometto insignificante che lavorava come cancelliere in tribunale ed era straziato dal peso di una croce insostenibile.

Poi venne il momento della povera Ada, e del tiro

beffardo che le aveva giocato il destino. Davide chiarì come nulla nell'esistenza della ragazza, che Fusco aveva scandagliato senza sosta, c'entrasse con la sua scomparsa. Ada era stata ammazzata perché aveva letto per errore, senza neppure comprenderlo, il messaggio di un criminale a un altro criminale.

Pardo sperò che la richiesta non arrivasse. E invece arrivò implacabile, senza che Fusco aprisse gli occhi, formulata in un tono piatto e incolore, come se fosse stata pronunciata nel sonno, cedendo a un incubo:

«Dimmi com'è successo, e non tralasciare nessun particolare. Devo sapere tutto».

Pardo tacque per qualche minuto, cercando la forza e il modo più giusto. Poi riferì le esatte parole di Pasquale Esposito, e svelò il segreto che aveva avvelenato la coscienza del cancelliere e la vita di Angelo.

Mentre ripeteva le frasi dell'infermiere, certo che fossero le ultime di Antonino Lombardo, capì di essere lui il postino adesso: stava recapitando al suo amico una lettera mai scritta, che avrebbe dovuto donargli la pace. Disse del motociclista e della corsa in macchina. Disse del pianto di Ada, dei singhiozzi che assomigliavano ai lamenti di un cucciolo. Disse della telefonata a "quelle persone".

Disse *tutto*.

Quando si fermò, per diversi minuti non scorse alcuna reazione in Fusco. Era come se anche il torace sotto la vestaglia avesse smesso di sollevarsi e abbassarsi. Con immensa angoscia, Davide credette che fosse spirato durante il racconto, quasi che ascoltarlo fosse stato per lui l'ultimo l'epilogo di quella storia.

Poi una grossa lacrima gli scivolò lungo la guancia, e sparì sul collo raggrinzito.

Fusco mormorò:

«Grazie, amico mio. Grazie per tutto. Ma adesso vai».

In silenzio, l'ispettore Davide Pardo si alzò e uscì.

L

A Sara le ultime parole di Lombardo, riportate dalla voce pacata di Pasquale Esposito, erano sembrate una lettera. Una lettera indirizzata a lei.

Sapeva benissimo che Pardo e Viola ritenevano di essere arrivati al termine di quell'indagine su un caso di tanti anni prima, la cui memoria era stata alimentata dall'amore di un fratello disperato. Per lei, però, non era così.

Le rivelazioni di quegli ultimi giorni costringevano la donna invisibile a riconsiderare la propria vita e i valori sui quali l'aveva modellata. La passione per Massimiliano l'aveva spinta a compiere scelte pesanti, ad abbandonare figlio e marito senza voltarsi indietro, certa che quel sentimento fosse basato su una profonda conoscenza del suo compagno e sulla complicità che per venticinque anni li aveva legati. A parte l'inevitabile segretezza che il suo lavoro di capo dell'unità comportava, Sara non aveva mai dubitato che con lei Massi fosse un libro aperto, per l'incondizionata sincerità su cui avevano impostato la loro relazione. Metterla in discussione ora incrinava ogni sicurezza, facendola precipitare nelle finzioni e nella menzogna contro cui aveva sempre combattuto.

Gisella Maddalena aveva accennato ai rapporti tra il marito e alcuni esponenti degli apparati d'intelligence con cui Virgilio aveva collaborato. Nelle ammissioni di Lombardo, raccolte dall'infermiere, era menzionato un amico del magistrato, che aveva contribuito a insabbiare l'inchiesta sulla morte di Ada. Davanti a quelle evidenze, Sara era stata percorsa da un lungo brivido, mentre si era affacciata in lei la sinistra sensazione di conoscere l'identità del misterioso agente dei Servizi legato a Virgilio Maddalena; quel sospetto giustificava anche l'assenza di incartamenti su Lombardo e sul magistrato nell'archivio nascosto in cantina, e la mancanza dei corrispondenti file nel database dell'unità.

Ora le serviva un'ultima conferma per collegare i puntini e dare sostanza alla verità. Sola una persona poteva aiutarla. L'unica al corrente di tutto.

Sara citofonò e attese. La sera di aprile stava smussando i contorni della strada e i lampioni si accendevano uno dopo l'altro.

«Chi è?» domandò la voce perplessa di Andrea Catapano attraverso il microfono.

Lei rispose. Ci fu un attimo di silenzio, poi l'indicazione del piano e lo scatto del citofono.

La porta dell'appartamento si aprì non appena Sara fu sul pianerottolo. Già. Andrea percepiva ogni fruscio.

«Ciao, Mora» la salutò Catapano. «Ti aspettavo. Vieni, entra.»

La mano di colui che era stato il luogotenente di Massimiliano Tamburi raggiunse senza esitazioni l'interruttore della luce, che illuminò di colpo un ambiente concepito secondo una logica funzionale alle esigenze di un uomo immerso nelle tenebre.

Andrea si mosse sicuro aggirando mobili e ostacoli come se li vedesse, precedendola in un soggiorno pulitissimo, dall'arredamento elegante. Il cieco si accomodò su una poltrona in pelle verde scuro, gemella di un'altra che indicò alla donna.

Prima di sedersi, Sara osservò con curiosità il mobile che occupava un'intera parete della stanza: i ripiani erano ingombri di astucci di una decina di centimetri circa.

Come se avesse intercettato l'occhiata della donna, Andrea commentò:

«Sono i miei quaderni di appunti. Registrazioni di voci antiche. Li ascolto per ricordare ed essere certo di non aver sognato tutto. Ci sei anche tu, sai?». Si allungò di lato e premette un tasto del vecchio registratore che troneggiava sul tavolino al suo fianco. Dalle casse nascoste esplose, cristallina, la risata di una giovane Teresa:

«Quindi, dalla postura e dai gesti, hai intuito che il tizio non è innamorato della moglie, ma è anche omosessuale, e ha una relazione col tipo che sta pranzando da solo di fronte a lui?».

La voce di Sara risuonò, tranquilla e ferma come sempre, anche se increspata da una punta di insolito divertimento:

«Certo, e ti spiego perché. Le spalle, un po' inclinate verso sinistra. Il modo in cui si è sistemato i capelli appena ha visto il tipo. Il mezzo sorriso dell'altro, e lui che subito distoglie lo sguardo. Non è evidente? Adesso stai attenta: mentre si asciuga la bocca col tovagliolo, il tipo gli manda un bacio. Hai notato?».

Andrea si complimentò da quel lontano passato:

«Pazzesco, Mora. Sei un mostro».

Sara ebbe un sobbalzo quando udì le parole di un altro uomo:

«Ragazzi, basta giocare coi superpoteri, la ricreazione è finita. Concentriamoci sulla parte della sala dove stanno mangiando i soggetti che ci interessano. Di che stanno conversando l'individuo uno e due?».

Andrea spense il registratore, riportando entrambi al presente.

Sara mormorò:

«Era il 1994, impossibile dimenticare. Seguivamo la pista delle possibili connessioni tra palestinesi e americani a proposito dei sette morti sul mercantile. Ne venimmo a capo, anche allora».

Il cieco annuì, con un lieve sorriso. «Non c'era niente di male ad allentare la tensione. Eravamo ancora giovani, e trascorrevamo tutto il nostro tempo insieme.»

Di colpo Sarà tagliò corto:

«Quindi non sei sorpreso della mia visita, Andrea. Perché?».

«Sei intelligente, Mora. Intelligente e testarda. La gente come te non esita di fronte al proprio dolore, e nemmeno davanti a quello degli altri. La gente come te arriva in fondo.»

«E in fondo c'eri tu, che mi aspettavi.»

Catapano era impassibile. Aveva il capo inclinato verso il basso, ed era concentrato nello sforzo di decodificare una sfumatura che gli sfuggiva nell'intonazione della donna. «No, la strada l'hai percorsa da sola. Hai capito chi era Antonino Lombardo, e hai anche scoperto di Virgilio Maddalena, altrimenti non li avresti collegati tra loro e ti saresti risparmiata di venire qui.»

Sara per una volta si spazientì:

«Insieme ne abbiamo passate tante, Andrea. Non c'è bisogno di esibire le nostre capacità. Diamole per scontate, va bene?».

Il cieco sorrise, come alla fine di una barzelletta:

«D'accordo. Se mi conosci davvero, però, dovresti immaginare che se ho taciuto, qualche giorno fa, non parlerò certo ora, ammesso e non concesso che io nasconda un segreto. Ti pare?».

La donna invisibile aveva previsto quell'obiezione e aveva ragionato tutta la notte sulla risposta da dare:

«Tu volevi bene a Massimiliano, eri il suo migliore amico, forse l'unico, almeno così ti ha sempre considerato. Vuoi che la sua compagna, che gli è stata a fianco per venticinque anni e lo ha stretto tra le braccia mentre moriva, lo ricordi come un vigliacco? Uno capace di coprire l'assassinio di una ragazza innocente, in combutta con un magistrato corrotto e un cancelliere di tribunale a libro paga di un clan, per evitare l'ergastolo al figlio di un boss della droga?».

Andrea raddrizzò la schiena, quasi fosse un sacerdote al cui cospetto una suora avesse pronunciato una bestemmia. Restò in silenzio a lungo, sforzandosi di trattenere l'ira. Poi disse:

«Non puoi essere convinta di questo. Certo, gli elementi che hai in mano lasciano supporre un'infamia del genere, ma non...».

Sara si alzò. «Va bene, Andrea. Grazie lo stesso, me ne vado.»

Il cieco sollevò una mano di scatto. «No, maledizione. Tu non vai da nessuna parte. Non con quest'idea in testa. Te lo proibisco.»

Con lentezza, Sara tornò a sedersi. «Allora dimostrami che non è così, Andrea. E io mi fiderò di te. Ma ti prego, non omettere niente, perché altrimenti dubiterò per sempre dell'amore e della vita che ho scelto.»

Andrea rimase immobile come una statua di cera, la mano ancora sollevata. Poi la abbassò e sul suo volto, ormai libero dalla cortina d'impenetrabilità, Sara lesse l'incertezza e il dissidio interiore.

Alla fine, Catapano parlò:

«Ho promesso di non dirti niente, Mora. L'ho promesso un giorno talmente lontano che adesso ignoro se quel giuramento sia ancora valido, e comunque la persona con la quale mi ero impegnato non c'è più. Se fosse ancora tra noi, lo persuaderei che tenerti all'oscuro è un errore, perché certi dubbi sono peggio di una verità dolorosa. E ti fanno soffrire nell'incertezza. La promessa mi fu estorta per impedire che tu lo giudicassi. Ma se ti lascio andare via così, per te sarà molto peggio. E lui non l'avrebbe voluto. Mai». Andrea sembrava rivolgersi più a se stesso che a Sara. «Perciò ora io non devo badare a quella promessa, ma allo scopo che aveva. Il tuo bene, Mora. Ed è per il tuo bene che adesso saprai.» Prese un bicchiere dal tavolino e bevve un sorso d'acqua. «Ti racconto una storia, così mi illudo di non venire meno ai miei obblighi. Ti racconto la storia di un ragazzo brillante che credeva nello Stato, ma che non aveva rinunciato ai suoi ideali politici. Riteneva che ci fossero molti modi per migliorare il Paese, e che uno di questi fosse agire dall'interno.»

«Che significa "dall'interno"?» domandò Sara, sforzandosi di cogliere il senso di quelle frasi.

Come se non l'avesse sentita, Andrea continuò:

«A quell'epoca, ai giovani di talento venivano offerte prospettive particolari. Venivano arruolati, messi alla prova in missioni difficili per valutarne la tempra e la fedeltà. Molti cedevano e rinunciavano, oppure sparivano nel nulla. Altri obbedivano senza chiedersi niente. Solo in pochi rimanevano coerenti con ciò in cui credevano davvero e continuavano a perseguire intenti diversi da quelli dell'istituzione alla quale appartenevano. Il ragazzo di cui parliamo era tra questi».

«Andrea, mi stai dicendo che...»

«Era tanto tempo fa, Mora. E quel giovane non era come quelli di oggi, che tirano tardi la notte in un bar con una bottiglia di birra in mano. Lui non tollerava le diseguaglianze, e desiderava la giustizia. Pur essendo la più promettente recluta del Servizio segreto militare, a un certo punto non resistette alla tentazione e commise un gravissimo errore.»

Sara ascoltava con il respiro corto. «Quale errore?» mormorò.

«Lo sbaglio di cui allora poteva macchiarsi uno che ricopriva quella posizione. Indicare una strada invece di un'altra. Era così abile e pronto, quel ragazzo. Ed era già l'uomo che sarebbe stato. Aveva le stesse qualità, la medesima acutezza. Così alterò la realtà. E un certo evento di cui erano responsabili alcuni fu attribuito ad altri. Di un colore diverso.»

«Ma ti stai riferendo a un atto terroristico? Che anno era?»

Catapano fece un gesto vago. «Questo non è importante. Quello che conta, invece, è che c'era un magistrato, anche lui giovane e in gamba, e anche lui operava all'interno delle istituzioni. Erano coetanei, condividevano gli stessi ideali ed erano legati da un'amicizia iniziata all'università, prima che imboccassero strade diverse. Per una casualità imponderabile, il magistrato era tra gli inquirenti che indagavano su quel fatto e, in una fotografia sgranata, riconobbe un volto. Era tenace, raccolse prove, effettuò riscontri, elaborò collegamenti. E alla fine ipotizzò un quadro attendibile.»

«Era Virgilio Maddalena. È così?»

Ancora una volta, Andrea la ignorò. «Il magistrato

cercò il vecchio amico, e lo trovò. Si videro a cena, come due che non si incontrano da tanto. Ragionavano nella stessa maniera, quindi non fu difficile intendersi.»

«Di cosa parlarono?»

Catapano si strinse nelle spalle. «Chissà, se anche fossi stato presente, forse non lo avrei capito. Di certo il ragazzo dei Servizi sparì dall'inchiesta sull'attentato. Come se non fosse mai esistito.»

La sera aveva lasciato spazio alla notte. I lampioni erano tutti accesi, ma Andrea non poteva saperlo.

«Invece io c'ero anni dopo, quando il magistrato ricompariva dal nulla attraverso un tipo bruno, con gli occhi neri e il naso lungo, che si presentò dall'uomo che era stato un ragazzo di talento e aveva commesso un gravissimo errore. Lo venne a stanare in un posto che per i più nemmeno esisteva. E io ero lì.»

Sara ripensò al volto angosciato di Massi che si rivolgeva ad Antonino Lombardo. «C'ero anch'io, e non ho capito niente.»

«Quando tornò su dalla strada, l'uomo che un tempo aveva creduto di cambiare il Paese era sconvolto. Sentii chiudersi la porta del suo ufficio e intuii che era successo qualcosa di grave. Andai da lui.»

Sara sussurrò:

«Io no».

Andrea sorrise. «Non potevi. Eri appena arrivata, e ancora non stavate insieme. Non l'avevo mai visto così. Tremava. Era a pezzi, aveva bisogno di confidarsi. E si confidò.»

«Quindi hai sempre saputo.»

«Sì, e l'ho anche aiutato. Fui io a occultare i documenti dall'archivio dell'unità, e a insabbiare l'inchiesta sull'omicidio di Ada Femia. Da solo non avrebbe avuto la forza.»

Sara era confusa. «Non mancano soltanto le informazioni su Lombardo. Non ci sono tracce neppure di Maddalena e del procedimento disciplinare a suo carico.»

«Era tutto cambiato. I due ragazzi pieni di talento e speranze erano stati sconfitti dalla vita. Uno si era venduto l'anima, in molti lo giudicavano un appestato, e non vedevano l'ora di sbatterlo in galera; l'altro era stanco e deluso. Però aveva trovato l'amore, il sentimento che lo sosteneva. Aveva trovato te. Uno aveva un patrimonio edificato sul crimine, l'altro voleva godersi qualche anno felice, specchiandosi in uno sguardo puro e senza ombre.»

«Ma perché tacere? Io gli sarei stata accanto come sempre.»

Andrea scosse il capo. «Mora, Mora, non essere ingenua. Maddalena poteva ancora provare i suoi legami con l'attentato e in più avevamo bloccato l'inchiesta sul delitto Femia. Il magistrato avrebbe tirato fuori tutto, trascinandoci nel fango insieme a lui. Fui io stesso a suggerire di rimuovere il dossier su Maddalena ed esercitai pressioni perché il giovane collega che lo aveva inquisito archiviasse in fretta il fascicolo. Così la faccenda si risolse in una bolla di sapone. In questo Paese succede spesso, e per finalità assai meno nobili.»

Nel soggiorno cadde un silenzio denso di passato e tristezza, ma privo di nostalgia.

Dopo qualche istante Sara disse:

«Quindi l'assenza dei documenti non era solo per coprire Lombardo e Maddalena, ma anche per nascondere quello che avevate combinato voi».

Il volto di Andrea non tradiva alcuna emozione. «La mia è una storia, Mora. Sennò esisterebbero degli indizi. Sarebbe rimasta un'istantanea sgranata, un brandello di conversazione, una vaga testimonianza. È impossibile cancellare tutto. Lo abbiamo imparato, in questi anni.»

Sara si alzò. All'improvviso si sentiva addosso un'enorme stanchezza. «Grazie per la storia, Andrea. È stato interessante ascoltarla, sapendo che è solo una favola.»

L'uomo annuì. «Passa ancora a trovarmi. Abbiamo tanto da raccontarci, noi due. Del resto, i fantasmi ingannano il tempo così: raccontandosi storie, in attesa di ritornare in vita. Stai attenta: tu hai ricordi che non puoi permetterti di perdere. E nemmeno di sporcare. Anch'io li ho, quei ricordi. Ed è già molto, no?»

Quando Andrea finì di parlare, Sara era ormai lontana nella notte.

LI

Una parte irrazionale e recondita, eppure molto insistente, della mente di Pardo si augurò che tutto andasse a monte. Quella speranza non era peregrina, perché la pioggia battente fin dalle prime ore del pomeriggio non accennava a fermarsi: e si sa che le donne tendono a disdire gli appuntamenti quando l'acqua compromette l'equilibrio sui tacchi e rovina la messa in piega. Era strano che Davide si augurasse di non concludere l'incontro di quella sera, visto che aveva desiderato a lungo recuperare un rapporto con Arianna Spaziani, attuale dirigente della polizia penitenziaria e un tempo protagonista incontrastata dei progetti matrimoniali del poliziotto.

Mentre valutava se puntare su giacca e cravatta o su uno stile casual chic, Pardo si interrogò più volte sul significato delle sue esitazioni. Non era certo rimasto deluso dall'aspetto di Arianna che, a distanza di qualche anno, era più bella di prima; e non era contrariato dal suo atteggiamento, perché lei aveva accettato subito la proposta di uscire, e sembrava disponibile a trascorrere del tempo insieme, almeno all'apparenza. Non aveva neppure cambiato idea, e continuava a nutrire l'aspirazione di diventare padre di famiglia, eventualità che per realizzarsi presupponeva l'inevitabile reperimento di una partner, e non c'era candidata migliore di Arianna.

Adagiato in una posa regale sul letto, che occupava quasi per intero con la sua mastodontica mole, Boris scosse il muso di fronte all'abbinamento giacca-cravatta, manifestandosi scettico sul risultato della combinazione tra il viola e l'azzurro.

Pardo non gli diede soddisfazione, fingendo di non aver colto l'espressione della belva nello specchio dell'armadio, ma optò per un cardigan blu.

Perché sono contrariato?, si domandò. Da sempre voglio un legame stabile. Arianna è perfetta. Tutto torna. E allora, che c'è che non va?

Nella testa di Davide si materializzò il viso di Viola, lo sguardo di fuoco e le labbra strette, che vomitava contumelie su di lui. Ti faccio vedere io, disse. Ti dimostrerò che non solo non sono da buttare, ma che posso essere apprezzato da una donna di alto livello.

Passò a prendere Arianna e si inzuppò da capo a piedi nel breve tragitto dal portone all'auto. Come sempre, l'odore di cane bagnato predominava rendendo l'interno della vettura più simile a una discarica che a un abitacolo adatto agli esseri umani. Scapperà a gambe levate, pensò Pardo.

Invece Arianna si rivelò deliziosa e amabile, intrigante e immune agli effetti del diluvio. Aveva un'acconciatura che sembrava scolpita, ed era vestita da urlo, con una scollatura profonda e ammiccante e dei pantaloni aderenti. Soprattutto fu dolcissima, pronta a ricordare i momenti più teneri della loro relazione e a sorvolare sulle occasioni di conflitto che li avevano allontanati.

In trattoria presero posto vicino alla vetrina che dava sulla strada, sulla quale la pioggia picchiava incessante, quasi suggerendo a Davide e Arianna di trovare rifugio in un caldo abbraccio. La candela sul tavolo contribuiva a rendere intima l'atmosfera, e la musica diffusa nel locale solleticava la conversazione.

Tutto combaciava. Tutto concorreva a indicare che il più roseo dei sogni di Davide fosse sul punto di avverarsi. E allora perché non riusciva a fugare il dubbio di trovarsi nel posto sbagliato? Perché ignorava gli accenni di Arianna a un possibile futuro insieme? «Non ti ho mai dimenticato» diceva lei. «Ho capito di aver sbagliato» aggiungeva. «Le persone cambiano» sottolineava. «Mmh» rispondeva lui, distratto, gli occhi fissi sulla strada, e sulla pioggia.

Dannazione, pensava. Che mi succede? È mai possibile che una ragazzina viziata, incapace di comprendere quanto un uomo possa affezionarsi a lei e al suo bambino, sia in grado di rovinarmi la serata perfetta? Era talmente concentrato, che immaginò di proiettare la propria ossessione davanti a sé come su uno schermo.

Perché al di là del vetro, in piedi, zuppa di pioggia e col viso contratto dalla disperazione, c'era proprio Viola, senza ombrello né cappello, gli occhi sgranati dal terrore e le labbra tremanti che sussurravano la parola "Aiutami".

Pardo aguzzò la vista, non credendo a quello che aveva di fronte. Poi si accorse che tra le mani della ragazza c'era una busta di carta. Col logo del laboratorio di analisi.

Mezz'ora dopo, il telefono di Sara squillò.

Fine

LA SERIE DI SARA MOROZZI

Sara che aspetta, in *Sbirre* (2018)
Sara al tramonto (2018)
Le parole di Sara (2019)

Finito di stampare nel mese di maggio 2020 presso
Grafica Veneta – via Malcanton, 2 – Trebaseleghe (PD)
Printed in Italy